U0476969

大鱼文化传媒　大鱼文学

美人食梦

MEIREN SHIMENG

亦怀新 著

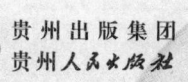

贵州出版集团
贵州人民出版社

图书在版编目（CIP）数据

美人食梦/ 亦怀新著. -- 贵阳:贵州人民出版社,2016.11
(2020.3重印)
ISBN 978-7-221-13673-2

Ⅰ.①美… Ⅱ.①亦… Ⅲ.①长篇小说－中国－当代 Ⅳ.
①I247.5

中国版本图书馆CIP数据核字(2016)第276202号

美人食梦

亦怀新 著

出 版 人	苏　桦
出版统筹	陈继光
选题策划	大鱼文化
责任编辑	钱海峰　黄彦颖
流程编辑	唐　博
特约编辑	刘砾遥　代琳琳
装帧设计	刘　艳　曾　珠
封面绘制	世界第一怪物殿
出版发行	贵州人民出版社（贵阳市观山湖区会展东路SOHO办公区A座邮编：550081）
印　　刷	三河市华东印刷有限公司
开　　本	32开（880mm×1230mm）
字　　数	280千字
印　　张	9.5
版　　次	2017年3月第1版
印　　次	2017年3月第1次印刷 2020年3月第2次印刷
书　　号	ISBN 978-7-221-13673-2
定　　价	48.00元

Dream

CONTENTS

{ Chapter 01
亡者入梦 …… 001

{ Chapter 02
我没有病 …… 017

{ Chapter 03
遇人不淑 …… 035

{ Chapter 04
移情疗法 …… 057

{ Chapter 05
心脏丢了 …… 075

{ Chapter 06
戚朵失踪 …… 094

{ Chapter 07
连夜逃离 …… 105

{ Chapter 08
无法占有 …… 129

Dream
CONTENTS

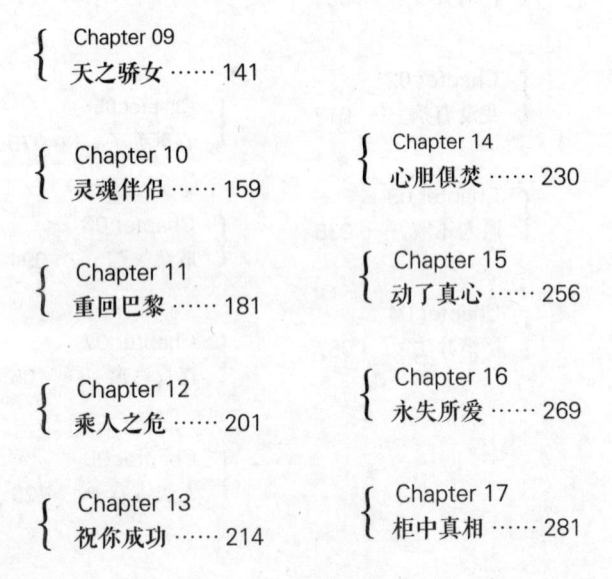

{ Chapter 09
天之骄女 …… 141

{ Chapter 10
灵魂伴侣 …… 159

{ Chapter 11
重回巴黎 …… 181

{ Chapter 12
乘人之危 …… 201

{ Chapter 13
祝你成功 …… 214

{ Chapter 14
心胆俱焚 …… 230

{ Chapter 15
动了真心 …… 256

{ Chapter 16
永失所爱 …… 269

{ Chapter 17
柜中真相 …… 281

Chapter 01
亡者入梦

暴雨之下，室内的空气都能拧出水来。

戚朵的制服白衬衣潮潮地摩擦着皮肤，钢琴琴键凝涩，但并不妨碍《安魂曲》熟极而流地从她指下淌出。

《二十六岁电台女DJ疑因工作压力过大自杀》，隔着白菊的苦清气，这新闻的主角此刻正安静地躺在停灵床上，与亲友做最后告别。

逝者是如此乖巧、无害，令戚朵感到亲切。

"我比较喜欢穿裙子。"一个温柔清甜的声音忽道。

戚朵睫毛微动。越过钢琴，停灵床上的遗体穿着丝质白衬衣和宝蓝色西裤。

来做遗体告别的人很少，逝者的母亲、十来个亲戚同事，还有两名小粉丝而已。告别厅显得有些空荡。

逝者并不是个受欢迎的DJ，甚至也不是个受欢迎的人。

戚朵叹口气。

"她们再也听不到我的声音。"两个粉丝在哭，那声音也叹气，"不过，反正我的节目也被挤掉了。你知道，收听率的问题。"

戚朵微微点头，不注意的人，还以为她在打节拍。

"不过我并不是为这个死的，何至于此……"

我知道。戚朵默想，否则我不会听到你说话。

人们纷纷将手中的白花放在逝者脚畔，追悼会结束。戚朵站起来，

Dream
/001/

陪逝者的母亲把遗体送往焚烧处。

火化师做准备时，戚朵仿佛忍不住惋惜似的道："这个年纪都喜欢穿裙子。"

那个白了头的老人看着眼前这个与女儿年纪相仿的、清丽苍白的女孩，登时又哭了。哭了一会儿后，她拉开手提包取出一条粉红碎花长裙。

戚朵柔声道："那请回避一下，我叫理容师来换衣。"

老人离开的空当，她迅速检查遗体，面无表情地从自己黑色半裙的口袋里取出一枚针筒样的东西，在逝者的手腕上钉了一下。

墨色丝绒的落地窗帘微荡，戚朵警觉地看过去。外面雨下得更密，可能是雨气。

一个穿白衬衣黑西裤的年轻男人站在窗帘后，丝绒织物并不致密，透过它，可以清晰地看见外面白炽灯光下的人。他脸上是思考的表情，目光平稳清澈。

鹤城医学院。

戚朵熟门熟路地走到戚教授专属的临床心理科学实验室，掏出备用钥匙打开。

细细洗过手，她在实验台前坐下，取出女DJ的血样。

天渐渐黑了，实验室中一灯荧荧，映着戚朵认真专注的小脸，像一片白色花瓣。

最后一次血药浓度试验完毕，她轻轻放下分光光度计，那双原本沉静淡漠的黑眸亮起星光："Flibanserin！"

一个年轻的电台女主持人，是什么原因，让她在短期内大量接受这类抗抑郁药物。

戚朵将问题写在白纸上，抬头一看，木质钟表的时针已指向午夜十一点。这时候打车太贵，公交车又停了，她略一犹豫，用手机叫了顺风车。

"嘀嘀"两声，几乎在她下单的同时就有人接单。

黑色越野，鹤 A1528×。

戚朵记住车型车牌，收拾好台面，走出实验室。

夏夜的风裹着潮湿的水汽扑在面上，湿嗒嗒的，一切像在迷雾里。路过小花园，戚朵停下脚步。

路灯昏黄的光下，一片荷花正开。饱满的、粉白的，在风里轻轻摇晃。

戚朵弯下身，将被人折得将断未断、耷拉着头颅的一朵摘下。

校门外的空地上停着那辆黑色的越野。

一个挺拔颀长的年轻男子走下车，绕到副驾位置，替她打开车门。

戚朵迅速打量他：很出色的男人，外形好气质佳，短发，皮肤白皙干净得过分，长期运动气色健康；一身白衬衣黑西裤虽简洁，却质地上乘，潇洒随身；替女士做琐事很自然，淡漠有礼。中上层社会出身，受过欧美国家高等教育，职业体面。

戚朵有些疑惑，但感觉倒是没什么危险性。

越野太高，她手里拿着包和一枝碰一下就掉瓣儿的荷花，费了番力才坐上去。

车里很干净，只有清冽的皮革味道，现在又多了些许荷花清沁的香。

戚朵坐好："麻烦了。"

男子按下一键启动，并没看她："顺路。"

不用说话正好，戚朵看向窗外，校门口夜市未散，许多学生还在小吃摊上吃串串、煎饼、馄饨，说说笑笑、热热闹闹的，连那小摊上红红黄黄的灯盏，也像是很好吃的样子。

戚朵不由得想起自己还没吃晚饭，真想去来一碗馄饨。

忽然，一个身影朝她倾下来，戚朵一愕，逼进眼帘的是猛然放大的陌生男子英俊的脸，鼻腔里冲进他的气息，虽清新干净，如雪后松林，但仍是饱含侵略性的。

"……"戚朵蹙眉，脊背抵向座椅靠背，男人淡然伸手，从她肩后抽出安全带,插上。随即他不经意般看看腕表:"都十一点了?"

那一刻,他的脸仍然离戚朵很近,车里没开灯,外头路灯光透进来,那眉眼鼻梁的轮廓一半在明一半在暗。

也就在那一刻,他的目光忽然由淡漠变得极为温和坚定,仿佛与她早已熟识。

戚朵不免蒙了一下。既不便盯着一个陌生男子看,不由得就顺着他的目光看向那只腕表,时针恰指向十一点整。

待戚朵再看向窗外时,小吃摊好像忽然变萧条了。她不禁看向身旁,陌生男子端坐在驾驶位上,神情一如初见的疏离。他娴熟地挂挡,车开了出去。

一路无言。

到了她住的小区门口,男子再次替她打开车门:"再见。"

路灯在他背后,戚朵看不清他的表情。

"谢谢。"

在他高大的阴影里跳下车,戚朵快步走掉。半路忍不住回头看,那车那人却都已不见了。

回到家,打开灯,戚朵把那朵荷花插到一只细细的青梅瓶里,然后淘米,熬粥。米撒进锅里,她拿出手机计时,却不由得愕住:怎么都十二点多了?从医学院到家,最多十五分钟的车程。

插个花插了那么久?她转脸看那朵荷花。它还未来得及盛开就被人折断,虽还保留着优美饱满的形状,可花尖已经青黑。

难道又有记忆的片段流失了?戚朵摇摇头,想把这种微微惶恐的感觉甩掉。

夜里,一入梦,戚朵就又回到那个密闭的铁皮柜子里。

柜子里只有她一个人。戚朵伸出手,指尖碰到冰凉的铁壁,"吱呀"一声,柜门开了。

她跳出去,外面仍然很暗。戚朵环顾一周,这是个装修别致的密闭屋子,不见天日,只有一面墙上有窗,窗外又是一间密封的屋子。

脚下地毯很厚很软,墙壁由凹凸不平的特殊材料和人造革包裹。她咳了一声,声响清脆,没有一点回音。

戚朵回过身,不远处低低铁艺吊灯的黄光下,是一张很大的台子,上面放着数台电脑,以及调音台、耳机、话筒等。

这是电台的播音室,戚朵恍然。

低头看自己,仍是一身白天上班时穿的白衬衣黑铅笔裙。她走到唯一的窗边,发现窗玻璃是双层的,想必为了隔音,窗那边的小房子里有沙发、椅子、桌子,桌上搁着电话、记录册,还有一支没合上笔帽的中性笔。

就像刚才还有人在似的。戚朵呼出一口气,窗玻璃上淡淡映着她孤零零的纤细身影。

"大家好,一天的喧嚣潮水般退去,又到了午夜十一点钟。感谢您的收听,这里是 FM978 江夕时光,我是你们的主持人,江夕。"

戚朵猛回过头,只见方才的播音台前已多了一名漂亮女子。吊灯明黄如瀑的光下,她的长直发随肩膀起着缎子一样柔滑的波浪,小黑裙衬得肤白如雪,桌下的一双腿修长柔软,脚上是双香奈儿的芭蕾舞平底鞋,没有戴多余的首饰,温柔文艺又低奢的感觉。只是她脸上的妆有些浮粉,灯光下,莫名使人觉得那脸仿佛是个薄而脆的小小白面具,随时都会碎裂。

两句闲话后,她开始播送一些同样文艺的曲子,琵琶、爱尔兰风笛、筝之类的。热线很少,她自得其乐又像是自暴自弃地听着,间或插入一两句戏谑。

她的声音真是很动听的,温软、清甜,自成一个花香月色的世界。戚朵靠在软的墙壁上,静静听着。

墙上电子钟的红数字跳跃,到零点前的最后十几秒,江夕微笑说:"再见,朋友们。明晚,将由我的同事锦绣来主持'越夜越妖娆'栏目,希望你们喜欢。"

原来这是她最后一期节目。

江夕去了夜店。

不夜城，灯光，酒水，靡靡之音化人骨髓又震耳欲聋，男人女人明暗不定的脸，满天飞迸的荷尔蒙。

她不知何时换了细高跟，熟门熟路婉若游龙地走到吧台前坐下，拿出一根烟抽，呛咳起来。闪烁流动的彩光下，江夕裸露的胳臂白得发亮，一杯鸡尾酒还未喝完，就有男人前来搭讪。

她眼波荡漾，颧骨潮红，没骨头一样地贴上去。

梦里的马路和现实并没什么不同。戚朵手插在裙袋里，百无聊赖地用足尖点着一片早落的梧桐病叶。

一个小时后，江夕匆匆从灯火辉煌的酒店里出来，走路像风中芦苇，边走边用手指用力梳着蓬乱的头发。她脸上的妆花掉了，黑眼圈显出来，口红半褪，两颊酡红，失了妆的肌肤白得发青。

按按手中的钥匙，路边树影里的 Mini cooper 应声而亮，她逃进车门发动引擎。戚朵在她旁边的副驾上，看见她扶方向盘的手指微微颤抖。江夕深深吸气，喉咙里发出奇异的颤音，反复几次，才平静下来，将车驶出去。

车的后视镜里，一个手拎西服的男人略显焦急地从酒店里快步走出，四处张望，然后在发现江夕的车时，徒劳地伸长手臂，唤了两声。

Mini cooper 停进一个高档公寓小区。江夕垂着眼接过二十四小时物业管理员亲手递交的 EMS 快递，进电梯，翻出钥匙开门。

戚朵随她走进去，迎面落地窗外一片灯海。

戚朵也累了，盘膝在窗前的白色羊毛地毯上坐下。

过了许久，江夕穿着白色浴袍从浴室走出来。脸上洗净化妆和肉欲的她，年轻了好几岁，有种少女的简单平宁。

然后，江夕两手抱住头，赤脚在木地板上来回地走，像一只柔弱的困兽，忽然开始流泪。

哭完了，她仿佛想起那个快递，从漂亮的原木小抽屉里找裁纸刀拆它。拆开后，她只看了一眼，就从喉咙里发出"咯"的一声。一厚沓相片脱离信封的束缚，纷纷滑向大理石地面。

戚朵看去，都是江夕，不同的床榻不同的男人，很多男人。画面不堪入目。

江夕俯下身，伸出白皙纤长的手指捡起一张，翻过来。相片后面俨然写着："生存还是死亡，这是个问题。"

她怔怔看了一会儿，手指抚过那熟悉字迹，然后站起来，打开落地窗。夏夜昏沉潮湿的风猛灌进来，把她的长发和衣袍吹得猎猎作响。

江夕把照片集合到一处，放在玻璃大碗里烧成灰烬，灰飞了一屋子。然后，拿着那把裁纸刀，她走回浴室。

戚朵没有跟进去。
天，渐渐地亮了。

戚朵醒来时，窗外有几只麻雀在卖力地聊天。阳光普照，晴了，看着很热。

今天周四，是戚朵轮休的日子。死人不挑时间，殡仪馆的工作自然不能像其他工作那样休周末。

她又在薄毯里窝了一会儿，才起来简单洗漱，出门吃早餐。

戚朵租住的小区极老，高墙上爬满数十年生的碧油油的爬墙虎，路面还是红砖砌的，到处松动，下雨时不留神就被溅一脚泥水。但就像中介说的，"甭提会所，我就告诉你在哪儿买菜"，这地方四通八达，不但交通方便，还挨着菜市场和夜市。夜市晚上烤肉，早上兼卖早点。

她熟门熟路地走进一家店，要了米线坐下吃。
滚烫的鸡汤上漂着一层香菜红油，戚朵很快吃出了汗。

住戚朵楼上的大妈拎着豆浆油条，也进来要了一碗米线。隔着两桌人，她伸长脖子看戚朵一眼，又一眼。只见小姑娘穿着白T恤浅蓝牛仔裤，头发黑墨墨的，皮肤白莹莹的，脸上粉红儿见点汗，不似平时冷冰冰的样子，倒怪可人疼的。

"又给儿子买早饭哪？"米线店老板是个秃头干瘪的老男人，一边灌麻油，一边热情地说，"您儿子可真会享福。"

大妈很敏感："我儿子找工作着哪，现在世道多难混，我不得多照顾他点？"

找了都三年了。老板心说，面上赶紧点了点头："可不是，就那边那个。"他压低声音，"墙犄角那个女孩儿，长得怪好看的，也是大学生，竟在殡仪馆工作。要不是事难找，谁愿意干伺候死人的活呢？"

"啊？"大妈的声调急急拐了个弯，直冲房顶。刚想着能不能介绍给儿子呢，只要长得好，别的条件差点都可以忍忍。她登时垮下脸，"你可别胡说！"

"哪能呢？"老板急赤白脸解释，"我侄儿晚上收摊时看见的，好几次，她让长乐殡仪馆的车送回来，还给车里的人说'明天见'！"

"怪不得平时看着有点阴……"大妈面露惧色，取了米线，避瘟一样远远绕路走了。

戚朵耳力极好，全听见了，眼也不抬，安然吃完了一碗米线。

戚朵对死人的感情，远远超过对身边活着的人。

她们将梦境遗落给她。

戚朵脑中闪过江夕最后走回浴室时的脸。清洁的，少女般的，有着如释重负的绝望。她才只有二十六岁呢。

与江夕家属的接洽，是戚朵做的。她去过江夕的家，见过江夕的死亡证明、简介生平的悼词和遗物。江夕姓夏，高中就读于高新中学，三年前从江城大学传媒学院毕业，返回鹤城就进入省广播电台，多么顺遂的经历。

戚朵端起碗喝一口鸡汤。

说起来，本市就有排全国前三名的传媒学院，夏江夕为何舍近求远去江城？分数都差不多。另外，从夏江夕父母的衣着态度看，他们并非富裕阶层，女儿却上过本市当时最昂贵的私立高中。

戚朵默默想着，忽然手机响了，她掏出来一看，"戚教授"三个字在闪烁。

她按下静音，不一会儿来电显就又闪起来。

戚教授的偏执人格又显现了，再不接就会找到外婆那里。戚朵微蹙眉按下接听键：“这次又是见谁？”

"……行了，我去。"戚朵打断那边啰里啰唆的"哈佛大学医学院毕业生，刚加入第一医院临床心理科，最有潜力的年轻人"等等，点点口袋里的零钱，就坐车往医院去。

有人休假血拼，有人休假看电影，在二十五岁的"高龄"，更多单身女孩忙着相亲。

而戚朵休假是，看、心、理、医、生。

这种情况已经持续三年了。

戚朵站在鹤城第一医院精神科临床心理治疗楼一层的落地玻璃窗前，深吸口气，伸个懒腰，又要应付差事。

白T恤随动作缩上去，她将它抻抻平，下身的牛仔裤是超市货，便宜又没款没型，但干净妥帖。素白的脸庞，一头柔软未烫染的黑发，猛一看，倒像是个不知世事的高中女生，但你要仔细看她的脸，就会发觉上面有少女所没有的冷漠与警醒。

门把轻响，戚朵立刻走到治疗台前坐下。那是一个L形台，患者可以不必与医生面对面。

她微佝肩背，含胸垂头地坐着，像换了个人似的，胆怯、苍白、畏缩、敏感、眼神闪烁、可怜兮兮。

背后的脚步声快而稳健，戚朵仿佛很局促地抖了抖，才抬头用眼角瞄了一瞄。

戚教授这次推荐的心理医生竟然真是个年轻人。他个子挺高，白大褂与黑色西裤被他穿出一种整肃的气味，带着一股风走向她。

他自然地落座，十指交叉宽松地放于膝盖上，有礼有节地一笑："你好，戚朵。"

戚朵仰起脸。是——前晚那个顺风车主。

世界真小。

白天看起来，他更挺拔清俊，像是清冷的松树一般。短短的头发硬硬地竖着，露出白皙光洁的额头，眉毛很黑，泛着温润的亮泽，唇角微笑，清澈锐利的眼里却含着审视。他胸前牌子上写着：

精神科临床心理治疗师

连湛

不像。戚朵暗忖，那种疏离，并不像在循规蹈矩的大医院机构里生存的人。靠背景硬挤进全国最著名精神科的关系户？戚教授已经开始病急乱投医了吗……

正寻思，戚朵忽然发觉，连湛此刻正不动声色地观察着她。

她立刻承受不住他的目光一般，"慌乱"地垂下头，薄薄的肩膀耸起，纤眉紧蹙，嘴唇紧张地下弯。

典型的神经症人格外表。连湛几乎立刻下了判断。

戚朵昨夜本就没睡好，眼下微青，加之平常皮肤就极白少血色，"病态"得毫无破绽。

连湛站起来，为她倒上一杯清水。

戚朵抬眼，隔着玻璃杯，他的目光已变得平稳、清澈、理性、坚定，还有温和的宽容。

这副神情戚朵昨晚见过，让人莫名就想全心去信任。这大概就是他作为心理治疗师的"工作状态"？

"近来好吗？"连湛先张口，声音低沉悦耳，非常轻松，像老友久别重逢。

一般人会立刻被激起倾诉的欲望。

然而戚朵的字典里早删除了"倾诉"这个词。她微咳一声，立刻调整好状态："是的，连医生，我有些苦恼。"

连湛的上身微微前倾，表示他在专注地听。

戚朵垂着头，不停用食指摩挲大拇指的指甲盖，一双白皙细润的手看着很是纠结紧张。

"人太凶猛了。我整天害怕，不管跟什么人说话，我都要使很大劲才能张口。所有人都让我感觉紧张……连买个水果都要措辞很久……"

"所以你才拒绝家人安排，一意孤行到殡仪馆工作？"他的语调很也变得温和。好像不管你有什么感受，你都是对的。

戚朵抬头看连湛一眼。果然，他已提前与戚教授做过沟通。

"嗯。只有和死人在一起我才觉得安全、舒适。但人总不能一直在工作啊。还要吃饭、坐车，还要买东西，这就必须和人说话……"

戚朵"痛苦"地蹙起眉："千辛万苦回到家，终于一个人了，很累，困得恨不能立刻躺下，可我又必须把所有东西都擦一遍，才能上床睡觉。上了床，又想起门没锁。然后去锁门。但是不管起来锁多少次，还是会有再一次，直到困极睡着。平时还常常会觉得，接触遗体后没有洗手。即使刚洗过澡，仍感觉好像没有洗到手……所以还是要去洗手。每个月交的水费有一大半都是洗手用的。我有一次洗了两个小时手。"

"嗯。"连湛仍然只是点点头。

戚朵便继续"倾诉"："入梦我就解脱了。所以一觉醒来，是我最高兴的时候，阳光很亮，万物崭新，但是随时间推移又会逐渐陷入悲伤、忧郁，因为美好的早晨已离我越来越远。到了黄昏，我心里已难受得要死。每天、每天都这样，我受够了，想过自杀。"

戚朵偷眼看，连湛的表情并无起伏。但她自信他应该已经确诊：严重强迫症与周期性抑郁，社交障碍。

毫无悬念。一般医生会优先选择对自杀情结进行疏导。戚朵已经准备好，拿母亲早逝的童年阴影来给他做疏导地图。

我真是个让人省心的病人。她心里的小人暗暗笑了。

连湛稍微默了一下，随意似的问："你刚才第一句话就说'人太

Dream
/011/

凶猛了',而死人让你感觉安全舒适。所以你所谓的凶猛,是特指活人。你为什么觉得活人凶猛?"

戚朵一顿,随即垂头期期艾艾道:"他们都欺负我……领导总叫我加班,或去见难缠的家属,或帮忙整理车祸后的烂成一堆的遗体……那些会说话会来事的同事都明里暗里挤对我,嘲笑刺激我。"

"这其实是卑劣,不是凶猛。"连湛看着她的眼睛慢慢道,"而且,这些感受恰和你选择这份工作的初衷相悖。我想,在殡仪馆工作不但不能避免接触活人,它和任何职业一样有领导、同事;而且它还有比其他职业更为难的地方:你的服务对象是一群悲伤的、难免较普通人更为苛刻的人。你怕活人,似乎应该选择更单一、封闭的工作。

"其次,你说自己下班后需要彻底清洁双手。清洁,代表着你想除去恐惧,获得安全。这不应该,因为你本身就对死人怀有特殊的安全感,又怎会需要这样的强迫行为?"

戚朵抬起脸,抿抿嘴道:"我不清楚。我只是如实说我的感觉。"

连湛微微一笑:"没关系,我们先把它搁在一边。戚小姐,你母亲早逝,你很崇拜她。她曾是一名优秀的法医,所以你的理想也是做一名法医。但是你在大二那年忽然放弃法医专业,转读药理检验。据我所知,你原本成绩极好。能告诉我原因吗?"

戚朵微沉下脸:"法医系能读完读好的,本来就是凤毛麟角。更别提真正从事法医行业了。放弃的人不止我一个。"

连湛并不纠缠,转而问:"你母亲去世后,你和你父亲关系好吗?"

"戚教授再婚后,我就独立生活了。"戚朵很快仰起脸,音调平直地回答。

她管父亲叫"戚教授"。

"哦。如果这样,只要你不发生精神崩溃和强烈的自杀倾向,你的所有问题,我都会对他保密。"连湛双手插兜,靠向椅背很自然地道。

戚朵有些意外地看着他。过去那些医生无不和戚教授保持紧密的联系。

"这很正常。你是成人，是独立个体。"连湛说，然后拿起桌上的一页纸递给她。

戚朵略一浏览。这是一份特殊的心理测试，因为它不是打印出来的心理测试成品，而是他方才听她倾诉时，即刻拟定的。

就那么唰唰几下写出的字，竟然铁钩银划，非常潇洒大气。练过魏碑？

连湛把一支钢笔放到她手边。戚朵故意再三确定笔帽是否扣好，才看题目。

只做了两道题，戚朵就不由得暗暗心惊——太多陷阱了。

她全神贯注，涂涂抹抹才做完。

搁下笔，戚朵暗松口气：这医生真不是个好应付的。

连湛始终观察着她，不动声色地接过那份测试。选择，树形图……他越看眉峰越紧蹙。

戚朵的目光从那笔挺的眉峰往下，鼻梁，嘴唇——有这副皮相的人做心理医生，十个女病人有九个会发生移情吧？

真不知道他的心理治疗怎么做下去。戚朵心里的小人冷冷地笑着。

她有些无聊地转脸看挂在墙上的钟，已经快一个小时了。应该很快就可以撤退。这次或许拿到点"纳曲林"之类的药，回家"坚持服药"，再与这位医生约见"治疗"几个月，就"逐渐痊愈"，然后又能清净一阵……

连湛已看完了戚朵的答案，全"对"。每一个细节，都和她刚才的"表现"吻合得丝丝入扣。他凝视戚朵，再次捕捉到她软弱迷茫眼神中转瞬即逝的一丝清醒明亮，如流星划过沉沉夜色。

连湛嘴角一牵，忽然发声："真不愧是戚教授的女儿。"

他放下纸页，把手搁在咨询台上十指交叉："所以你今天听他安排到这里，只是为了让你在乎的亲人——比如，外婆——安心？"

戚朵微震，只听他继续道："你想让我给你开一个疗程'纳曲林'，然后放你回家。你不会告诉我任何实话。再下来的心理咨询里,你会逐渐表现出'好转',然后在三到四个月后'痊愈'。"

他眼神中的温和褪去,一片冷冽:"戚小姐,你在浪费我的时间。"

戚朵勉强做出害怕和莫名其妙的样子:"连医生,我不知道你在说什么。"

连湛站起来,神情严肃:"你主观上可以没有治疗的意愿,但至少不要耍这样的小聪明,故意混淆视听。你更不应该玩弄医生。这是对我专业的侮辱,也是对你自己的不负责任!请你停止,否则,我们就没有进行下一步的必要了。"

戚朵尴尬透了,也站起来冷下脸:"我们本来就没有进行下一步的必要。"

连湛看着戚朵略微僵硬的纤细背影消失在树林间。她"全对"的测试纸,代人受过似的,静静地躺在桌面上。

戚教授前日的话再次回响在他耳边。

"小连,"当时的戚教授看起来疲惫而忧心,与往日风度判若两人,"朵朵这孩子从大学二年级时忽然就变了,她中断曾作为'终身志业'的法医专业,去学药理检验。毕业又拒绝我的安排,跑到殡仪馆工作。表面上她似乎无甚异常,但我的学识和作为她亲生父亲的直觉都告诉我,这孩子出了很大的问题。她不肯接受我的治疗,而我拜托的几位业界相当著名的同仁,却都表示她只是常见的强迫症而已。

"你是我这些年见过的最有能力和潜力的年轻人。朵朵的心理顽症正需要你这样年轻、胆大、不拘一格的医生来处理。"

最后,戚教授甚至恳切地道:"我请你帮帮我。"

这可是戚格物,全国最著名的心理学家之一。连湛虽然毕业于哈佛大学临床心理学科,并非戚系弟子,但他很尊重这位前辈。能让戚教授焦虑的案例,连湛不得不好奇,他立刻答应试试。

连湛又看了看躺在桌面上的戚朵的测试,在电脑里找出她的电子病例,一字一字敲着:

D，女，二十五岁。

智商高，善观察，多思虑，内向型，情感纤细丰富但人际交往淡薄。

初步推测：可能存在应激障碍。偏执型人格，也不排除分裂多重人格的可能。

到性心理那项，他略顿了一秒，继续写道：处女。长期心理压抑抑制荷尔蒙分泌，可预见障碍。

戚朵快步走出医院，有点气急败坏。

她绝不会再见这个人了。

一群小学生从身边挤过，戚朵有些烦乱，连忙后退，很怕碰到他们。孩子们蹦蹦跳跳打打闹闹，像一群小麻雀从她身边涌过，其中有个戴黄帽子穿黄裙子的小女孩忽然停住，抬头冲她一笑。

大概是认错了人。小女孩正换牙，门牙豁着，看起来有些滑稽。

戚朵抿紧嘴唇，当没看见。

小女孩不放弃，奶声奶气地讨好道："姐姐漂亮。"

女孩的妈妈瞪了戚朵一眼，拉走女儿："漂亮什么漂亮。"

戚朵不睬，抬眼望，小孩们去的地方，正是第一医院斜对面的医院附属小学。那也曾是她的母校。当时戚教授还没去高校，在这里做一线医生，这里充满着她儿时的记忆。

记忆里的小学，操场还是泥土的，教室不过两层。青色的砖壁与红窗棂，颜色本来不甚和谐的，但不知为什么令人感觉温馨又快活。粗水泥砌出的小花园，摸上去沙沙的，一按，指头上凹下去许多小印。园内花草四季不断，沙棘、石竹、月见草、芍药、紫薇……随着时光流逝，那些景象仍到心底，现实早已改变。

戚朵走进校园，校园早被冰凉的金属围栏围住，校门前站着执防暴叉的保安。小花园消失，化作密密匝匝的灰色教学楼，塑胶跑道旁边竖着塑料椰子树。

刚才那个小女孩的笑脸不知怎么一再闪现。戚朵站在那冰冷锐利的金属围栏边，忽然头痛起来。她脑海里奔腾过一些零碎的片段。水泥高楼推倒，青砖教室立起，塑胶操场逐渐又变回泥土的，她和小同学一起踢毽子、跳皮筋、做广播体操、升国旗……

一个鹅蛋脸总穿粉红裙子的小女孩，高年级某班的文体委员，叫作夏圆圆的，遥遥地站在国旗下喊："立正！敬——礼！"

国歌声就从大喇叭里响起。

"起来，不愿做奴隶的人们……"

夏圆圆……那张笑脸逐渐和梦里江夕自杀前干干净净的脸重叠在一起。

江夕，死亡证明上写着全名夏江夕，就是长大后的夏圆圆，她的小学校友！

戚朵眼前猛然清明。夏日雨后的阳光极为明亮，世界晶莹得像装在玻璃罐里，可那个升国旗的小女孩，已经不在了。

下午，戚朵到省电台门口转了一圈。三个武警在站岗，漂亮的汽车和人刷卡进进出出。她默默看了一会儿，搭公交车回小区，在黄昏即将收市的菜市场上买了一条鲈鱼。

回到住处，戚朵给自己熬了一锅很鲜美的鱼片粥，又炒了一碟小青菜。她知道，今夜，江夕或者说夏圆圆，一定会入她梦中。

Chapter 02
我没有病

夜幕降临。

铁皮柜门用力一推，就开了。

戚朵眼前是一个很清寒的家庭，老式姜黄色木框窗外晒着几串青菜，正是黄昏时分，太阳黄蒙蒙晒在旧的沙发布面上。矮桌上的清粥小菜没人动，十二三岁的夏江夕在抽泣，一个看着很温顺的女人柔声抚慰着她。

"妈妈知道高新中学好，有游泳池，有花园，但那不是咱们能去的地方……"

"可是许莼就要去了，她还没我分数高呀。"夏江夕拿着一块很小很小的手帕擦泪。

女人结舌，似乎不知道怎么解释，这时门忽然开了，一个清瘦斯文的男人快步走进来，神情松快，手内拿着一块长方形的报纸包着的东西。

女人看了那东西一眼，蹙眉道："你也太惯着孩子了。为这个去借钱？一中难道不好吗？"

男人露出和女儿一样天真好看的笑颜："千金散尽还复来。我听说高新中学引进了一批京城来的教师。这钱花得值。"

小江夕高兴地拿起筷子："爸爸妈妈，吃饭吧！"

世界倾斜，房屋的墙面像纸板打开，太阳升到头顶，地面竖起漂亮的仿欧红顶建筑，满眼碧绿的草坪。穿着初中校服的少男少女们在疯跑打闹。

戚朵四处寻找，才看见不远处的梧桐树下，已长成少女模样的夏江夕又在哭泣。树影在她漆黑的发顶上温柔移动，白色校服袖子上缝着黑色的孝纱。

另有一个高挑白皙的少女搂住她道："你是我最好的朋友，以后我把我爸爸分你一半，你就不是没爸的孩子了！"

江夕紧紧回抱她，眼泪流到那个少女薄薄的肩上："许莼，我爸死了，我妈会再嫁人。现在我只有你了，你能保证做我一辈子的朋友吗？"

叫作许莼的女孩也忍不住哭了："你放心，我保证做你一辈子的朋友！"

地面的绿意忽又褪去，木叶尽脱，日影西斜，操场上男生打篮球的声音，在空旷的校园里"砰砰"回响。

寒风梳过戚朵的发，耳朵脖颈都有些冷。

旁边，两个女孩紧紧贴在一起取暖，头挨着头共听一部收音机，眼光却不自觉地不时飘向篮球场上的少年的矫健身影。

"三分！"少年们兴高采烈地鼓掌喊叫。

看着他们，听着《灌篮高手》青春激扬的主题曲，少女江夕小心翼翼地问同伴："这歌都是你爸爸放的吗？"

许莼笑了："我爸爸已经是广播电台的领导了，怎么会自己放歌？改天我带你去看看，那些电台主持人是怎么工作的。"

江夕激动地坐直，耳机都被扯落了："真的吗？"

许莼替她把耳机再塞回去，笑得眉眼弯弯，声音里却不无自豪："这有什么。就明天！"

深夜，冰凉的星星嵌了满天。少女江夕在阳台水龙头下洗唯一一件像样的大衣，洗完又用毛巾一点一点吸水，可是大衣那么厚，根本不可能吸得干。

她只好把湿沉的大衣放在"小太阳"电暖气上烤，又怕烤坏了，不停地翻面。

夜太深,她刚忍不住丢了个盹,就闻见一股烟味。

少女江夕即使在梦里也要跳起来了,她一把抢过那件红色的大衣,可惜前襟上已微微烧黄了一道。她跺着脚懊恼地把那一道反复左右地看,好像使劲看就能看没似的。最后只得不断安慰自己并不显眼,才把衣服挂起来,纠结地睡了。

戚朵看着她微微蹙着眉头的小小睡颜,叹口气。

再看自己,还穿着白天穿的白色T恤浅蓝牛仔裤,戚朵感觉浑身的温度正一点一点被寒夜吸去,忙靠向"小太阳",抱着膝盖缩成一团。

再睁开眼时,竟还在梦中。

戚朵打量四周,仍是江夕小小的闺房。太阳出来,可以看出灰白的墙面起了潮渍,白漆书柜在掉漆,蓝花床单已洗得发白发软,只有床头柜上一盒彩纸折的小星星,显现出一抹少女该有的鲜亮。

江夕已经起来了,在镜子前左照右照。她把齐肩的黑发梳成个马尾,从背后看,红色的大衣衬得少女脖颈纤细雪白。

戚朵跟着她到电台门口。十年前的广播电视台,是本市最宏伟的建筑之一。不一会儿,穿白色短款羽绒服的许莼像只可爱的白鸟扑上来:"你来得好早呀!"

跟许莼一起的是个戴眼镜的秘书模样的年轻男人,他替两个女孩办了临时门禁卡,带她们进大门。

戚朵跟着他们从站岗的武警旁过时,特意看了看武警的眼睛。

没人看得见我。戚朵忽然起了点调皮的心思,伸手触了触他怀里的步枪,凉凉硬硬的。

一进大楼,就有很多那个年代的优质时髦的男女跟许莼打招呼,许莼明显很兴奋,眼里透着骄傲的光,一路给江夕介绍:"刚才那个是某某主播,那个是某某名记者。咱们昨天听的青春广播在二楼,三楼是戏曲频道……我爸爸在九楼,咱们先去见见他。"

总监室是独立的,高阔宽敞,在江夕看来,几乎有教室那么大。天花板上的水晶吊灯将一切照得雪亮,粉墙、玻璃镶裱的名人字画、真皮沙发、红木茶几、老板桌上一长排从大到小的毛笔,笔林一般,旁边是水晶奖杯、地球仪……厚厚的驼色花纹地毯踩上去悄无声息。

宽阔厚重的红木老板桌后,一个中年男人正低头阅读什么。他身后是两大排书架,里面垒满了书,让人觉得,那些书也装在他宽阔的额头里。

少女江夕从进电台那刻起就像落入奇幻花园,目不暇接。这一刻,她的眼睛像受不了强光似的微微眯起。

听见声音,许莼的父亲仍埋头在文案里:"你又来捣什么乱?"

他的声音沉厚磁性,听着有很重的威严。少女江夕微张开嘴,局促地往后缩了缩。

许莼这时也不像刚才那么跳脱,束手束脚地划开明亮严静空气走过去:"爸爸。"

"这不是你玩的地方,回家去吧。"

许莼立起眉,声音不大不小道:"偏不走。"

江夕忙小跑上前拉住许莼,小小声说:"别呀,咱们走吧。"

中年男人这时抬起了头。戚朵看去,那是一张很眼熟的脸,甚至说得上英俊,她曾在新闻里见过——现在好像已是本省宣传部的领导。

此时的他要年轻得多,国字脸,浓黑入鬓的眉显示着沉默的威严,眼角只有些微细纹,气质成熟稳健,带着书卷气。

他似乎顿了一下,神情略微松缓:"你这孩子。今天我事不多,就陪你四处看看吧。下次别再来胡闹。"

许莼喜出望外,欢呼一声,对夏江夕弯眼一笑,又捏捏她的手。男人合上文件站起来,个子并不很高,却让人觉得高大。他的眼光扫到江夕身上,江夕不由得握紧许莼的手,清清嗓子低道:"许叔叔。"

他微微一笑:"哦,好。走吧,小姑娘们。"

许莼猴儿一样跳出门去。江夕落后,男人像照顾女儿一样轻轻在她背后扶了一把。

戚朵看见江夕像触电一样抻直了腰背。男人随即淡然道:"播音段暖气很热，你们都穿太多了。"

许莼立刻叫道："就是，热死了，你们电台烧煤不要钱似的。"边说边拉羽绒服拉链，露出里面的小鹿斑比毛衣。

江夕也忙跟着脱掉大衣，她其实早就想脱了，因为那大衣背面还是湿的，穿久了，整个背心都浸潮了。

许莼的父亲很自然地将两个女孩的外衣拿进办公室，并把江夕的红大衣顺手放在木纹窗台上——窗台下就是暖气。

江夕脸红了。

"谢谢叔叔。"她嗫嚅。

男人仰头笑了笑："我叫许闻天。你可以像许莼一样直接叫我的名字。"

许莼在一边娇声抗议："那是你惹急了我我才叫的！"

走出工作状态的他变了个人似的，现代又风趣，像外国电视剧里的那种父亲。江夕不好意思又感动地笑了。

播音室比戚朵前日梦里见的简陋一些。有主播正拿编辑递上的稿件播报新闻，许闻天对两个女孩拿手指在唇上"嘘"了一下，脸上带着淡淡的笑容。

江夕立刻大气也不敢出，小脸绯红，几乎放着异彩。她目光炯炯地盯着直播台，显然女主播张合的红唇、飞扬的眉毛、在调音台上麻利地将音乐切至广告的手指，都饱含魔法。

这大概是少女江夕——夏圆圆梦想开始的地方，戚朵不知怎么有些伤感。

这时有人在导播室做口型叫"许总监"，许闻天走出播音室和那人交谈，眼光却没离开过。

戚朵顺着他的目光看去，隔着玻璃幕墙，江夕和他的女儿许莼并排站在一起。

两个少女都十分高挑，但气质迥异。许莼看起来活泼健康，而江夕十分清新动人。

忽然，有很奇怪的"嘀嘀"声响起，是空播报警吗？戚朵四处张望，播音室逐渐开始坍塌，江夕嫣红的小脸变得扭曲，像水中的倒影。

戚朵忽然醒悟，是她的闹铃在响，今天周五，她正常上班。

戚朵半梦半醒间懊恼地按掉闹铃，把头全埋进枕头里。

恍惚间，她前方出现一条白色的走廊，却不是电台的场景了，很眼熟，一个身姿袅袅的年轻女子与她擦肩而过，皮肤白皙，服饰低调，戴着大号墨镜。

是江夕。

同时戚朵也记起来，这地方她昨日白天才来过——第一医院精神科心理治疗楼！

戚朵眼睁睁看着夏江夕敲开了"临床心理专家连湛"的门。

"嘀嘀嘀嘀——"

闹铃再次响起，戚朵弹坐起来。小小的卧室窗外阳光烂漫，爬墙虎绿色的触须在风里摇荡。

她得去问问连湛。

决心这种事就是用来推翻的。

这天很累，戚朵一连主持了五场葬礼才到下班时间。赶到医院，太阳已在长街尽头逐渐下沉。

连湛从台阶上走下，就看见戚朵站在混沌的黄昏里。几个刚下班的小护士穿红着绿地从她身边走过，都偷眼打量她，又纷纷看向连湛，然后窃窃私语起来。

戚朵的白皙小脸安静冷淡，上身穿白短袖，下身一条灰蓝色中裙，裙摆软软地在风里拍打她的膝盖。和那些苹果一样鲜润饱满的女孩相比，她整个人温度低了好几度。

戚朵看见他就快步走过来："连医生，打扰了。能耽误您五分钟时间吗？"她的神情很淡定，但脸却红了一下。

想必想起了那句"我们本来就没有进行下一步的必要"。

连湛站住道："你好。"

戚朵把一部手机递过来，半旧的有些模糊的屏幕上显示着一个女孩的照片。

"夏江夕，你认识吧？她来找你看过病，是吗？"

连湛扫了一眼照片，又看向戚朵。她微仰着脸，瞳仁漆黑、清澈而执拗："你能不能告诉我她的情况？我知道这可能不符合规定。但是她已经去世了，所以……"

"不行。"连湛打断道，"心理医生绝不能泄露患者的信息，即使她已经去世。你知道的。"他补上一句。

"那她的确是你的病人。"戚朵马上说。

连湛微蹙眉头。

戚朵吸口气，进一步道："夏江夕自杀了。准确地说，是被人胁迫自杀。"

连湛毫不动容，只是看了她一会儿，手插入裤兜："这和你有什么关系？你一个女孩子，调查刑事犯罪？这很危险，而且你也没有权利这样做。有疑点，请报警。"他抬脚往停车场走，"我送你回家。"

戚朵有些急，忙赶到他面前拦住他："我一定要知道她的情况！"犹豫了一下又低道，"拜托了。"

连湛站住，那张小脸写满执拗，皮肤白得近乎透明，像一种青瓷上的月光，很凉。

戚格物的女儿，可惜了。

他用职业的语调清楚地说："戚小姐，我认为这并不是你当前该做的。当前你的重中之重，是决心解决自己的心理问题。建议你相信医生，用一到两年时间来认真就诊，早日痊愈。逃避、拖延，只会加重状况。我还建议你，选择我来做你的医生，我有信心。"

心理医生极少会遇见有"反诊治"能力的心理病患，这说明患者有极强的自我稳定系统，一旦变态，就会自发生成更多变态来维持变态。连湛很想迎接这个挑战，也自信能够迎接这个挑战。

Dream
/023/

戚朵垂下眼，半响没吭声。

要知道江夕寻求心理治疗的原因，只有接近连湛。

连湛静静看着她。

"你真的能替我隐瞒一切情况？对戚教授。"她终于说。

连湛扬了扬眉。他不太习惯有些父母子女之间这种过于强烈的关系。人应该是独立的个体。他点点头："当然。"

戚朵直觉他说的是真话。然后她冷冷地、满不在乎地微微一笑："那我就请你做我的心理医生。不过，我说的，你可别害怕。"

连湛考虑她可能有恐怖幻想。医生要是害怕这个，还怎么做医生？

"到我的治疗室来。"他简单地说。

走廊上的白炽灯在连湛头顶一盏一盏亮起，显得他的背影高而冷峻，给人一种很远的感觉。

戚朵随他走着，下班后的心理治疗科，空旷而寂静。这景象和她早晨梦里的何其相似。

连湛打开门："请进。"

戚朵先走进去。连湛在她身后按亮开关，一室明亮一览无余。

结束了一天的工作，所有东西都已被整理得井井有条。沙盘等仪器排队列好，像在等阅兵；资料柜的资料按日期排列，没有一天错的；散置的处方笺被理成豆腐块；白大褂像熨过，然后也叠成豆腐块，而不是挂起来——准确地说，一切都是豆腐块，不是方形就是长方形，一丝不苟、棱角分明。

只有用于让患者放松的灰色沙发有着柔软的感觉，戚朵走过去坐在上面。

"我能通灵。"一坐下，她就弯着嘴角用一种跳跃的故作俏皮的声音说。

连湛正解白衬衣的腕扣，手微微顿了一下。他走到饮水台倒了两杯水，将其中一杯递给戚朵，温和而认真地道："你用戏谑的口吻说'通灵'，恰恰说明你内心认为自己讲的是实话。那么，说说你是怎样通灵的吧。"

戚朵微微抬起下巴："比如今天早晨，我就看见夏江夕进了这间房子。我现在可以肯定她生前曾向你求助过。"

"那你是通过幻觉？更可能是梦境，来通灵？"连湛问。

戚朵微急："你究竟有没有过这个病人？"

连湛微微点了点头，眼睛澄清而深幽。

戚朵略放松下来："准确地说，是她把梦境遗留给了我。江夕想告诉我她的故事，她的死因。"

连湛面平如水，看不出在想什么。

戚朵不由得有些想说服他："我曾经根据其他逝者给我的梦，帮他们完成最后的心愿，还匿名帮警察破过案。这些梦都是真的。"

连湛思索片刻，然后认真地问道："那你愿意让我加入你的梦境吗？"

戚朵微怔，半晌方淡淡道："你相信我？你是医生，会信这种事？"

连湛的手指有意无意地点着桌面："自然科学在大千世界面前，只是一个婴儿。我们不能随意把科学无法解释的事斥之为迷信、伪科学。"

"可我想那些梦境不会接纳你。"戚朵略一思索，迟疑道。

连湛静静望进她的眼睛里："只要催眠。信托的、完全交付的催眠，就可以让我和你一起进入你的梦。"

他不由得想起上次在车里，他得到戚教授的同意，在戚朵完全无知的情况下"秒催"了她。在催眠过程中，他问了她很多问题，但一旦到关键处，她就闭口不言，或反复说"柜子，柜子"，然后在梦中急急流泪。

他当时就明白，这是个自我认知系统非常完善、智商较高的病患，除非本人全心认可的催眠状态，医生即使从潜意识中也很难获取需要的信息,更难以纠正改变什么。

"真的可以?"戚朵睁大洁净微凉的眼睛,怀疑地看着他。

这让连湛不由得回想起那晚在车里,从这双眼睛里流出泪水。当时他用纸巾替她抹去,泪滴浸透纸巾沾在他的指尖,也是洁净微凉的。

连湛端起玻璃杯喝口水,轻松道:"我们试试看。"

连湛站起身,让戚朵躺在治疗室中央的浅灰色长沙发上。戚朵脱下凉鞋,并拢双腿直直躺下,略微有些紧张。

她恍惚想起以前和戚教授关系还好的时候,由戚教授给她催眠过。那时候她也管父亲叫"戚教授",但不同于现在的冷淡客套,而是撒娇的,带着崇拜的意味……

轻微的"啪"的一声,白炽灯灭了,一盏光源幽暗的台灯代替了它。天花板瞬时朦胧起来。夜色染上低低的窗,树影婆娑。

戚朵双手交握,放在小腹上。

她的灰蓝色裙摆半垂落在沙发边上,光裸的小腿笔直地并着,一双脚也光着,白皙莹润。连湛移开眼,扭头从柜子里取出一条薄毯盖在她腿上,然后温和道:"尽量放轻松。"

戚朵躺好道:"我配合你。适当时,你能告诉我江夕为什么找你吗?我知道像你这样水平的治疗师,完全可以重叠、模糊甚至抹去病人的部分记忆。等我做完我该做的,我就把她的事情'还给'你。"

连湛不置可否,轻柔道:"你看看我的腕表。几点钟?从这刻起,时间停住了,只有我和这盏灯陪着你。灯光逐渐变暗……闭上眼睛,你现在,从头发到脚趾,都放松了。"

戚朵只得闭上眼睛。她今天也着实累了,连湛磁性的声音像丝绒,轻轻地覆盖了她。

"你头顶亮起一只萤火虫。一只暖暖的、微红的萤火虫,它进入了你的头顶……在你全身缓缓地、缓缓地游弋……你睡着了……这时,你处在一个适当的环境里……海边、草原,或者儿时玩耍的场地……"

适当的环境？那当然是——那个柜子。

戚朵睁开眼。

里面很暗，没有一丝光，她有些着急地去推柜门，却推在一个人的胸膛上。

戚朵一惊，却听见一个温和磁性的男声立即道："是我，连湛医生。"

连湛轻松地推开柜门，扶她出来。

"什么柜子？"他问。

"大学实验室里的柜子。"戚朵不愿多说。她上下打量连湛，他依然穿着白衬衣黑西裤，神情明朗。没想到他真的也可以进入梦境。

连湛四处一看，又问："这是什么地方？"

外面的世界逐渐搭建成一间欧式装修的会所，阳光从彩色玻璃窗打进来，好像是下午四五点的光景，空气里弥漫着咖啡豆浓郁的苦香气。

"江夕在那里。"戚朵道。

不远处，少女江夕穿着件洗得发白的粉格连衣裙，怀抱厚厚一本英文书微僵地坐在沙发里，显然很不适应这样的环境。一只高档的时装袋和咖啡壶一起搁在桌子上。

许闻天一身灰色西装，温雅而成熟。

少女江夕有些脸红，局促道："谢谢叔叔，这件裙子许莼说好看，我也觉得好看，但我不能收，太贵了。"

许闻天把手放在她头顶上，摸了一把少女顺滑的头发："女孩子就应该精致些。我说过，你可以叫我许闻天。"

江夕轻微躲闪了一下，脸更红。她没接话，但大胆地看了许闻天一眼。

"你在背单词？"许闻天仿佛很随意地将她两臂间抱着的书抽了出来，略微翻一翻，里面画得乱糟糟的。

他微微笑道："你可以把词根记忆法和发散思维法结合起来，事半功倍。"

江夕有些惊奇:"真的呀?我总是前头背后头忘。"

许闻天立刻从书中挑出几个单词,清晰简明地给江夕讲解一番,听得江夕连连点头:"想不到许叔叔还会英文呢!"

许闻天再次微微一笑道:"我在英国待过两年。"

这时就连江夕也觉出自己不会说话了,偷偷吐吐舌头。许闻天不以为意,继续道:"听许莼说你英文不好,正在找家教。你如果相信我的话,我可以教你。"

"不不,您那么忙……"江夕连连摆手。

许闻天认真道:"我就是太忙了,所以才想这样放松下。"

戚朵转头看了连湛一眼,他依然挺拔地站着,但脸上闪过一丝淡淡的厌恶。

脚下微微晃荡,戚朵不由得有些眩晕,还好连湛及时绅士地在她肘下托了一把。等戚朵再抬起眼,周围又变了,江风浩荡,梳过她的头发,他们人竟站在甲板之上。豪华客轮的栏杆之外,是滚滚长江东逝水,千江有水千江月。

连湛的手随意搭在栏杆上,风把他的白衬衣吹得猎猎作响。

"我们在哪里?"他在月光下偏过头,温和地问她。

"在船上——我不知道这是什么江。"戚朵老实答,感觉自己说了等于没说。

连湛退后一步,露出凭栏立着的一个少女,正是江夕。她保养了头发,穿着一身剪裁得体质地精良的白色伞式连衣裙,正听许闻天谈讲沿途风景轶事。哪座山上有古寺,哪条河通往什么园子,主人是某朝尚书……少女本就妍丽滋润,稍作修饰,更加鲜焕动人,并且举手投足的气质都变了,大方得体了许多。

一对中年夫妇从他们身边走过时,她带着俏皮和一点点不自知的调笑,靠近打断许闻天。

"许叔叔,"她故意加重后两个字,"不上班真的好吗?带着女儿的同学参加'夏令营'还不带女儿,真的好吗?"

许闻天静止不动。在旁人看来,像是一个中上阶层的得体父亲和娇俏女儿在谈天。

然而等人过去,他就猛地将江夕扑在栏杆上,咬牙吻了下去。

江夕的头发仰向滔滔江水,稚嫩的脸上写着初识激情的影子,她双颜酡红、两眼如醉,几乎是被许闻天拖进了头等舱的房间。

少女江夕衣衫半褪,有些逞强和慌张。许闻天边吻她边问:"你生日是哪天?"

江夕裸露的肩膀起了战栗,声音发抖:"七月……阴历闰七月初七——其实闰七月很少,我生日总是过错的。但我家不过公历,我都不知道我公历生日是哪天。"

许闻天支起身,从床头拿过手机查看万年历。片刻后,他低沉道:"公历八月二十七日。从此你过的生日是我说的,你也是我的。你记住了吗?"

江夕颤抖着没说话,但她没有一丝反抗能力了。

许闻天俯下身,捏着她的下巴将那小脸转向窗外,无尽的颠簸的江水之上,一轮新月静静散发着光辉。"今夕何夕兮,美得让人绝望。夏圆圆,你改名了,从现在起,你叫夏江夕。"

少女稚嫩美丽的身躯在男人身下像朵脆弱的花,被碾得落红淋漓。

戚朵蹙眉快步走开去,心如擂鼓。她嗓子发干,手心里出了汗,猛然想到连湛也在。

他依然凭栏站着,神色却还安定。

戚朵不能更尴尬,想挣脱,却无能为力。

连湛察觉她的意图,立刻走近她,望进她的眼睛道:"这是你的梦,你可以控制它。让它继续,或者醒来。"

他的眼里满是坚定。

戚朵模糊点点头,握紧双手又松开:"这不是我的梦。这是江夕遗落给我的,我不可能控制。"

"不。"连湛逼近她,"这是你的梦。你可以醒来。我数一、二、三,醒来!"

戚朵用力一挣,真的醒了过来。

一睁眼,治疗室内的台灯依旧幽幽散发着光辉。

连湛坐在她身边的椅子上,手肘支在膝盖上,十指交叉撑着下巴,双眼湛然明亮。

"要喝水吗?"他站起来,从桌上取水杯给她。

戚朵揭开薄毯一骨碌坐起来,接过杯子一饮而尽,心跳犹未平复。

她看着连湛心想,他真进到这个梦境了吗?

连湛拿走她手内的空杯:"很晚了,我送你回家。下次治疗,就约在明晚。你周六不休息对吧。"

戚朵坐着没动,清清嗓子:"你什么时候告诉我江夕的病情?"

连湛将薄毯三两下折成豆腐块放进柜子,杯子洗净放好,再扣上衬衣腕扣:"走吧。"

车窗外霓虹光影绚烂。

戚朵静静坐在副驾上,连湛开着车,偶尔偏头看她一眼。流动的光影映照里,那张小脸依旧安静冷淡,但眼中分明有湿润迷茫。

太投入了,连湛心想。一般心理治疗分为倾吐阶段、记忆覆盖阶段和脱敏阶段。看戚朵的情况,倾吐阶段将会很漫长,因为她无法分清梦境和现实。

连湛看着前方,车流蜿蜒无尽。

"你看到了吗?"戚朵先小声地打破沉默。

前方恰是红灯,连湛刹车:"什么?"

"江夕。江夕十六岁的样子。她很年轻,很美。"戚朵垂下头,有些碎发纷纷落下,遮住了她的脸颊。

连湛想一想:"可以说看到了。"

戚朵轻道:"江夕是你的病患,她对你应该是毫无隐瞒的。所以你才能进入她留下的梦吧。而我……我不过是她的小学校友。她选择我,我很感激她的信任。"说到这里，她不免有些伤感。

连湛深深蹙起眉头："嗯。我竟然没有发现她的自杀倾向。"

"她自杀不是出于心理疾病，而是被逼的，你当然不会发现。"戚朵脱口而出。

"是吗？她用——'遗落梦境'告诉你的？"连湛继续平稳地开着车，自言自语道，"希望是吧。我要详查清楚，真不能容忍自己出现这样的失误。"

旁边静默了。

连湛转头看戚朵一眼。

她沉下脸："停车。"

连湛又看她一眼。

"停车！"戚朵的声音高了好几度。

"为什么？这儿不能停车。"连湛有些惊讶。她看起来似乎很愤怒。

"为什么？你竟然希望她是被逼自杀！那种痛苦……就为了证明自己的工作没有疏忽？"戚朵显然激动了，脸都红了。

连湛微愕，对她解释："一个心理医生让自己的病人在治疗期间自杀，这是最不可原谅的专业上的失误。你以为我和那些随便花一两年考个咨询师执照就挂牌问诊的人一样吗？"

戚朵脸上的红渐渐褪下去，冷冷道："没有对生命的爱与尊重，拥有再精湛的技术也不过是个医匠。"

"鸡汤。正是因为尊重生命，医生才不能容忍自己失误。"连湛说。

戚朵偏过头去，显然她是不想再跟他说话了。

到了戚朵住的小区，她很冷淡地道谢告别。

"不客气。别忘了明晚的治疗。"

连湛看着她上楼，很旧的单元楼，每一层都要使劲拍拍手掌，声控灯才会亮。

清脆的拍手声逐渐远去，灯光也一层一层亮起。

确定她回到住处，他才将车开走。

戚朵淡着脸再次来到连湛专属的治疗室，一个颇雍容漂亮的护士领她进去，连湛却不在。

"放心配合，连医生专为你加班的呢。"护士将一杯水放在她面前，弯唇春风般地一笑。

戚朵注意到她白皙腴嫩的手腕上，戴着一只开口式 Cartier 玫瑰金手镯，胸前的牌子上是：

临床心理科护士长

宋铭

戚朵道："谢谢。"

护士依旧得体、体贴地一笑："我叫宋铭。我就在外面，有事叫我。"

她的笑容能让所有人愉快。戚朵放松下来，打量四周。这儿总给她一种一丝不苟的感觉，好像连电脑旁的绿植都是量好了长的。

连湛此刻其实距戚朵不过十米，就在治疗室旁边的私人套间中。套间墙上有一面玻璃窗，可以看到治疗室的境况，但在治疗室看，那却只是一面镜子。

他先打开通走廊的门示意宋铭回家，然后又返回套间观察治疗室里的戚朵。

戚朵不知何时已神情严冷地坐在他的电脑前，认真地看着什么。

她在查江夕的电子病例。连湛本能地要出去制止，但忍住了。为了保密，以往的病例，他已经略去人物姓名和敏感词，全用数字、字母代替。没有专业的敏锐，戚朵很难查出哪一个代码下的病况陈述是夏江夕的。

连湛等了半个小时，戚朵才关掉窗口，小心地把鼠标摆回原样，又将椅子挪回原位，坐到沙发上。她慢慢从玻璃杯里喝着水，面庞逐渐柔和下来。

连湛这时方走出去。

"对不起，刚才处理点私事。昨晚睡得好吗？"他看着她温和地问。

戚朵像被惊醒一样抬起眼，像是恍惚了一下，立刻恢复了冷静："没有梦。"

"很好。"连湛说。

他取出薄毯给她："现在可以开始吗？"

昨晚江夕没有来，今天她一整天都在想她。

戚朵立刻接过薄毯躺下："开始吧。"

从冰冷的铁皮柜子里出去，映入眼帘的竟是大块玻璃外一望无际的晴天，有飞机飞过。太阳照在她脸上，微微发烫。戚朵转头看，连湛依旧站在她身旁。她没理他。

他们在飞机场。

前面，少女江夕正和许莼告别。

"到了英国，你会打电话给我吧？"江夕笑着说。

许莼想是已经托运了行李，此刻只背着一只米奇图案的彩色小包。她扬起嘴角笑道："当然啦，你可是我最好的朋友。"

"英国是戏剧之国，你算是如愿以偿了。听说伦敦每星期都有各种话剧表演，你可以看个够。"江夕由衷地说。

"你对英国倒很熟悉。"许莼惊讶，"你听谁说的？"

江夕顿了一下，含混道："听我继父说的。"

"你知道吗，我真为你高兴。我觉得你继父真不错，你看，他和你妈妈结婚后，你简直什么也不用愁了。当初你还反对他们呢！听说你这次成绩不够，也是他帮你通关系改志愿，录到了江城大学。"许莼摇摇江夕的手撒娇道，"我简直都有些羡慕你了。瞧你这件裙子，真正大牌，我都没几件。不过，确实也不太适合我，太软妹了！啧啧，你真是交了好运了。"

江夕的脸色红白不定，有些局促："这不算什么。"但听到一向是天之骄女的许莼说羡慕她，她还是忍不住露出了一丝微笑，"别乱讲啦。"

许莼的笑却变得有些勉强："这都不算什么？你可真阔气！"一

个需要你照顾的朋友,忽然成长起来,变得比你拥有更多,是让人有些不舒服的。

这时许闻天拿着换好的登机牌过来:"许莼,快走吧,别误了登机。"他穿着深色西装,结实魁伟,步伐稳健,看起来精神奕奕,浑身散发着中年男人的魅力。

许莼撇嘴道:"就知道催我。我还是个孩子啊,你都不送我到英国,也不怕我丢了,给人绑了卖了!"

江夕忙道:"别胡说!"

"哎,还是圆圆爱我。"许莼夸张地抱住江夕嘤嘤"哭"了一下,"爸爸再见。"时间的确很紧了,她小跑着去过安检。

跑到半路,许莼又想起什么,回头道:"许闻天!别忘了先送圆圆回家啊!"

江夕的心颤了一下,她眼圈发红,忽然大力摇动手臂:"许莼,到了给我打电话!我会每晚在QQ上给你留言的!圣诞要回来呀!"

许莼潇洒地挥挥手,然而到底还是孩子,眼圈也开始发红,硬掉转头走了。

她的身影一消失在安检处,许闻天的手便搭上江夕的肩膀:"走吧。"

江夕微微避开:"我真舍不得许莼。"

许闻天哈哈笑了:"要不我也把你办到英国去?"他贴近她的耳边,"那我要见你这小东西,可就费事了。"

Chapter 03
遇人不淑

玻璃扭曲，消失。天空迅速旋转，阳光暗下来，开始下雨。戚朵的衣裙很快湿了，冰冷地贴在皮肤上。她抱起胳膊，忽而肩上一暖，是连湛把一件外套披在了她身上。

戚朵把那外套取下还给他："谢谢，不用。"

连湛没说话。不知怎么，戚朵倒觉得没那么冷了。

他们此刻显然又处在了大学校园里，旁边就是图书馆。银杏树夹道，黄色的小扇子铺了满地。

江夕穿着一件英伦学院风的白色中长款羊毛衫，底下短短的蓝绿格子百褶裙，及膝袜上露出纤长漂亮的大腿，脚上酒红色牛津鞋，撑着伞和几个女同学一起走着。

一辆奥迪轿车缓缓停在她们身边，江夕把伞留给同学笑道："我爸爸来接我去玩，你们先回宿舍吧。"

剩下的几个女孩子不无艳羡地目送轿车远去，一个道："官二代富二代什么的就是好。"

另一个道："关键她爸爸对她也太好了啊，隔不了两周就要来看她。太幸福了，一比，我严重怀疑我是不是亲生的。"

雨水哗哗，宾馆房间内的地毯很厚。大理石小几上隔着饮残的两杯红酒。

小几边的地毯上，江夕未着寸缕，被折成一个很难受的姿势，不断呻吟着。

戚朵轻轻倒吸口气,烫了脸,转身看外面的雨。
连湛倒是依然很镇定,和她并肩站着,保持一步的距离。

"你现在想到了什么?想看到什么?"他忽然问。
戚朵有点莫名其妙,但是她好像的确想到两张有漂亮花纹的纸,似乎是票据。
她看着连湛,他的眼神很坚定:"现在呢?"
戚朵环顾四周,雨丝逐渐化作金色的细线,细线被填满,成为一座大厅的穹顶和墙壁。她站在大厅中央,这儿温暖、高雅、明亮,静得像外太空。水晶吊灯的灯光从绘满西方壁画的穹顶上洒下,忽然之间,乐器齐鸣,交响乐像潮水淹没了他们。
音乐厅?
很美丽的音乐厅,周围红色丝绒座椅上坐着的都是白人。江夕和许闻天在其中很显眼,江夕穿着一件露背粉红珠光长裙,神情愉快,脸颊如蔷薇,两眼如星辰熠熠生光。许闻天仍然穿着深色西装,手握着江夕的手,放在自己膝盖上。

室外很冷,戚朵耸起肩膀抱住胳膊。
连湛近前来伸手按住她的双肩:"放轻松。"
他的手掌大而温热,传递着镇定的力量,在她肩上停留了数秒,随即拿开。
戚朵暖和过来,点点头:"谢谢。"
前方异国的街道上,江夕自由得像只小鸟,一会儿牵许闻天的手,一会儿搂他的腰,一时又忽然停住,踮起脚尖亲吻他的嘴唇。
许闻天神情闲散,像一只饱足的兽,带着淡淡的宠溺。
拐个弯,一家化妆品的华丽店面赫然在目。江夕小鸟一样飞奔进去。落地大窗内,她旋出手中新口红的艳丽膏体,对着妆镜细细涂在自己唇上。

"好看吗?"江夕又一阵风地跑出来,歪头看着许闻天,"我人生的第一支口红。"

十九岁的东方女孩,正在少女与女人之间,涂上口红,便变作初具风情的女人。

许闻天看了她一会儿:"不好看。"

江夕睁大眼做惊讶状:"不好看?"那份调皮,又还是个孩子。

许闻天不禁笑了,声音有一丝疲软:"吾家有女初长成啊。"

江夕抿抿红唇,凑近他的耳朵:"那现在咱们去哪儿……爸爸?"后两个字用的气声,细若游丝,无尽魅惑。

许闻天咬了咬牙,一手掐住了她的腰。

异国画面如拼图一样散去,再聚拢又是室内,还是一座大厅,是大学礼堂,红色横幅上是"江城大学播音主持系毕业晚会"的字样。

江夕在舞台上,她穿着一件月白真丝旗袍,斜抱琵琶半遮面,柔美、雅致。她半垂着眼,刘海微微笼着那古典的轮廓。

她弹得并不专业,但一曲终了,掌声如雷,台下是一双双艳羡的眼睛。

"官二代……"

"工作已经找好……"

"同人不同命……"

几个漂亮女孩纷纷交头接耳。

大厅逐渐压缩,变小,变成一间高档公寓,戚朵认出这是第一次梦见江夕那晚去的那间。

市声隐约,丝绒窗帘深蓝密垂,外头白昼,屋内如在深海。

江夕光裸如一条白鱼,伏在许闻天身上。

许闻天半阖目:"我已经跟人说好了,你想当广播主持就去吧,先跟着实习一阵,节目和编制以后会逐渐到位。"

江夕松了口,滑到许闻天怀里舔咬他:"嗯,你对我真好……真好……"

许闻天翻身将她压在身下。

戚朵轻轻闭上眼又睁开，画面逐渐明亮、迅速、简净，像小时候看的拉洋片：刚工作的江夕在电台直播室播音，江夕在听音乐，江夕在买新衣，江夕在哼着歌做沙拉……戚朵感觉自己仿佛在寻找什么。

"可以了。"过了许久，连湛的声音忽然打断她，"已经太久，你试着醒来。"

画面变换更快，戚朵有些眩晕："我不明白……"

"你自己在心里数数，当你数到三，你就会醒来。"连湛肯定地说。

"一，二，三。"戚朵迟疑地数。

"你醒来了。"连湛音色清冷。

戚朵猛地睁开眼，他的脸和她挨得很近，上面有汗珠，但神情愉悦。

"很好。坐起来吧，喝点水。"

"你感觉怎么样？累吗？有不适吗？"连湛边倒水边问。

戚朵掀掉盖得严严实实的薄毯，发现屋里郁热，空调不知什么时候被关掉了。

"没有，很好。的确没有以前醒来那么累，谢谢。"戚朵说。

坐在连湛的车上，戚朵欲言又止。

连湛看了她一眼，随意似的问："之前，你坐我顺风车那晚，你在医学院做什么？对江夕的事有什么发现吗？"

那晚……戚朵回想，她好像去过戚教授的实验室。她在那玩过贪吃蛇，还看了几章手机小说，还干了什么呢？对，还摘了一朵荷花。

"没干什么。"戚朵说，"和江夕无关的琐事。"

恰值红灯，连湛踩住刹车回头看她。流离的灯光里，她的眼睛清冷透明。她没撒谎。

"那你送别江夕遗体的时候，也没有发现异常吗？"连湛不动声色地问。

"没有，我的工作是殡葬礼仪主持，不必去火化室，也没太多接近尸体的机会。事实上我从法医专业退出后,就无法再检查尸体了。"戚朵坦然说,声音里有一丝茫然的苦涩。

那她记得自己刚才偷阅病例的事吗？连湛沉默下来。他决定先别贸然刺激她。选择性、经常性记忆丧失,症状很不容乐观。

车里只剩光影静静流动。

"嗯……谢谢你。"戚朵忽然说。
"什么？"连湛问。
"又让你加班到这么晚,天气又热,抱歉。还有谢谢你刚才的照顾。"戚朵看着前方说。

连湛也看着前方："哦。我是医生。不用多想。"
他说："这两天可以休息一下,如果做梦,随时给我电话。"
戚朵沉默,终于清清嗓子道："你很敬业。昨天也许是我太武断了。"
连湛不禁又看她一眼："没关系。"作为医生,他不会计较病患的言辞。但她的道歉,不知怎么反而让他有些歉然。其实她说得对,病患在他眼中,只是一个个病情的符号,越是奇异、顽固的病情,他越兴奋。他们包括夏江夕的生死悲欢,他的确毫不在乎。

但这不正是他的优长之处吗？在督导会上,他的冷静表现,令所有负责过他的督导摊开双手："完美。"

城市渐夜。

清晨的阳光洒遍办公室内。

连湛对夏江夕的病况、对策做了精准简明的阐述后,他的督导,也是其在哈佛大学的师兄陆行健道："怎么？我看不出有什么问题。"
连湛道："是的——但患者不久前自杀了。"
陆行健微愕,随即道："如果患者的生活发生突变,超出承受范围,心理医生也无能为力。"

连湛不语,拿出厚厚一沓资料,其中包括夏江夕每一次问诊的实况回顾以及他作出的每一步判断,与陆行健再次进行耙梳。

末了，陆行健揉着眉心道："你没有毫厘失误。但是连湛，一个人不可能永不失败……"

"我并不认为自己失败。"连湛把资料丢在桌上，站起来松松肩膀，"我只是再次确定没有失误。"

陆行健没有说话。导师请他做连湛的督导时就说明，他并不够资格做连湛的上级督导，只是同侪督导。导师甚至直接言明："在经验上，也许你略胜一筹。但在专业上，做连湛的督导，其实有益于你自己的提升。"

此刻，阳光打在连湛的侧影上，给他整个人都镀上光轮。他自信、挺拔，像一棵青春的树，欣欣向荣。

天之骄子，陆行健想。

"对了，还有个案子——"连湛略犹豫了一下，"算了，下次再讨论。"他回头看师兄，"今年的心理学年会，你参加吗？"

陆行健笑道："你又是首席发言？许你首席发言，难道不许我也有一张请柬吗？"

连湛微微一笑："当然。"

"当然什么？你小子。那今天就这样，外面还有位贵客，一大清早就到了。也就你，能叫前辈在这儿等。"陆行健打开门，做个请的姿势，"我不打扰。"

外间，戚格物正站在窗前沉思。连湛道："戚教授。"

戚格物回过头，他的两鬓已有些斑白。

"小连。"

连湛回身闭上门。

"最近工作、学习怎么样？顺利吗？"戚格物温文地问。

连湛看着他的眼睛，直接道："戚朵的状况很严重，预后不佳。"

戚格物愣了一下，沉默良久，重新把头转向窗外："你说。"他扶在窗台上的手微微在颤抖。

连湛清晰道："不改善的话，不超过三年，她就无法再正常社交、工作。然后，不出十年，神经受损，病人就会进入绝对自闭，生活无法自理了。而且，她的死亡认知异于常人。您知道，贪生畏死是人类基本的心理，但她跳出了这一拘囿。也就是说，一般人需要重大刺激、或累积很久才出现的自杀倾向，对她来说，可能'兴来则干'。"

戚格物呼吸沉重。连湛又道："您的女儿非常聪明。许多天才都有家族精神病史，可惜，正是这份聪明导致了她特殊的病情。"

"具体情况是怎样？"戚教授显然在极力冷静。

连湛沉默了一会儿："抱歉，依照病患的意愿，她不希望我将具体情况告知您。"

戚格物怔住，然后，久久沉默。

"好吧。你有多少把握？"他终于问。

"三成。"连湛想了想道，"事实上，我本来也正准备去拜访您——您赞成使用移情疗法吗？"

移情疗法最早起源于奥地利，由心理大师弗洛伊德提出。目前国际上主要将它用于儿童心理创伤治疗，就是类似于转移注意力，将患者较为激烈的感情转移到医生身上，产生极致的信托感，达到其他疗法无法达到的效果。

对异性成人病患来说，就是让患者先"爱上"医生，治愈后，再用覆盖记忆法抹去这段记忆。

这种疗法成功率不高，却对心理治疗师的要求很高。除了尖端的专业素养，还要有很强的个性魅力、人格魅力、自控能力以及对突发病症的处理能力。

"你有成功先例吗？"良久，戚教授问。

"没有。"连湛答，"我没有使用过这种疗法。以前的病例都不需要这样剑走偏锋。但我认为，它可以将戚朵的治愈机会提升到七成。"

戚教授再次沉默了，过了很久，方下决心似的道："小连，我相信你。谢谢。"

"我也同样感谢您的信任。戚教授，您女儿如果能被治愈，将是我职业生涯值得抒写的一笔。"

江夕没有来的夜晚，早晨醒来，戚朵觉得精神比较轻松。

下楼时遇见两个大妈，她们见到戚朵赶紧偏着身子急急走了，好像她周身一米内自带死亡病菌似的。

戚朵冷着脸无所谓地走掉，刚出楼门，就看见连湛靠在他的黑色越野上，手插裤兜晒着太阳，像是已等了一阵。

他今天没穿衬衣，换了一件浅V领的白色T恤，菲薄微弹的面料勾勒出精劲的身段，底下烟灰色长裤，运动鞋。金色的阳光从他短短的发间漏到额上、脸上，英气逼人。

一个穿校服的高中女生从他旁边过，立刻羞红脸发起花痴，脚底下拌蒜似的。送她上学的父亲面露不悦，赶紧把她拉走了。

"连医生？"戚朵惊讶。

"我在附近健身，顺路送你上班。"连湛已替她打开车门。

戚朵只得坐上去，有点蒙。

"中午有空一起吃饭吗？"刚坐定，连湛便问。

戚朵意外："我下午还上班，在食堂吃比较方便。"

连湛回头看她一眼。他实在没什么和女人交好的经验，拒绝的经验倒比较多。现在被人拒绝，他一时不知道说什么。

戚朵敏感地感觉到他的尴尬，解释道："殡仪馆太远了，附近什么吃的都没有。"

她想一想："就不用麻烦了。"

"不麻烦，"连湛直接道，"下午下班我接你去别的地方。"

说罢他发动引擎，不等戚朵说话又道："吃过饭，我们就进行治疗。"

送完戚朵，连湛在附近健身房游一小时泳，然后回治疗室，拟订详细的治疗计划。

下班前，他拿起电话叫护士长宋铭："能麻烦你替我预订一间餐厅吗？大概七点钟。"

不一时宋铭笑盈盈地进来道："连医生要和女朋友吃饭？"

"哦，不是。"

"那是和谁？我可为难了。要什么风格？商务、奢侈、浪漫……"宋铭细数，声音像一串悦耳的银铃。

连湛脑中闪过戚朵的影子。

"清新、雅致的。"

宋铭眼中迅速闪过一抹阴影，随即莞尔一笑："待会儿把地址发在你手机上。"

"谢谢。"

宋铭走到连湛的办公桌前对着他："怎么谢？什么时候请我吃饭呢？"

连湛微笑："改日。"拿起包和钥匙。

宋铭也微笑，手指轻轻搭在桌缘，站在原地送他。她凹凸有致又婀娜修长地立着，皮肤白皙紧致像大理石，朱唇黛眉，气色十分鲜润，看上去高贵而性感。

这女人才二十八岁就升为临床心理科护士长，这当然和她有一个身为卫生局一把手的父亲不无关系，但她也的确有才能，处理人际关系的才能。恩威并施，把从十九岁到四十岁的一群护士管得服服帖帖。甚至上到院长，下到门口的保安，都没有不喜欢她的。

心理成熟、情商极高的官二代一枚。

连湛不是不知道她对自己的心思，也不是不知道这样的女人的人生几乎是可以预见的，和她生活也定会顺遂、美满。只是，他就是觉得哪里不对，本能地表示了拒绝。

也许就因为不爱吧。即使她显然非常性感，他也没有感觉。

即便是熟悉性心理与恋爱心理的心理医生，也不能控制自己的感情和冲动啊。

被女人追逐了小半辈子的连湛，最擅长的就是让她们熄灭情火。早晨他是大意了，以为戚朵不会拒绝他。

现在，他得认真去干了。

戚朵下班看见告别厅门口的连湛时，微微顿了一下。

这个时间殡仪馆里已没什么人，连湛一身剪裁得体的深色西装，短短的头发精神地竖着，脸刮得很干净，挺拔地站在午后六点钟的夕阳里，以墨绿松林为背景，像一帧电影剧照。

剧中人原本疏离落拓的神情在看到她后，变成淡然一笑。

戚朵把眼光挪到别处，跟他上了车。

戚朵以为的在外面吃饭，就像馆里领导叫聚餐一样，找一家富丽恶俗的酒店，多来硬菜，吃香喝辣完毕。

连湛却七绕八绕，将她带到了旧城墙下护城河边的一间会所。门很低调，一进去，只见矮矮的石砌欧式屋子，庭院里种着花卉，薰衣草桔梗蔷薇正开，碎碎小小的银灯泡这里那里明灭不已。缠绵的、悠扬的小提琴，从窗内漫出。

连湛的手虚虚笼在她腰背，将她请到半露天的长廊里。檐下落坐，白色的木质圆桌上插着瓶花，是浅紫色木槿。

夏天将尽了。这种花死得很美，一点点把花瓣收起来，卷成束，绝不会飘得到处都是。

戚朵略微四周打量，人很少，不远处也有一对男女，男孩是黄种人，女孩却是混血。两人都年轻漂亮，衣着考究，在那儿用英文闲聊着什么。

天生就继承更多社会资源的幸运儿。

女孩轻飘飘的眼光落在连湛身上时定住，然后再落到她身上，就有些惋惜和不理解的意思。

戚朵竟有些不自在。她早已不再接受家里的资助，习惯了拮据，很少买新衣服。戚朵不自觉地脱掉外搭的廉价针织衫，露出里面浅蓝色的丝质无袖连衣裙。这裙子还是上大学时，戚教授去日本访问，买来送她的，还算清新优雅，是她为数不多的好衣服。

这时侍应生端着只烛光闪烁的蛋糕，后面跟着奏乐的小提琴手、风琴手，簇拥一对老人向这边走来。

两位老人都像是那种早年留学欧美的老知识分子，满头银发，斯文优雅，让戚朵想起钱钟书和杨绛。

晚风徐徐，音乐烛光见证着一段久远的爱情，气氛很美好。

走过连湛和戚朵时，老太太忽然停下脚步，扬脸对老伴微笑道："真是一对璧人。"

戚朵略尴尬，脸上却不露出什么来，礼貌地目送老人离开。连湛这时却看着她。没有烫染过的头发柔软黑亮地披在肩上，发质极好。额头明朗莹洁，眼睛明净清冷得如北方雪后的晴天。覆在纤妙美好的身体上的丝裙半旧，却有种家常的温柔。

这样的女孩。想到她的未来，连湛心里不禁起了一丝怜惜。

就在这当儿，戚朵收回的眼光，恰恰落在连湛脸上。男人的怜惜，看起来近乎温柔。

风软，琴声缠绵，戚朵望着他，竟有一霎时的恍惚。

连湛立刻觉得了，他犹豫了一瞬，决定利用这个误会。作为一个心理学家，他清楚知道，恋爱心理中，爱情的种子，往往就是在细微处埋下的。

他不闪不避，漆黑的眸子牢牢锁住戚朵，温柔又有些锐利，像是宣告什么。

在那样的目光里，戚朵不由得挺直了脊背，抿抿嘴唇迅速移开目光，半响，方掩饰似的端起玻璃杯喝了半口水。

连湛笑了笑，取下桌上折成飞鹤形状的餐巾，等戚朵反应过来，他已经替她在铺在膝上。

戚朵自然地向后让了让，抬头恰扫见方才那个混血女孩微微惊愕的脸。

菜逐渐上来。

食不言，寝不语，用餐时连湛本不说话的，但这次，他不时以菜品为引，说几个他在学生时代穷游欧洲时所遇的逸闻轶事。

那些包含着梦想、流浪、叛逆、热血和青春的故事，是戚朵平日从未想见的，她几次放下餐刀，睁大眼睛听着。

餐后，连湛为她斟上一杯白诗南葡萄酒："想到露台上看看吗？"

戚朵平时滴酒不沾，但她还是接过高脚玻璃杯，随他走到露台上。

因为要凸显城墙，古城内限高，站在这片白石露台上就足以俯瞰全城了。矗立了五百余年的城墙巍峨肃穆，护城河温柔波动，映着漫天的星。

小提琴曲依旧如泣如诉，和流水一起潺湲。

风梳过戚朵的发，她双眸微怔，静静的。

"太久没有在人间？"连湛似乎莫名其妙地冒出这么一句，"人间毕竟还有美好，尽管那么少。为了这点好，我们才孜孜不倦地活下去。"

他的话像一记重锤敲在戚朵心上。这些年，她息交绝游，像一只白日游魂，收集着逝者的梦境。有时她都怀疑自己其实已经死了，除了那些魂灵，没有朋友，没有快乐。

她鼻中竟游过一线酸楚，举起杯子一饮而尽。那淡色的酒液清洌芬芳，蕴着蜂蜜和花香，咽下后，又有些青草和药草的青气。和着酒精微微浮起的热意，那芬芳把她鼻腔里的酸楚一扫而光。

满眼星河灿烂里，戚朵尝试着挣脱桎梏一样深深呼吸，让肺舒展在微潮的夜风和酒香中。

"还要吗？"连湛举举自己手内还未动的酒杯，递给戚朵。

戚朵犹豫了一下，接过来再次一饮而尽。

"酒不是这样喝法。"连湛微笑着说，顺手拿走了她手中的两只空杯，"你不能再喝了。"

也许因为酒精，戚朵话多了一些。

"谈谈你的母亲。"连湛说。

"妈妈……她是个非常优秀的法医，理性而优美。私下里，她爱花，爱书法，还爱做菜。我的童年很美……我妈妈很爱我。我的钢琴也是她教的。"

连湛略偏头看戚朵。她倚栏站着，头发被夜风吹得有些乱，脸上有层薄薄的红晕，第一次显得神情温暖。

"那你在医学院法医系，一定也是很优秀的学生。"他试探地说。

戚朵的表情变得有些空白："可能吧，我得过奖学金。但是，现在都做不到了。"

"不记得怎么拿解剖刀，也不记得怎么做实验分析。是吗？"连湛立即问。

戚朵迅速看他一眼低下头，声音失落："嗯，不记得了。就好像，被白雾遮住了。没办法。"

连湛微蹙起眉。

"连医生的母亲呢？她是个怎样的人？"戚朵扭过脸对着他，微笑着，眼睛弯弯，竟有点好奇。

"哦，她……"心理医生一般不会泄露自己的信息，连湛更没有聊私事的习惯，但此时他也坦言，"她和我父亲离婚后，移民加拿大。我很久没见过她，但我们关系很友好。"

戚朵不禁看了他一眼。连医生英俊清朗的轮廓在漫天星光下，似乎也有一丝落寞。

这晚的催眠十分顺利。

一开始时，画面破碎、凌乱，逐渐才呈现出那间高档公寓。江夕身边满是大箱小包，像是出远门回来。她拿起一只剃须刀看看，又理出一大盒更年期女性静心补血的保养品，便开始打电话。

"嗯，我提前回国了……日本待得超过十天也就没意思了，吃不好，又寂寞……我知道你打了招呼，可我不想脱离节目太久，正做得顺手呢……别挂，我给你买了礼物呢。今晚过来吗……又开会啊！"她失望地垂下头，迟疑道，"你是不是不爱我了？"

那边不知说了句什么，江夕"扑哧"又笑了："我知道了。礼物还有阿姨的。下周一定来取啊。"

房屋化作碎片消逝，天地复再完整，这一幕又到了秋天，天高气清。江夕妆容明媚婉约，穿着件巴宝莉系带式风衣，摇曳生姿地走进广电大楼。

"轻熟女啊！太美了！"有人打趣。她眯起眼笑着道谢，像一穗熏风里开足了的花。

蓦地，江夕的笑容微怔，顺着她的目光，戚朵看见前簇后拥的许闻天许部长走出电梯，他秘书的身边，跟着一个漫画少女似的，非常可爱漂亮、语笑如痴的实习小女生。

"你是不是不爱我了？你说！"江夕紧紧缠着许闻天的身体。

许闻天拉上被子闭眼："你不累吗？睡吧。"

"不许睡！那个小女孩是谁？"江夕呼地坐起来，复又放软了声音道，"求你了，别睡。跟我说说话。"

"我已经来了，你还要怎样？"许闻天给她一个背影，"我明天要去京城开会，你别不懂事。"

画面的色调逐渐破碎、昏暗。

电台大楼的顶层天台上，寒风劲吹。戚朵抱住双臂，连湛立在她身边。前方，江夕握着电话，鼻尖通红，两腮颤抖。

"哦，以前你从不会这么说的。"

"许闻天！"那边不知说了句什么，江夕猛然睁大眼睛，像一只温顺的猫忽然抓狂，"我告诉你，这辈子你都绑着我，我都绑着你！"

"我错了……我知道。我知道。可我总觉得你最近变了。"她情绪似乎被稳定下来，然后，放柔了声音又道，"叔叔……爸爸……我是你的孩子啊。你怎么能不理我不见我呢？"

"你别逼我！我管你是不是在开会！你要再是不出来，我……我告诉许莼！"

"我有什么不敢？我，我现在就直播出去告诉全世界！除非你——"

话没说话,她的喉咙像是忽然被扼住了。

那边已经挂断。

温暖宜人的咖啡屋内,壁炉内松木柴熊熊燃烧。火光在江夕眼里跳跃,她蜷缩在浅米色羊绒大衣里,漆黑顺滑的长发披散下来,遮住半张玲珑的脸,走过的男士免不了都瞟来两眼。

许莼则还是留学生的做派未褪,黑色羽绒服扔在沙发上,素面朝天,身上一件红格子厚衬衫、牛仔裤而已。

近看江夕,精致的妆容仍掩不住憔悴,她眼圈发红,手腕苍白纤细,把面前的咖啡搅了又搅,一根绝细的铂金链子就那手腕上闪着细碎的冷光。

"许莼。"

"圆圆。"

她俩同时说。

江夕勉强笑了笑:"你先说。"

许莼满面嘲讽:"迈克回国了。"

"什么?"江夕显然心神不属。

"他居然说他喜欢上了你,你们才见过几次面?"许莼苦笑,"说是喜欢你身上神秘忧伤的东方情调。"

江夕愣了半响才明白过来。她木木地说:"你不要难过。"

许莼"嗤"的一声:"本来就是旅美一夜情来的,滚就滚了。你呢?最近怎么样?一副欲求不满的样子呀。"

江夕嘴巴发干,眼睛有点直:"不怎样。许莼……我要向你坦白一件事。"

许莼魂不守舍,"嗯"了一声。

江夕干涩而直愣愣的:"我爱你父亲。"

"什么?"

江夕抬起脸:"我爱你父亲。"她眼里有静静的疯狂。

许莼没说话。她的脸上闪过震惊、痛苦、恍然,紧接着风雷暗涌。

"是你?"她的声音有些哑。

江夕有些胆怯了,躲开许莼的目光:"是我。"

许莼咬牙,良久,才哑哑嘶声道:"这些年了……我其实一直都不幸福。我知道我爸在外头有人,害得我妈得了重度抑郁,家不成家。其实,这些年,我还一直在羡慕你!但我当惯了天之骄子,心里再苦,还得在你面前装作很幸福很优越的样子……"

"原来都是你!我怎么没想到!我怎么会没想到!"许莼忽然暴起,照着江夕劈头盖脸地抽打,"你是不是很得意?是不是很得意?骗一个傻子!你把我当傻子!"

正给隔壁端咖啡的侍应生连忙放下手里的东西来拦,江夕并不还手,任由许莼的手雨点般落下,只抱着头慢慢溜坐在木地板上,呜呜哭出了声。

许莼拿包砸她,砸在阻挡的侍应生的背上。最后,她啐口唾沫,摇摇晃晃地往外走,却被跳起的江夕拖住。

"许莼,你救救我,我快死了。"江夕哭。

许莼脸上慢慢爬上不可置信的表情:"什么?"

"我爱他,我不能没有他。"江夕满脸湿泪,渴求地、疯狂地看着许莼,像要在她脸上看出许闻天的影子,"他现在弄了个小女孩,不肯见我。我们得制止他!"

"许莼,你是我最好的朋友。我们,就像家人。我愿意去伺候阿姨,伺候你,一辈子。帮我留在许闻天身边。好吗?我求你了。"江夕哀哀痛哭起来。

许莼慢慢抽出胳膊,眼睛通红:"你疯了。"

"我是疯了!"江夕猛抬起头,"许莼,我比你还不能没有他!他是我的父亲、老师、朋友、爱人,是我的一切!没有他我会死!"

许莼照她的脸又扇了她一耳光,抖着双肩说不出话来。

江夕柔嫩的脸登时又添了几道清晰的指痕,红白交错姹紫嫣红。

许莼夺门而出，江夕清晰照着她的背影道："告诉许闻天，你们不怕我把一切都抖出来吗？到时候，许闻天出事，你又会怎么样呢？"

说完，大概连她自己都吓到了，静静抽搐起来。

下一幕，戚朵惊讶地看到，江夕竟在连湛的心理治疗室里，就坐在她常坐的那张灰色沙发上。

她发疯一样地崩溃哭泣，手臂上全是自残的牙印。

连湛面上是戚朵见过的那种温和坚定的神情："你先要试着全都说出来。"

"我失恋了。不，我失去了一切，失去全世界。所有东西都崩塌了，什么都没有了，我不知道自己干吗还要活下去……"江夕捂住脸泣不成声。

春天了。

公寓外的世界发着嫩绿新枝。

江夕瘦了许多，非常苍白，神情中有种破碎后的空虚与安定。她把头靠在许莼肩上："你竟然还愿意来看我。"

许莼面沉如水："欠你的呗。"

江夕接过她递来的橙汁："我不会再见你爸爸了。当然，我也见不到他。"她脸上仿佛抽搐了一下。

许莼没接话："最近节目怎么样？"

江夕自嘲地摇头一笑："一切都不能更糟，收听率节节下滑。没有自信……我打算听从我的心理医生的建议，做完春天，就去法国跟着新学年留学。"

"房子卖了，不回来了也说不定。"她迷茫地侧头想一想，"也或者将来，你还会在电波里听到我的声音。"

说到这个，江夕的声音里终于多了一丝鼓舞。

许莼嘴角显出一丝冷笑："不揭发我爸爸了？"

江夕摇摇头:"他也给了我很多。许莼,"她又认真道,"谢谢你还来陪我。没有你,我可能永远都走不出来。我曾经以为,我这辈子最大的好运,是遇见许闻天。现在我才发现,是遇见你。你一直在我的生命里。在我最难的时候……你总在这里。我……对不起。"她眼中有惭愧、感激和信赖。

对不起?许莼的眼中划过刀一样锐利的光。顿一顿,她微僵地再将杯中橙汁添满:"多喝点,"她耸耸肩轻松下道,"用男人忘记男人,才是最好的。我给你介绍两个老外,热情开放,怎么样?"

江夕打她一下:"胡扯。"

许莼看着她把橙汁喝下去。

"许莼,你记不记得,我们小的时候?我们俩一起旷课,偷偷去买衣服……结果买的都不合适,穿不成,我回家还被我妈打了。"江夕眯着眼睛,嘴角漾起惘惘笑意。

然后许闻天就送了她一件漂亮昂贵的裙子,想必是许莼回家说的。江夕的笑容停住。

"小时候的事,我都忘了。"许莼点起一根烟,淡淡地说。

"那时候,我的梦想是做主播,你的梦想是去很远的地方。现在我们都实现了。"江夕微蹙起眉头,"但好像哪里不对。"

"我走了。反正我也没找到工作,最近,我每天都会来看你。"许莼站起来说。

下来的画面就是戚朵已经熟悉的了。

再一次,江夕从临床心理科的走廊上走过,径直进了连湛的治疗室。

穿着白大褂的连湛道:"你的情况,并不完全像性瘾。你虽然长期扮演着不道德的第三者角色,但在我的干预下现在已经走出,而且还获得了受害家属的原谅。因此你的心理压力并没有太大,不会需要与多人性交进行排解。我建议你去抽血化验一下。服用过非法刺激性欲的药物吗?有吸毒史吗?"

江夕去抽了血，小护士懒懒道："明天下午三点取结果。"

江夕回公寓洗了澡，天已经热起来了，她换了一件小黑裙，然后，最后一次走进直播室。

戚朵醒来，满脸冰凉，原来是流了泪。

连湛就坐在她近前，见她醒来，微微点点头。

戚朵连忙偏过脸，整理了一下裙子坐起来。窗外深黑而静，偶尔有虫吟。看看钟，已经凌晨四点多了。

戚朵洗了一把脸，捧头在沙发上坐了一会儿。

"我不知道最后我为什么总会哭。也许是为了江夕，也许是为了这个遗落梦境的完结。我将再也梦不到她了，就好像……就好像好不容易有个熟悉的人，又消失了。"

她的声音在寂静的夜里，薄而哀伤。

连湛倒杯热水给她："人对人，无论对死人还是活人；人对世界，无论其是真实还是虚幻——都会产生感情。这很正常。"

戚朵点点头，这才发现，连湛身边放着一只黑色的马克杯，里面还剩下一点咖啡。

"连医生整夜都没睡吗？"戚朵看他，他脸上倒是没什么倦色，只是下巴微微发青。

连湛抬手捏了捏眉心："没事。休息一下，我送你回去。"

车行驶在城市最安静的时刻，连清洁工都没出来，而热爱夜生活的人，则在隐蔽的角落疯狂。

城市像是换了一张脸，空旷、辽阔、寂静。

月已西沉。像一把浅金的镰钩，想要从这迷惑的沉积的城市地面上钩沉出什么。

无数的挣扎、无声的沉没、发不出的痛苦叫声与无眠的冷笑……

街灯一盏盏过去。

"你觉得江夕想要你帮她做什么？"连湛握着方向盘淡淡问。

"我不知道，以前没有这么复杂——我分不清对错，甚至分不清爱恨。但是，我还是会把我所知的发信息给警方。没有人有资格轻易夺走别人的生命。"戚朵慢慢说。

连湛不禁转脸看她一眼。她显然还单纯，轻易就要把自己推入危险的境地。即使江夕的药物真是许莼给的，真是被逼自杀，现在也很难取证了。那信息肯定是泥牛入海。能有什么回音？

"不要出面做这种事，匿名也不行。"连湛道。

戚朵看他一眼，淡下脸，不作声。

她当然要做自己该做的。

连湛看那样子便了解了，她不会听。很显然，这女孩的性格、出身和教育，使她有很强的道德观念，太富于所谓正义感。

他略微蹙起了眉头，半晌方道："你听话什么都不要做。这事我来处理。"

戚朵有些吃惊："不用了。我也知道，可能会有麻烦。而且……"

而且，她才是夏江夕交付梦境的人。

"没事。你眯一会儿吧。"连湛打断她。

戚朵沉默下来。

车缓缓停进戚朵住的小区时，一片黑灯瞎火。路灯不知道什么时候坏了，也没人来修。

连湛停好车，侧头一看，模糊的黑暗里，戚朵睡着了。她的双手略紧张地抱在胸前，头靠在窗玻璃上，小小白白的侧颜，嘴唇紧抿，睫毛丝丝映在脸上，眉头微蹙着。

连湛犹豫一瞬，伸手轻轻将座椅放倒，又在后备箱取了一件外套给她搭上。他也很累，就在黑暗里闭目养养神，不知怎么竟不小心也睡着了。

戚朵做了个梦，她自己的梦。

她梦见自己在一片昏暗冷寂的湖面上走着，脚下冰冷而透明，可以看见银灰的游鱼箭镞一样飞逝。

开始，她也觉得有些乐趣，但走得太久了，渐渐又冷又疲惫。

正在她绝望得想大喊的时候，前面逐渐出现了地平线，微微有光。

她不由得加快了步伐，水波在她脚下飞溅，近了，越来越近，地平线逐渐显示为一片宽阔的岛屿。

她略欣喜，直奔过去，然后猛刹住脚——她脚下的水像被刀切一样齐齐斩断，与对面的岛屿之间隔着深不可测的鸿沟。

可怕的是水太滑了，她不受控制地掉落下去，拼命伸手想抓住什么却抓不到。这时，上方出现了连湛的脸，温柔怜惜的一瞬间——他向她，伸出了手。

一个激灵，戚朵醒了过来。

太阳已经出来了，光线淡金色地照进车里。连湛的脸真的很近地在她对面，几乎呼吸相闻。

正在戚朵回忆梦里的脸和这张有何不同时，连湛睁开了眼睛。他的眼神也有一瞬的迷糊。

戚朵像被使了定身术，定住了。

半秒后，她弹簧一样弹起来背过身："连……连医生。"

晨光里戚朵的肩背很薄，手急忙捋着头发。

"对不起，我怎么在这儿睡着了。真的很抱歉。"回过神，她的声音又恢复了一贯的凉淡平直。

连湛坐起来，伸手恢复座椅的角度："没事。我也睡着了。"

正在这时，单元楼里的大妈走了出来，想是又早起给长期宅家的儿子买饭。

一抬眼看见车里睡眼惺忪的戚朵，又看看车牌，再看看连湛，她脸上的表情走马灯般换得热闹：我看不上的竟然有有钱人看得上啊，这女孩看起来冷冰冰的，真是捉住金龟婿了啊……

八卦声简直憋不住地从她暗黄的皮肤散发出来。她激动兴奋地找米线店老板说去了。

戚朵有些尴尬。时间不早了,她得按时去上班,手搭到车门上,又有些犹豫:因为自己,连医生一夜只在车里打了个盹,过不了一会儿,他还要去接待别的病人。

似乎应该略微表示一下。

"连医生,要不吃个早饭再去上班吧?我这附近小吃摊很多。"戚朵踌躇道。然而,以她对连湛的观察,他应该不会在烤肉摊子上吃早饭。

但连湛说:"好啊。"

Chapter 04
移情疗法

他们坐在了米线摊上,隔壁就坐着同楼的大妈。

大妈眉毛眼睛的官司打得更热烈了。

米线很快就上来,戚朵拆开一次性竹筷子就吃起来,连湛则对那带着毛刺的筷子愣了一下,然后又对那浮着未知红油的米线愣了一下,才慢慢挑起一筷吃了一口。

戚朵抬起脸看他时,连湛正忍着铺天盖地喷涌进鼻腔的辣意带来的咳呛。以他的教养,吃进去的东西绝不可吐出来,便生生咽了下去。

此时连湛背光坐着,戚朵看见他的带着些微绒毛的耳朵在朝阳的光里通红通红的了。

"连医生不吃辣啊,我忘了告诉你这个店叫'变态辣'……"戚朵迟疑着说,一个弯度忍也忍不住地从她唇角绽放开来。

连湛拿纸巾捂着嘴,她的笑容,从没看过的笑容,像白日焰火,像从他舌尖滚落到胃里的辣火。

他怔了一秒,挪开眼,四处看有没有水。

当然没有。

戚朵不由得说:"不吃了,到我那儿喝点水吧。"

连湛顿了一下,站起来。

大妈在背后用眼神射两人:看样子肯定已经……真不矜持!真是看走了眼,还以为是个好姑娘,其实还不是拜金!但又有些后悔自己没早点下手。早点下手,再让她辞掉工作,儿子对象有着落,姑娘也

Dream
/057/

不至于堕落，自己也能早点抱孙子……

连湛走到戚朵房门前的时候，辣意已经褪去。他不是第一次被女人邀约，"去我那儿喝茶""我房里有很好的咖啡""我弹首曲子给你听"等等，他总是冷淡礼貌地拒绝。

这次当然不同，但就在他仍然本能地要说"不用"时，连湛忽然想到，一个人的房间也是心理的展示台，尤其在别人贸然来访时。戚朵的房间是怎样的？

楼梯很旧，安全通道都积着人家的杂物，破花盆烂箱子的，上面很多灰。戚朵倒是自然地打开门："你等等，我去给你倒水。"

连湛踏进去关上门，就站在玄关处等。

这房子并不小，有三室两厅，采光也不错，只是旧。屋里显然没有别人，鞋架上连一双多余的拖鞋都没有。

家具非常清简，客厅窗下摆着一张大案，铺着毡子，原来她写毛笔字。连湛自己是被家里逼着，踏踏实实临了十余年魏碑，虽然一自由就断然丢开手了，但眼光还是有。墙上随意粘的几张字纸，字不错，不像女孩子写的，很有风骨。

案上一只青瓶，里面插着枝干枯的荷花。

墙角还堆着一些杂物，怎么说，有的人可以乱得挺有画意，戚朵就是这样的人。当然对他来说还是太乱。

这时戚朵捧着一只碗出来递给他，有些抱歉地说："没多余杯子——你将就喝吧。"

连湛接过，绘着细细缠枝莲花的一只碗，端起来喝了。

戚朵洗碗去的时候，连湛再静静打量。三室中有两室门开着，其中小点的那间里有张铺着白色床单的单人床，另外的连着阳台的大间里反而什么也没有，雪洞似的。阳台上倒是搁着一把躺椅。

总之，是寂静，丝毫不像时下女孩的闺房。

"那间屋子做什么用？"连湛对着紧锁的那间房问戚朵。

戚朵刚洗了碗出来，指尖还滴着水，看他四下打量，脸微微地泛了红。但她的表情在触到那间房子时变得僵硬冰冷："没什么。我没有钥匙，从来没进去过。"

离第一个病人的预约时间还有一小时，连湛驱车回家冲个澡换了衣服，回到车里打开电话。
"二哥。"
"你还知道自己有个二哥？过年都不回来见一面！"一个沉稳的中年男声说。
连湛道："我有个事想麻烦您。"
"难得。什么事？"
"许闻天你知道吗？帮我查一查他。"
"我有点印象。怎么，得罪你了？"
"没有。"连湛说，"你食君之禄，总该为人民做点事吧？"
"你小子！"那边呛声，"可以是可以，中秋，回来看看老爷子！"
"行。"连湛挂了电话，发动引擎。

早晨。
戚朵到殡仪馆时，时间还早。她漫无目的地往告别厅后头的松林走去。
高大紧密的一片松林，了无人迹。枝桠间几乎筛不进阳光，却能隐约看到不远处的遗体焚烧处高高的烟囱里流出的白烟。
灵魂，那么轻，袅袅就去了。
仿佛能听到它们在树顶上杂乱无章地说话。
戚朵时常独自仰面看着。
而此刻，许是因为清晨，松林间散发着清新的松香。踩在厚厚的松针上，她的心竟有一瞬的轻盈。

到办公室时间仍早，门却已开。一个陌生的女孩正弯着腰拖地。戚朵走过去坐在自己的位子上，发现桌面有新擦过的水痕，杯子洗过，添了热水。

戚朵抬起头,女孩边拖地边冲她略带羞涩地露齿一笑,许是因为牙齿不整齐,又赶紧把嘴抿上。

她的眼睛睫毛极密,倒映在黑白分明的瞳仁里,碎光粼粼。皮肤光润微黑,颧骨上带些常年日照出的红晕。小小尖尖的下巴,有些讨人怜爱的感觉。

戚朵瞧着她。女孩有些局促地直起身,两手扶着拖把笑道:"我叫李小蔓,才来的。你也新来不久吧?"她普通话其实极标准,但咬字太认真,有些生硬。

"我工作两年了。"

戚朵站起来去了告别厅。

李小蔓不以为意,只淡淡地一笑。

今早追悼的第一具遗体是个中年女人,戚朵即兴弹了一首名不见经传的英国古典音乐家的曲子,《我曾这样度过一生》。

李小蔓显然是第一次接触这工作,束手束脚地挨在钢琴左侧。戚朵知道那个角度,恰好看不见遗体。

戚朵冷静而认真地弹着,仪式即将结束时,逝者两鬓微白的丈夫忽然扑到遗体身上大哭,然后反复亲吻逝者的脸。

这个举动当然带动了亲友们新一轮的伤感,告别厅又被哭声淹没。

这时戚朵听到身后窸窸窣窣的,回头一看,李小蔓正抿紧了嘴强忍着在那里抽泣,眼泪从那双睫毛翘密的眼睛里汩汩淌出。

中午回办公室,财务大姐赵霞和文员王莉丽正商量去哪里吃饭,殡仪馆馆长的儿子也在。

他们三个都是有事业单位编制的,工资比戚朵、李小蔓这样的"临聘员工"高一截,却不用接触死人。但是这些人仍然有机会就跷班,吃过午饭就不一定回来了,去逛街唱K。

馆长儿子问:"你、你们去哪儿吃饭呀?带我。"

赵霞和王莉丽交换个眼色:"吃吃吃,吃什么呀?都没钱了!你爸又不发钱！"

王莉丽接着憨笑道："我们俩出去讨点饭，你等着，讨得多了给你带一份。"

不等馆长儿子答话，她们两个赶紧走了。

李小蔓有点蒙，戚朵面无表情地去拿饭卡准备上食堂。

馆长儿子拿出手机拨电话道："爸？你啥时候发钱啊？她们都出去要饭了！都不带我！"

李小蔓抿紧了嘴唇。

戚朵已经习惯了，这位太子爷有轻微智障，一毕业就被安排在馆里工作，给王莉丽打打下手。王莉丽她们碍着面子，也经常带他去外面吃喝玩乐，今天可能是烦了。

他竟然也是个大学生，那学历怎么来的，也是匪夷所思。

"哐"的一声，馆长以光速冲过来推开门，有人欺负他儿子，他很生气。在看到是戚朵和李小蔓时，他的气更肆无忌惮了，因为若换了财务赵霞和王莉丽还要悠着点，毕竟她俩都有些关系。

"你俩！是不是不想干了？"馆长咆哮。

戚朵眉毛都没动一下，径直就从他身边走过去。

李小蔓陡然明白过来，回身扑到窗口，对楼下的赵霞和王莉丽叫道："你们欺负人！"她脸上露出真实的愤慨。

馆长这时也明白了："混账东西，不想干了……"黑着脸嘟囔着摔门走了。

楼底下王莉丽和赵霞对视一眼，吐吐舌头一溜烟地走了。

馆长儿子颓然坐下："只能吃食堂了。"

出乎戚朵的意料，李小蔓走到馆长儿子面前，柔声说："我知道食堂在哪儿，我带你去。"

馆长儿子乜斜了眼："我也知道。"但他很自然地就跟李小蔓去了。

从此新人李小蔓就多了个外号，叫"馆长儿媳妇"。

但大家并不因此就对她客气，相反，王莉丽她们有什么活，看她闲着就叫她做，看她不闲就等着叫她做。

李小蔓每天忙得脚不沾地，额上汗津津的。她的口头禅就是："没事，我来，我来。"先是打扫卫生、取送快递，继而印文件、写材料，甚至是做报表跑财政局。她很聪明，很快就都能上手。见了遗体也不再害怕，只是家属哭得厉害时，她还是会跟着掉眼泪。

大家背后便说，只要不欺负馆长儿子拿他的傻说事，李小蔓就是最烂的一个烂好人，单蠢老实透了。

戚朵不言语。

不，李小蔓不是的。她不是王莉丽那样一眼能看到底的人。

李小蔓的确不蠢，她尽管有求必应，却并不真正参与到王莉丽和财务赵霞的小团体中，反而总去亲近戚朵。她直觉，戚朵和她有种能交流的默契。况且戚朵虽然面冷，却没有坏心眼儿，还带点清高的意思，像大学里那个总照顾她的教授。

李小蔓知道，这样的人，其实都是很纯真的。

这天戚朵中场回办公室休息，正碰见李小蔓和馆长儿子头碰头伏在桌子上写什么。

戚朵走过去，原来李小蔓在教他写字。"白良栋"，馆长儿子的名字。

其实白良栋会写字，还写得挺工整，就是一般人笔画都是由左往右，而他是由右往左。李小蔓正帮他纠正。

初秋的太阳照在两颗年轻的头颅上，蓬松的黑发都揉在了一起。

戚朵走过去李小蔓才发现，忙丢下笔拿烧水壶给戚朵杯子里倒热水："我从老家带的大麦茶，你喝不？"

戚朵说不喝，然后就看到李小蔓红扑扑的脸蛋上忽闪忽闪的一对大眼睛，微笑纯挚地看着她，带着一丝羞涩。

戚朵把杯子往前推了推。

李小蔓立即小鸟似的扑回自己的工位，从桌兜里取出一只大玻璃罐，给戚朵的杯子里倾了一大勺，戚朵来不及阻拦，又是一大勺。

戚朵感觉稠得已经可以当午饭吃了，李小蔓又拿出一张大白纸，哗啦把罐内至少一半的大麦茶倒在纸上，麻利地折成个纸包塞给戚朵："这个好，家里自己晒的，补气的，你慢慢喝。"

阳光折射在她白瓷杯子里，大麦粒逐渐变胖，袅袅热气蒸腾出粮食朴素的香味，茶汤金黄透亮。李小蔓朝着她笑，露出不太整齐的牙齿，又赶快把嘴抿上。

戚朵的心仿佛忽然被一股暖洋洋的风吹拂了。

好像是妈妈还在时，小院里种的向日葵开了，在太阳下面发出金黄喷热的香味。

李小蔓捕捉到戚朵脸上柔和恍惚的一瞬，淡淡一笑。

戚朵回过神，正碰上她那双眼睛——温和的、了解的、略带同情的。那碎光粼粼的瞳仁清流暗涌，仿佛在说："我了解，活着不容易，我也一样。"

那种微妙的交流，是王莉丽她们不会有的。因为戚朵、李小蔓，都是有复杂过去的人。

站在阴影中的人。

戚朵已经有一阵没有再接到逝者的遗落梦境了，这种情况以前也偶尔有过，但都没这次久。也许最近的逝者都死得比较平静。

她每周仍做两次心理治疗。连湛的干预，明显使得她的休息变好，精神也好了很多。而非治疗时间，连湛也会来找她。去清净的地方吃饭，看博物馆已逾千年的衣饰器物，听一个已故音乐家的追思音乐会……这种沉闷的、晦暗的娱乐，却恰是戚朵能接受的。

她最不愿意，就是到喧闹的人群中。她会迷茫和紧张。

而在那些暗色的安静的场合，连湛就那么静静地陪着她，他的沉默侧影，时常会使戚朵想起那个温柔怜惜的神情。

然而她却再也没看到。也许是看错了吧，戚朵想。

他们在一起时，连湛从不提治疗的事。但上次见面她要求中止治疗，却被他一口回绝了。

　　"嘀嘀"两声，戚朵放下麦茶，拿起手机。是连湛的短信："碧霞路212号，婕妮花"。什么地方？

　　戚朵给一家丧主做完后续交接，到达连湛的短信地址已是华灯初上。
　　长街两边由数层楼高的梧桐树织成穹顶，梧叶微黄，路灯下树影婆娑。戚朵数着门牌走过去，忽然停下。
　　不远处船舱式木格玻璃窗里，连湛的侧影俨然在目，永远看着特别干净。暖黄的光线斜斜铺在他短短的黑发和英俊的侧脸上，睫毛显得越发地长，影子一丝丝投在脸颊上。
　　一个系黑色领结的侍者将一杯暖融融的咖啡放在他手边。
　　一阵风来，丢下几点凉雨。戚朵立在暗处，忽然有种奇特的感觉。好像她漂流在黑暗动荡的海上，前方忽然驶来一艘大船，船内灯火温暖璀璨。
　　但那份温暖和璀璨，却不是她能进入的。
　　雨水在梧桐叶上逐渐聚集成一滴，倏地滚下，恰滴在戚朵额上，冰冰凉凉。她惊醒一般，走上前推开风铃叮当的木门。

　　已凉天气未寒时，的确没有比一间安静温香的咖啡馆更好的去处了。戚朵走向连湛，感觉他的眼光像蜻蜓在她额上落了一记。
　　她刚落坐，灯光陡然变暗，不远处的白色幕布上，开始播放电影。老片子，《天使爱美丽》。店里人不多，彼此轻声交谈，说着和电影有关或无关的话。有人跟着插曲轻哼，有人轻笑。
　　侍者走来，连湛先道："给她来一杯牛奶。"又向戚朵解释，"你不宜喝咖啡，会增强脑细胞的活跃度。"
　　侍者微微一笑去了。

戚朵顿时感觉自己像小学生。抿一口牛奶，太甜，她的手不由得放到提包鼓起的地方，那里面是一大包阳光味道的大麦茶。

连湛看着戚朵，她神情微暖，眼眸低垂，里面碎光流动。几缕发丝被雨水打湿，粘在光洁的额上，还有一道灰。

那道灰，使她像一只略狼狈的小鹿。他拿起一片纸巾递给她，戚朵却没发觉。他的手顿了一下，索性替她擦掉。

戚朵有些吃惊地抬起头，连湛解释："你脸上……"他微笑了，"有点灰。"话一出口，他自己也有些吃惊于自己声音的温柔。

医生的手，力道不重不轻，擦在额上挺舒服的。戚朵不好意思地往后让了让："谢谢。"

"那是什么？"连湛指着她手下鼓鼓的包问。

"哦，"戚朵抬手叫侍应生拿开水，"朋友给的茶，冲出来你尝尝。"

"朋友？"连湛眼里有不动声色的兴味。

戚朵用咖啡勺多多地将大麦茶舀进玻璃壶里，兑上热水，看那金色的植物颗粒瞬间飞扬起来："嗯，新同事。叫李小蔓。"

连湛端起杯子看看，吹开浮起的麦粒，啜一口。

"唔，太阳的味道。"

戚朵不禁微笑了。

一个笑容，也在连湛脸上展开。

"你怎么看？"连湛注视着屏幕，电影中，艾米丽正欢快地扶着盲人老头过马路。

"时间全用来帮助别人的天真人生？我看，只要快乐，实在比蝇营狗苟的人生要值得得多。"戚朵道。

他们喝着大麦茶，搭配新烘焙的柠檬蛋糕，看完了一场电影。

咖啡馆内的人逐渐多起来，正在戚朵提出要回家。

连湛站起来："等一下。听首歌再走。"

戚朵没来得及说话，他已经往台上走去。

咖啡馆的中央,放电影用的白色幕布撤去,演唱的舞台便显露出来。

上面有架光可鉴人的黑色三角钢琴。

连湛在钢琴前坐下，随意试了两个音，对音响师点点头。他弹了一小段前奏，就开始对钢琴上的麦克风唱道：

And i love you so,

the people ask me how.

How I live till now,

I tell them I don't know.

I guess they understand,

how lonely life has been.

But life began again,

the day you took my hand.

And yes i know how loveless life can be.

The shadows follow me,

and the night won't set me free.

But i don't let the evening get me down,

now that you're around me.

And you love me too,

your thoughts are just for me.

You set my spirit free,

I'm happy that you do.

The book of life is brief,

and once a page is read,

all but love is dead.

That is my belief.

……

人们都静了。

整个咖啡馆,只流淌着连湛温柔而认真的歌声。

那歌词漫过戚朵心上:

我是这样爱你,别人问我过去怎样,怎样活到现在,我告诉他们我不知道。但我猜他们了解,生命可以多么孤单。好在我的生命已重新开始,从你执我手的那刻起。

没人比我更明白,生活可以多么枯燥无聊毫无可恋。阴影追随着我,夜晚不肯放我自由。但是,现在我已不再因黄昏而沮丧,因为你就在我身旁。

而你竟也爱着我,你的所思所想全都只为我。你放飞我的灵魂,给它自由,我因你所做的一切而快乐。

生命之书薄如蝉翼,而且一章一旦读完,除了爱,一切都会死亡。我是这样爱你……

阴影追随我,夜晚不肯放我自由。戚朵心里缓缓一陷。这是唱给她的吗?遥远的舞台上,连湛还在认真轻诉:我是这样爱你……

有人拥近前,开始给连湛拍照、录视频,戚朵只能在间隙中看到他了,那是能做偶像剧片花的一幕,台上的人英俊而深情。

可她的生活却不是偶像剧。

那份璀璨和温暖,并不是她能企及的。

戚朵猛地站起来,逃也似的快步走掉,撞到一个抻长脖子看连湛的陌生人身上。

"对不起,对不起。"她低声道歉。匆匆推开木门,挂在门楣上的风铃又是一阵叮当。外面雨已经大了,秋风袭人,她打个寒噤,门又沉重地关上了。

把温暖和喧哗都留在脑后,她踽踽独行进冰凉夜色。

咖啡馆内,一曲终了,连湛迈步走下舞台,周围爆发出阵阵掌声,还有两三声女孩子的口哨和尖叫。他避开她们走向戚朵,才发现,她的位置早已空了。

三天后，早晨，戚朵一开门，连湛就杵在面前，她险些撞上他。

"昨天的预约治疗你为什么没去？"他神情严肃。

"哦，忘了。连医生不忙吗？还麻烦亲自跑一趟。"戚朵慢慢说。

连湛俯看着她，发现她额角茸茸碎发掩映下，一缕红晕扫过脸颊，直到耳根，才慢慢消失，恢复瓷白。

他这才微微笑了笑："在附近游泳，顺便来问问。"

戚朵低着头，没作声。连湛这天穿着一件黑色的风衣，因为他们站得极近，那衣角几乎要触到她的。

"那治疗就挪到今晚七点，我白天很忙。"随着头顶声音的响起，那衣角也退后一步。

"不要迟到。"

面前倏然一空，戚朵才反应过来，而连湛人已走了。

空空的楼梯间里，无数尘埃在朝阳金红的光里剧烈舞蹈，好像他是一把勺子，笔直地伸进来，把积年尘埃都搅乱了。

"连医生，我觉得自己不需要心理治疗了。感谢你近来的照顾。"这早已想好的话，一个字也没有说出口。

实际上，昨天早晨的治疗，戚朵不但没有忘，相反还格外惦记。反正做什么都不安，她干脆对时钟坐下，看时针分针一点、一点走过了预约的时间，整个人才逐渐放松下来。

她决定以后都不去了。

坐在去殡仪馆的公交车上，戚朵故作无所谓地想：反正决定这种事情，就是用来推翻的。

街景一帧帧过去。车转一个弯，背对太阳，一个人模糊的苍白影子映到玻璃窗上。

那是她自己。

一个通灵者。

戚朵眯起眼睛，想把自己看清楚些。可仍然只看到一片清冷模糊的苍白。

她正想换个角度,忽然来了一片红,把那片苍白整个吞掉。是一个穿大红露胃装身材火爆的女孩挤到了她身后。

戚朵对着那个消失的自己,轻轻地、自嘲地呵了一口气。

相反的方向,连湛正开着车往医院去。那天晚上他为戚朵唱的 *And I love you so*,是跟陆行健学的。想当初,这位仁兄就因这首歌一战成名,抱得美人归。当时看到戚朵空掉的座位,他只有一个想法:怎么换了他,效果就这么差?

当时就有人将他唱歌的视频放到了网上。刚到家,电话就来了。师兄陆行健头一句话就是:"你要用移情疗法?"

连湛顿一顿,坦然道:"是。"

"我不同意。"陆行健马上说。

连湛坐到沙发里:"为什么?这又不是什么新鲜事物。"

"的确。弗洛伊德时代就创立了——但是,他们最后都躲开了那些女病人,避免了身败名裂!"陆行健几乎喊了起来。

"我会控制的。"

陆行健的呼吸有些急促,半晌,方平稳下来:"到什么程度了?"

连湛略一思索:"两面感情。爱与憎、想接近又想回避、相信又不相信,这样的相反感情在同时转移。"

陆行健冷笑:"不是那么容易的。"

"我尽力而为。"

挂了电话后,连湛又认真审慎地重新作出计划,直到深夜。对原定于昨天的预约,他要求自己一定要在治疗过程中巧妙地把戚朵的反感、对抗抹去,而将心理依存、恋慕提升起来。

不料戚朵居然没有来。

连湛第一次有踏空的感觉。

今天早晨,他人已经坐到了治疗室里,却在第一个预约病人到来前,神使鬼差般抓起车钥匙快速驶出医院。

直到看到戚朵表面镇定冷淡,实则方寸微乱的样子,才明白自己为什么"神使鬼差"——他就是要收到这样一个效果。

连湛到医院时病人已在候诊。门响,进来却是护士长宋铭,她将一杯香气诱人的咖啡放到桌上。

连湛微笑:"谢谢。叫病人进来吧。"

宋铭没有离开,反而挨近些。

"让一让。"她明媚地笑,大大方方将他腿边的小抽屉抽开,一只小小的手动咖啡磨现了出来。

连湛不解,宋铭弯下腰,带了点调皮道:"这个好东西,放在你这儿。以后你要喝咖啡就方便了。别给小吴她们看到啊!不然我们反而摸不着了。"她藏宝似的又关上抽屉。

"哦。"连湛答应。这个抽屉平常只放空白处方笺和抽纸湿巾等小东西,没有病人资料。

"还有事吗?"见宋铭还笑盈盈立在那儿,连湛问。

宋铭笑指桌上的咖啡:"外头我先挡着——你不喝喝看?"

连湛举起杯子尝了一口,不禁又喝一大口:"很好,像我在国外读书时常去的那家。你从哪里买的?"那家咖啡店主人是个老英国人,咖啡豆现磨,去晚了就要排队等。当然他从来没等过,因为他总是最早的——赶着去图书馆。

宋铭看他几口把杯中的咖啡喝完,方笑着说:"就是那家,托朋友买的。实话说,费了不少事呢。店主脾气倔,原本不肯卖他一颗颗自选的宝贝咖啡豆。"

连湛拿出钱包:"要有多的,我都要了。"

宋铭忙一把按住他的手:"连医生平时照顾我那么多,几杯咖啡算什么呀?"

连湛放下钱包:"谢谢。"事实上他并没有照顾她,但许多人往往爱这么说。他明白官宦场上这一套，受家庭熏染的宋铭固然像薛宝钗一样对世人都妥帖，但若没有其他诉求，也不会万里买咖啡豆。

果然，她继续道："连医生喜欢唱歌吗？我想一般的地方你也不会去，刚好有个朋友新开了家KTV，真人演奏，开演唱会似的，专供自己人玩，环境服务都相对好一点。我把开业派对时间地址发给你。有明星来恐怕你也不感冒，主要陆行健也会来，都是熟人。不然我也不敢叫你。"

"谢谢，但是我不太喜欢唱歌。"连湛说。

"是吗？无所谓的，到时看连医生的时间。"宋铭微微不快了一瞬，随即笑着拿走杯子到盥洗台清洗，顺便汇报起工作来。她的汇报，总是详略得当、清楚明白，恰到好处地表现出她对医生工作的贴心辅助。

连湛点头道："你做得很好，辛苦了。"

"哎呀，我太高兴了，得到连医生的肯定！你都肯定了，什么主任院长就不在话下。谢谢连医生，我中午请你吃饭！"宋铭明亮欢喜地说着，嘴唇弯出一个红润丰腴的弧度，眼光在连湛脸上逡巡，把自己的情绪隐藏在黑翘的睫毛下，却绝不错过对方脸上任何一点细微变化。

连湛却只是礼貌地笑了笑："不要让病人等。"

宋铭的脸僵了一瞬，随即继续笑道："好的。瞧我这脑子，光顾着跟你说话了。现在就去叫号。"

中午宋铭安排好明天的预约过来，连湛的治疗室已经空了。

手机响，她掏出一看，是连湛回复她开业派对时间地址的短信："谢谢，但我当天没时间。谢谢你的咖啡。"又一声短信，却是银行发来的，连湛给转的咖啡钱。

早晨戚朵到办公室已经迟了。门敞着，别着糖果色发卡的王莉丽正坐在电脑桌前说："……对啊，太慢了。"

一个穿棒球衫的年轻男人蹲在她脚边，正检查她的电脑主机："你

/071/

的电脑太旧,加内存条也没用,能动起来都不错了。"

"什么?"王莉丽娇声叫,"我的电脑是今年才配的!"三个月前,她嚷嚷着自己是文秘岗,经常要用电脑,刚来一台新机子就被她要了去。

年轻男人站起来。他个子很高,模样挺阳光帅气,顺手拉过一把椅子坐下凝视屏幕:"不可能。我看看。"

王莉丽也凑近屏幕:"嗯,你好好看看。"

李小蔓拿纸杯倒了热水送过去,又给王莉丽杯里也添满:"吴磊、王莉丽,喝水。"

王莉丽有些不高兴地斜她一眼:"叫吴老板好吧!上一个维修员不行,我特地叫了老板来的。"

吴磊忙道:"什么老板,就是几个同学凑在一起瞎胡闹。"又专对着李小蔓道,"待会儿把你的电脑也看看,升级一下。"

李小蔓连忙摆手:"不用不用,我的电脑最近特快。你快给王莉丽修吧!"说完回自己工位去了。

说到这儿,戚朵想起来,这个吴磊也是大学生,毕业开了个小电脑维修公司,不知何时拉到了单位的生意,偶尔会过来修电脑。他人挺礼貌,白白净净、帅帅气气,一看就是小康家庭出身的孩子,还很上进。王莉丽对他似乎很是青眼有加,表示他虽然小于富二代,但大于经济适用男。

过了一会儿,吴磊道:"你桌面上的电视剧什么的我都帮你清理到D盘了,能快点。反正主机太旧,凑合用吧。"

王莉丽不依:"不行!你再给我看看,我中午请你吃饭嘛。我的电脑原来超好用的。"

吴磊无奈:"再看也就这样。"他对李小蔓说,"我看你的吧。"

李小蔓一听,忙拿起抹布钻到桌子下头擦自己的主机:"好,好,我先擦擦灰。"

吴磊笑了,眼睛亮亮的,露出雪白的牙齿:"不用啦,你的不看主机……"

"没事没事，我擦擦不费劲。"李小蔓闷闷的声音从桌下传来，吴磊的笑容更深了。

王莉丽沉下脸，撇了撇嘴。

这时李小蔓慢慢站了起来，小声说："王莉丽，你的电脑标签上是不是画了个鬼脸？"

王莉丽"啊"了一声，忽然跑过去扯开李小蔓往她桌子下一看："好啊你，居然把主机给换了！"

吴磊面色微变。

李小蔓的脸唰地涨红了："不是，我没有啊。"

王莉丽指着她："李小蔓，我王莉丽平时对你怎么样？哪次聚餐没叫你？有没有让你花过钱？你就这么对我？你真要用电脑，给我说声，我会不让你用吗？"

李小蔓抿了抿嘴，轻声说："我也不知道怎么回事，我不太懂电脑，只觉得最近 WORD 用着变快了……"

王莉丽抱着胳膊冷笑道："你当然不知道了。"

吴磊微沉下脸正欲说什么，戚朵忽然冷冷发声道："你的工作总归是李小蔓做，电脑就让她用好了。"

戚朵平时在办公室像个透明人，又像根木头，好像戳一针都不会哎哟的，现在忽然说出这么刺的话，倒把伶牙俐齿的王莉丽噎住了。

财务大姐赵霞不能修手旁观，忙道："戚朵你说这话就不对了，单位有单位的分工，李小蔓一个实习司仪，要那么好的电脑干什么？你们的工作都是在前头送人，我看压根可以连电脑都不要！"

王莉丽接着锐声道："要也不能偷！"说完她自己也有些吃惊，咽了口口水。其实她平时不是这么夸张的人，只是当着吴磊的面，她就是想把李小蔓彻底踩下去。

果然，吴磊的脸色难看极了。

戚朵先淡淡地对吴磊道："那旧电脑还能用吗？"

吴磊如实说："带不起来。"

"那就收起来等财务回收吧，把快的这个装给王莉丽。我和李小蔓基本都不用电脑，有我的一台就够了。"戚朵走过去看着李小蔓，"时间快到了,我们去告别厅吧,别让逝者家属等。"

王莉丽看着她们的背影消失在门口,气道:"那偷我主机的事儿怎么算?"

赵霞没答话。能怎么算,电脑又没有丢在外面。要不告诉馆长,馆长正看你我不顺眼呢。

王莉丽气哼哼地坐下,忽然想起李小蔓从此没了电脑,就不方便再替自己干活了,而今天就有个材料要给民政局报,不由得更加懊恼。

吴磊已经动手把李小蔓桌子下的主机拆下来给王莉丽装上,签好单子,撂下一句:"你就确定是别人偷的吗?"就走了。王莉丽的脸蛋都坠下来了。

Chapter 05
心脏丢了

走到外面，李小蔓用手指擦去眼里的湿意，叹口气道："谢谢你。"

白良栋恰迎面过来，看到李小蔓眼睛一亮："小蔓好！"然后憨憨笑起来。李小蔓也憨憨地对他一笑。

这对活宝，戚朵也忍不住也嘴角轻扬，刚走两步，忽然又想起来什么，对白良栋道："王莉丽的电脑是你换的吧？"

白良栋毫无意外地说："啊。怎么啦？小蔓的不好用，我的还要打游戏，就换王莉丽的吧。"

李小蔓怔了一下，戚朵以为她这下要生气，不料她只是放柔了声道："你对我真好。不过，以后别这样了。"

白良栋摸摸自己的脑袋，竟然毫不犯浑，也不追问，听话地说："好。"

戚朵看着他俩，简直匪夷所思，径自去了告别厅。

两场告别仪式后，中午食堂。

戚朵和李小蔓刚坐下，就听见有人说："哟，馆长儿媳妇驾到。"

李小蔓微窘。王莉丽也才打了饭，忙过来坐到那个打趣的同事身边，不高不低地说："你说现在有些人，为了扒高往上，真是荤素不忌呀！傻子都不放过！"

李小蔓压抑地抿紧了嘴唇，低下头。那同事原本只是开玩笑，没想真的伤人，默默吃饭不肯再说。

王莉丽看李小蔓的样子，只道料中，更加讽刺："也是，听说白馆长光房子就给良栋备了好几套，抓住他，就'妈妈再也不用担心我回家种地'啦!"

听到"妈妈"二字,李小蔓猛地站了起来,像要往王莉丽那边去。

"小蔓。"戚朵也静静站起来,"外面太阳好,我们去外面吃吧。"

殡仪馆领导为了给员工谋点福利,在餐厅外面弄了几把太阳伞,底下搁着桌子椅子。但初秋天气,中午仍然热,所以都空着。她们两个在太阳底下静静吃着饭,几只麻雀在她们脚边踱步。

李小蔓垂着眼,睫毛愈发浓郁。戚朵发现,她两边的下睫毛里都散着三四颗黑色小痣,所以显得睫毛更密了。

李小蔓抬起眼,正对上戚朵的目光。她眨眨眼:"都说眼下长痣不好,是泪痣,一辈子命苦,好哭。那像我这样的,该苦成什么样啊?"

戚朵坦白道:"我觉得挺好看的。有种特别的美。"

李小蔓笑了一下,但笑得真苦。

戚朵因说:"没必要难受。王莉丽是因为吴磊喜欢你,才那样的。你不也喜欢他吗?挺好的。"

李小蔓筷头掉在餐盘上,"哒"的一声。

戚朵看了她一眼。

李小蔓笑得更涩了:"怎么可能。"

戚朵挑了挑眉,继续吃饭。她的观察当然不会错,李小蔓承认不承认都无所谓。

半晌,对面的人方静静道:"上大学的时候,老师在课上问'什么最难'。说什么的都有,考试、做论文、减肥、追女神……只有我说,生存最难。"

"嗯。"戚朵倒没有为生存为难过。尤其大学的时候,和王莉丽她们一样,还没想过生存的事儿呢。"那现在呢?什么最难?"殡仪馆的工资还不错的。

"还债。"李小蔓偏过头,微微一笑。长长睫毛倒影里,碎光粼粼。点点泪痣,悲郁而动人。

戚朵第一次见李小蔓就感觉到,她身上有种悲剧的气息,仿佛背着重负，绝不仅仅是普通意义上的家境不好。

"什么债，很多吗？"

"很多。"李小蔓的黑眼珠定定的。

戚朵想问具体多少，她倒还有三四万的存款，聊胜于无吧。正要张口，电话响了。

"不能背后说人。"戚朵扬扬手机，屏幕上"电脑维修"四字在闪烁。她按下扬声器。

"喂，戚朵吗？我是吴磊。"那边的声音略一迟疑，继续说，"我想麻烦你给传个话。行吗？"

"行，什么话？"戚朵立刻回。

吴磊有些喜出望外："麻烦转告李小蔓，今天下午下班后，我在大门口等她。我知道她晚上还要上家教，我送她去。对了，要说我顺路。"他强调。

"你干吗不自己跟她说？"戚朵嘴角弯上去，好笑地看着眼前的李小蔓。她事不关己地埋头吃饭，耳朵却分明竖着。

"嘿！"吴磊在那边抓了抓头，有点摸不准这个平日冰冷少语的女孩，"我怕她拒绝啊。这不她把你当朋友吗！改天我请你吃饭怎么样？我有个哥们，海龟，人特好，没有女朋友，你肯定也没男朋友吧，我给你们介绍介绍！总比被父母逼着的那种相亲好。"说到其他事，吴磊明显活络许多。

但那边沉默了，吴磊感觉自己可能说错了话，忙呵呵笑道："总之，以后就是朋友。有什么事，尽管开口。"

戚朵笑笑道："我会转告她的，再见。"

李小蔓把戚朵餐盘里剩下的米饭拨到自己的汤碗里。戚朵不及阻拦，李小蔓已舀了一勺到嘴里，神情平静："别浪费。咱们食堂第二份饭要加一块钱呢。这顿吃饱，下午饭就省下了。"

看着鼓着腮帮嚼米饭的李小蔓，戚朵轻轻说："他没有给你送花送糖，而是要送你去上家教，说明他知道你的背景，尊重你的生活方式。"

李小蔓一笑，含混道："我的背景，他不知道，连你也想象不出。而且，我的每一分钱，还有后半辈子的劳力，都已经预支出去了。什么谈恋爱、结婚，不是我这种人想的事。"

　　戚朵沉默下来，待李小蔓吃完，她才忽然说："生命之书薄如蝉翼，而一旦翻过一页，除了爱，一切便已死亡。"

　　李小蔓微怔。

　　"一句歌词。"戚朵自嘲地笑笑，拿着空餐盘走开。

　　下午戚朵早早离开殡仪馆，赶公交去赴连湛的治疗预约。刚走到门口，就看见一辆白色的现代SUV停在路边，里面坐着的，正是吴磊。

　　他正对后视镜捋头发，整衣领。确定帅无疑了，耸耸两条浓眉，做个"加油"的鬼脸。

　　可惜李小蔓多半不会来，戚朵想着，上了公交车。

　　到治疗室，七点刚过。

　　陷到灰色沙发里，手心撑在柔软的绒面上，戚朵不由得暗舒口气。熟悉又舒适。

　　连湛倒杯水给她，顺便在她身边坐下，看着她喝。

　　戚朵在他的目光下有些讪讪："路上堵车，迟了一点。"

　　连湛一笑，似乎在说，总比放鸽子强。

　　"今天做什么？连医生。"戚朵掩饰尴尬。

　　"做什么？"连湛往后朝沙发背上一倒，头枕在双手上，"我还没想好。"

　　不知什么时候起，戚朵没再见过连湛穿白大褂的样子，明明在治疗室，却穿得跟在家一样。今晚也是，浅咖色针织衫配深咖色薄绒长裤，看着就舒服。"服装的优雅在于舒适"，这副样子的连湛，别有一种慵懒亲切的俊逸。

　　此刻，秋天的黄昏静静漫满全屋，他微闭着眼睛，眉心舒展，眉色翠润，好像在享受工作后的闲逸。

戚朵被感染，也把头靠在沙发背上，看着天花板慢慢道："连医生也有这样不专业的时候？居然'没想好'。"

连湛侧过头，看她脸上浮起笑影，便也笑了："嗯，那我勉强想一想。"他做思考状："我想出来了，今天不宜干正事。"

"噗！"戚朵笑出了声，像屋里开了一只泉眼，清水"咕嘟"一声。连湛在那水声里舒服地展一展："上了一天班，真累了。我们就这么睡一觉算了。这次不算戚教授的钱。"

戚朵又笑了一声，其实也没什么好笑，只是太不像连湛说的话罢了。

"不像我？其实你也不像你了。看，笑得多好看。"他偏过头看着她，倒没有撒谎，是诚心的。

戚朵忙摘下自己的笑，轻咳两下。

"还是笑吧。你刚才那么笑，让我想起星星。小时候，去云南看爷爷，当时他在那边有任务。就那么坐着火车，半夜醒来，车停了，撩开窗帘一看，呵，满天的繁星，那么低，快要挨到我眼睛上。"

"那是因为你睫毛长的缘故吧。"戚朵揶揄。

"那里海拔高。"连湛解释。

"那也不至于挨到眼睛。是小孩的梦吧。我小时候爱给花草取名字，就以为自己是花仙子。后来发现不是，很扫兴。梦不醒就好了。"

"那你想不想和我一起做场梦？"说到这里，连湛侧过脸看着戚朵。

戚朵回看他，两人的脸挨得很近，他的眼睛漆黑而明亮，星汉灿烂一般。戚朵感觉自己的心脏有力地捶了一下。"好啊。"她脸上发热，假作不经意地退开一点，"让我梦见自己是女明星。"

"比女明星更好。"连湛微笑，"我们现在，就坐在我小时候坐得那辆火车上。绿皮的，很旧，但车厢里很干净，桌台上还有瓶花。车慢慢摇着，摇在漆黑的夜里，摇着，摇着……"

戚朵抿着嘴笑了，睫毛阖在一起轻轻颤动。

"你躺在卧铺上，床褥柔软。你动也不想动，就那么被车厢在铁轨上摇着,摇着。窗外尽是低低的硕大的星斗。也摇着,摇着……"

戚朵的呼吸平稳下来,嘴角还含着一朵微笑。

"走了一夜,天亮了,车停站了。我拉着你的手,走出车厢。外面的气温很宜人,清晨的风吹在我们身上,你感到舒适的凉意。这是一个秋天的早晨,前方有一片整洁漂亮的塑胶操场,很多同学在跑步、打球,还有些女生坐在看台上,手里拿着书,嘴巴却在和同伴品评那些运动的男生……你的心情很放松,你现在是一名大二的学生……你需要考虑的,只是晚餐去外婆家,还是回父亲家……我拉着你慢慢地走着,然后躺下来,躺在跑道外绿色的草坪上,小草从你的指缝间漏出,金色的阳光抚摸着你……你很愉悦,为这样清新活力的清晨而愉悦,你耳中只有篮球接触地面的砰砰作响,和晨跑的男孩子沉重的脚步声……你越来越愉悦,越来越放松,越来越平静……"

戚朵的呼吸越发平宁,小脸舒展。之前对一般人都适用的草原、田野、云上,都不能令她进入这样的深度催眠状态。果然大学生活,本是戚朵很美好很珍贵的回忆。

"现在,我仍然拉着你的手,将我们的手,一起放在一个把手上。"连湛的眼微微眯了起来,他一眨不眨地观察着戚朵的脸,"这是一个柜子的把手。"

戚朵的眉心跳了一下。

连湛低沉地、缓缓而不容置疑地继续:"我握着你的手,我们共同打开了它。你看到了什么?"

泉眼干涸,笑容像被飓风吹去,戚朵的脸呈现出惊痛、恐惧、不可置信的表情。

连湛稳稳快道:"告诉我,是什么?"

戚朵的嘴唇翕动,许久,两行泪水从她眼角涌出,流进鬓发里:"妈妈,妈妈……"

连湛失望地吐口气。戚朵的母亲早在她读初中的时候就去世了,而她的心疾爆发是在她大学二年级时。明明是一件与"柜子"有关的事情强烈刺激到她,彻底颠覆了她的人生,可她为何始终无法正视和倾诉呢?"柜子"里,到底是什么?

连湛伸出双手握住她微微战栗的双臂,轻轻地上下摩挲:"好的,好的,不要恐惧,不要伤心。我还在你身边。"

在这一瞬,连湛踟蹰了。要不要趁这个机会,去除、抹掉那个柜子?只要那个柜子不存在,戚朵就不会再有遗落梦境。他只要说"我们关上了柜子,逐渐睁开眼睛,我们站在操场上,周围洒满阳光,你四处张望,根本就没有柜子",很可能就将那个心结永远埋藏在戚朵的潜意识深处了,若无异常刺激,将永不会被翻出。

他犹豫。但万一不成功,患者情况出现反扑,他就必须要介入药物。而心理疾病服药往往是终生的。

虽然终生服药也没什么,糖尿病等疾病都要终生服药。作为一个医生,绝不可能有讳疾忌药的思想。但他就是不想……他想再努力一下。

"我还握着你的手,"连湛终于启口说,"不去管什么柜子,让它该在哪里在哪里吧。此刻,只有我握着你的手,你看到我了吗,我就在你面前,太阳在我身后。我要你深深地、静静地看着我的眼睛。我爱你。"

说到这里,连湛顿了一下,但也无暇细究第一次说这三个字的情绪,继续道:"我决不会伤害你。我会照顾你,保护你。现在我松开了你的手。"

戚朵停止哭泣的脸又紧张起来。

"别怕,"连湛说,"现在,我紧紧拥抱住你,不要抗拒,闭上眼,是的,我吻了你。"

戚朵整个人微震了一下,嘴唇抿住,两团红晕,逐渐从脸颊洇出。

"我背后的太阳,你感觉到了吗,越来越大,光耀万丈,灼热无比,越来越大,吞没了你我。我要你记住这种感觉,记住,我是你最信任的人。"

戚朵微不可闻地"嗯"了一声。

"好的,现在灼热退去,风吹回来,绿草,成片的绿草地逐渐显现,你站在草坪中央。前方,操场上人也出现了,很热闹。很多同学赶着去上课。你现在已经毕业两年了,很胜任现在的工作,你没有紧张,没有恐惧,没有焦虑,你在顺利、幸福地生活。你还有我,我陪伴着你,你不再烦恼,紧张、恐惧和焦虑都离你而去……"

戚朵睁开眼,浑身像出一场大汗一样酥软轻松。她坐直拢拢头发,触到湿润,才知道自己哭过。她忙翻出纸巾擦擦鼻子,抱歉地对面前的连湛笑了笑,回头查看沙发背有无留下泪渍。

连湛淡然扬扬眉道:"没关系。还有人把血喷在我这儿呢。"

戚朵一愕,看自己方才坐的地方,连湛不禁笑道:"早就换了沙发了。"

正常情况下,催眠后医生会就催眠效果提出一些疑问。

戚朵喝着水,脑中忽然跃入一个画面——她站在一片绿色的草坪上,还是少女无忧粉嫩饱满的模样。连湛立在她面前,慢慢捧住她的脸,在她嘴唇上吻了一下。

柔软的。

戚朵握紧玻璃杯。

"今天的催眠很成功,我感觉特别轻松,心里收到了很多正面的暗示。"戚朵清了一下嗓子,率先说。

"是吗?"连湛看着她,"那就好。"他的眼睛很黑、很深,看不出隐藏着什么。

戚朵窒了一下。

"来吧,我送你回家。"连湛起身捞起外套,对她笑了笑。

戚朵松口气,走到门外,忽然又回过头:"连医生,我能问你个问题吗?"

连湛两下把沙发的褶皱扫平,按掉灯源:"可以。"

治疗室外的走廊空无一人,只有白炽灯静静放着光。戚朵站在明处,连湛陷在黑暗里。

她慢慢启口道："假如有一段感情，注定了坎坷，甚至可以预见没结果，你还会……还会鼓励别人投入吗？"

连湛想了想："分三种情况。第一，假如他是我的治疗对象。心理医生在心理咨询中，要做的是接受、肯定、支持、引导，所以我既不会鼓励，也不会阻拦，只会努力让其心理趋于良性。第二，假如这个'别人'是我的朋友，我更不能随意置词，而只能尊重他的选择，在他需要的时候施以援手。第三，假如这个'别人'是我自己——那我可以肯定地说，我不会开始这段感情。"

"为什么？"既然除了爱，一切终将死亡。戚朵目不转睛地看着他。

连湛扬扬眉："有人说生命在于过程，在于体验；还说什么，爱对了是爱情，爱错了是青春。这都忽略了一件事：我们每个人都有理智，有不犯错的机会。所谓理智，即是灵魂的守卫，让灵魂免于受伤。我有理智，自然不会选择投入到已知'坎坷无效'的感情里。

"事实上，感情会给人的心理带来不可估量的严重影响，一旦陷入那千丝万缕，就算最冷漠的人也难以脱身。自爱，就该懂得不让失败感情开始。"

说话间，他已经锁好门。白炽灯强烈的光照下，连湛的脸展现出一种不实际的、秋毫毕现的英俊，以及理性的冰一样的冷淡。

"哦。"戚朵移开眼转身走开，"那连医生的感情经历一定都很愉快了。"

连湛顿住。走廊顶的白光打在戚朵的背影上，在她头顶的黑发上映出一个银环。他愣了一瞬，加快几步赶上她。

早晨的仪式一场跟着一场，连喝口水的工夫都没有。挨到十二点半多，戚朵和李小蔓赶到食堂，就只剩下些残羹冷炙。

"今天下午难得没有排班，我带你去个地方。"戚朵微笑着说。

李小蔓却知道她又要请自己吃饭，怎么也不肯去。结果两人还是在食堂吃。

厨师和保洁已经开饭了，端着饭碗聚成一圈，开着电视，享受工作后的轻松。

　　李小蔓快速吃着,把冰凉的米饭疙瘩塞进嘴里。看戚朵拿汤泡饭,她停下筷子抱歉道:"待会儿我给你泡些热麦茶捂捂,再给你按按虎口,免得胃凉。"

　　戚朵把嘴里的泡饭咽下:"不用。对了,周末你做完兼职要不要来我家吃饭?我会做很多菜。"

　　在家做就花不了多少钱了。李小蔓忙点头答应。

　　"哎呀!电视剧还没完呢!"隔着两桌台,一个保洁小妹急得把筷子往碗里一插。

　　"唧唧哝哝,看得人上火。广告长着呢,先看新闻!"主厨大伯已经大手一按,把电视调到了本市新闻。

　　小妹眉毛拱成个八,噘起嘴,不高兴地埋头挑饭粒。

　　"……局长李广斌以及原宣传部部长许闻天,同为本次巡视组重点调查的对象。经多方调查,李广斌涉嫌买官卖官,收受贿赂一千余万元;许闻天数罪并犯,涉嫌蓄意谋杀、行贿受贿,生活作风腐化。两人俱已被开除公职、党籍,移交检察院做进一步定罪处理。

　　"这起涉及刑事犯罪的官员落马案件,在全省乃至全国范围都引起了强烈反响。中央表示,反腐力度不会减弱……"

　　戚朵猛地抬起头,屏幕里,许闻天站在法庭被告席上,虽还穿着常服,但满头繁霜,已十分苍老憔悴,不复当年倜傥。摄影机扫过底下旁听的人,许莼的身影一闪而过。她的脸很苍白。

　　"怎么了?"李小蔓盯着她。

　　"没事,你先吃。"戚朵放下筷子匆匆跑出去。

　　"喂。"电话接通了,连湛的声音清晰传来。

　　秋风,吹过松林树梢,安静,只有针叶们一阵萧萧。江夕,你可安息?

　　"我是戚朵。"

　　"嗯。"

"刚才在电视上看到许闻天……"

"嗯。"

"涉嫌谋杀？"戚朵喃喃。江夕留给她的梦境里，凶手明明是许莼。

"许闻天是个有野心有能力，也有些才华的人。但在行政上做事，很难没有敌人。夏江夕的自杀，就像一枚炸弹的引线，早被有心人握在手里。他一开始接受调查，这个线就被点燃了。从他送给夏江夕的公寓入手，牵扯出他受贿的其他数目，已经足够他在牢里度过余生，而许莼还年轻。也许因为这一点，许闻天包揽了夏江夕之死的全部罪责。"

停了停，连湛又补上一句："他毕竟也是个父亲。"

"……"

"你别担心，夏江夕的死，许闻天不会干净。交给警方吧。"

"他会被判无期……死刑？"戚朵看着天空，仿佛想从那天高云淡里寻出什么。

"你希望吗？"连湛问。

"我不知道。我看过太多死亡，却仍然分不清是非。"戚朵呼口气。

"萧伯纳说，这世上最难的事，就是明辨是非。"连湛说。

一朵洁白的轻云，缓缓、缓缓地从松林上空踱过去。戚朵站着，正午的秋阳像金箔，铺在她发上、脸上、身上，灼烫。

活人的太阳照不到死人身上。

假如夏江夕还活着，会正在晒法国的太阳吗？

假如她没有遇见许闻天，她的人生会是怎样？另外的喜怒哀乐，另外的求得与求不得……但至少此刻，还活着晒着太阳。

"就为这秋天的太阳，也该觉得活着挺好。"

戚朵有些惊异于自己的想法。她呼了口气，闭上眼。太阳那样热情，迅速将她的颧骨烤得发烧，好像有红色的细细血管在滋滋暴涨，眼前一片高光的橙红。

太阳，太阳。戚朵觉得自己像一块糖，逐渐融化在光与热里。

"人间毕竟还有美好,尽管那么少。为了这点好,我们才孜孜不倦地活下去。"连湛说的话仿佛不错。

"戚朵?"李小蔓不知何时也已出来,在她身旁轻唤一声。

"嗯?"戚朵睁开眼,眼皮和脸颊都热辣辣的,橙红高亮的幕布撤去,一时间所有景物都变得昏暗。

"你没事吧?"李小蔓微蹙着眉,关心地问。

"我?没事。"戚朵释然一笑,鼻子微微皱起来,脸红彤彤的,却是少见的调皮和可爱。

李小蔓不由得也笑了,伸手拉住戚朵的手:"走,回办公室歇会儿去。"

太阳太好了,两个女孩约好似的,选则绕松林一圈,穿过停车场,再回办公室。李小蔓碎碎说着家乡的事情。在她的家乡,虽然穷,但有云海,漫山遍野的松林,林下遍布小草小花,粉的、黄的、蓝的,清晨起来,都蜷缩在露珠下,随着太阳的升高,慢慢开放,开放……直到整个山野都变得色彩缤纷……

戚朵不禁神往,李小蔓说:"你要喜欢,过年的时候,我带你去。到时候,大雪封山,人人都缩在木屋里烤火,你看着外面,哎呀,雪动了,其实是一只白狐狸……我现在挣的钱多,家里不缺吃了,我阿爸养的那些猪,我拿一整只来做猪膘肉给你!"

戚朵"扑哧"笑了:"那我可真要吃不了兜着走了。一整只猪!吃到开春也未必吃完吧。"

"那你就留在那里。我们那儿的小伙子呀,也有帅哥……"李小蔓手舞足蹈起来,把手伸到头顶比画,"个子嘛,高高的,牙齿白,脸膛黑黑的……"

戚朵笑:"和猪一起打包一个好了。"

正说着,李小蔓忽然住脚,直直看向前方,神色剧变。

戚朵顺着李小蔓的眼光看去,不过是平常光景。中午时分,停车场空空荡荡,只有一个保安在那儿指挥倒车。

他仿佛扫了她们一眼,神情平淡,继续招着手说:"倒,倒,再倒一把。"

他有一双狭长的眼睛。

戚朵不由得多看他两眼。这保安虽只有一米七出头的样子,但肩宽胯窄,健硕有力,即使穿着质量低劣的黑蓝保安服,也显得很精神,不像别的人那样松垮垮或者圆滚滚的邋遢相。

戚朵继续走,李小蔓跟着她,可拉她的手全汗湿了。

还没走出停车场,只听"嘭"的一声,然后一个高高细细又熟悉的"我去"钻进她们耳朵里。

一看,却是王莉丽,正艰难地从两车夹缝里钻将出来,一手拍着身上的灰,一手指着那保安:"我说大叔!你不会就不要瞎指挥好吧!"她吉卜赛人似的套着件花花绿绿的拼接长裙,很是扎眼。单位原则上不许穿艳色,唯有她任性。

保安背手沉默站立。戚朵立刻感觉到,那姿势里是军人的气息。

王莉丽指向被蹭了的高尔夫:"我开个门把人漆都蹭掉了。到时候人不愿意,算我的算你的?"

保安看着她不卑不亢道:"我说让你'再倒一把'。"

王莉丽怎能承认自己车技差,更怎能受一个保安的指责,她立即扬起下巴道:"你还有理了?要不是你瞎歪歪早倒进去了!"

保安看了她一眼,直接转身走开。

王莉丽登时燃了:"哎谁让你走的?我可以好心不要你赔钱,你也没钱,但你今儿必须给我道歉!不然这事儿没完!"

戚朵自顾走开,李小蔓却站住。方才的愉快已无影无踪。

保安朝她们这边扫了一眼,回头沉脸对王莉丽道:"看你是个女的,这次算了,别再来这一套。"

王莉丽立刻仰天呵呵:"哎哟我真长知识了,现在一个烂保安都

Dream
/087/

整得跟霸道总裁似的。我现在就给后勤打电话,说有人蹭坏职工的车就开溜!这儿可有监控!"

保安不耐烦:"你打吧。开车的是你。"

"……"王莉丽愣了一下,双手叉住腰,"你牛B!我看你就是个……傻B!瘪三……"其实她平时很少骂人,也不会骂人,但今天穿着机车皮衣搭配波西米亚长裙,就有点被那街头痞劲儿附身,加上毫不吃亏的性子,就开骂了。

戚朵没什么,李小蔓却冲了上去:"王莉丽你够了!"

"关你屁事!"话一出口,王莉丽呆住,眼前李小蔓跟病了似的,脸色苍白,鼻尖有汗,眼圈发红。

王莉丽被吓住,嘟囔道:"神经病,神经病。全是些神经病。"把流苏包摔在肩上走了。

保安也离开了。

李小蔓握着双拳,像被钉在那儿。

戚朵默默上前:"小蔓,走吧。"

穿过狭长的松林,就能看到办公楼白色一角。李小蔓在前头僵硬快速地走着,戚朵随后。

"他是谁?"戚朵问,"你家乡来的人?"

李小蔓胡乱点点头,眼珠定定的,里面却有什么在困兽般地呼叫、奔突。

她分明在压抑什么。戚朵担心,正想再问,忽然一阵诺基亚的机械的铃声响了起来。李小蔓从裤兜拿出旧手机,这城市最后一部诺基亚,蓝屏上闪烁着"吴磊"两个字。

李小蔓犹豫,铃声息止一瞬,却立刻又响起来,急急催促。她慌乱地按下接听键。

戚朵只得走开,临行那一瞥里,是李小蔓的恐惧消解、纯真展露的脸。

昨晚才去过连湛的治疗室，早晨起来，戚朵穿上新的白色羊毛衫，搭配藏青色中裙，外面套件卡其风衣，临走，又戴上了大学时代的软呢帽。那顶帽子使她在简素外，带了些少女的轻快。

一走进办公室，坐在转椅上打圈圈的白良栋先笑道："她今天还像个活人了。"白良栋本人总是暗蓝混纺西装西裤、呢大衣，全套棱角分明，脖子上还系一条枣红色领带。如果再挂条白围巾，立刻就能演《上海滩》。馆长夫人总把他打扮得过分整齐，整齐得触目。

这天他还新理了头，三七分，梳得光可鉴人，一张脸红是红白是白，下巴淡青，眼睛骨碌碌的。

李小蔓蹙眉："你胡说什么呢。"

白良栋忙闭上嘴，想想又道："漂亮，说戚姐姐漂亮还不行嘛！"

戚朵一笑，脸上有健康的粉色："谢谢。"

白良栋得意地对李小蔓扬扬脸，李小蔓无奈地淡淡一笑。

那边王莉丽忽然憋气地把笔一摔："贪心不足蛇吞象，吃着碗里瞧着锅里。什么玩意儿。"最近讲"三严三实"，单位多了很多材料，她整个人都要被文件埋了，而李小蔓仗着戚朵的势，竟一点忙都不帮！

当然，这并不是王莉丽生气的真正原因。她不肯承认的是，自己居然不如一个农村出身的小姑娘。前几天，她下班出门看见吴磊的车在前面，红灯时她专门变道赶上前去打招呼，却发现，李小蔓竟坐在里面！其实，认真说起来，吴磊的条件也不是非常好，但她心里就是不舒服。

这事赵霞也知道，心里睁大眼睛看闹不闹得起来，嘴上却说："哎，都是同事，莉丽，咱注意点啊！"

李小蔓只做充耳不闻，收拾好就和戚朵去告别厅。俩人正要出门，白良栋却忽然站起来："今天我一块儿。"

李小蔓微笑道："你去干吗？"

白良栋垂下眼："陪你。"

赵霞"噗"地笑出来，王莉丽气得满脸嘲讽："小白，你蔓姐姐名花有主,你不知道吗?吴老板亲自车接车送。你拿什么和人家比?真傻了?"

白良栋不吭声。

李小蔓看了王莉丽一眼,柔声对白良栋说:"你别去了,今天外面很冷。"

白良栋只得坐下,不甘心,又眼巴巴道:"那我中午等你吃饭。"

李小蔓说:"好。不过我先说好了,我吃食堂的。"

白良栋不想吃食堂,但为了李小蔓,只得下决心似的道:"行!"

王莉丽对赵霞冷笑:"看见没有,别小看人家!"

李小蔓戚朵前脚走,王莉丽后脚便往白良栋对面一坐:"小白,你说姐和你认识多少年了?"

白良栋拿支笔,按李小蔓教他的,一笔一画地写:"三年。"

"放屁!"王莉丽顺手给他一下子,"你穿开裆裤时咱们就认识了!那会儿我爸还比你爸低一级!"

白良栋笑了,眼前的王莉丽好像渐渐缩小,变成个扎着花蝴蝶吆五喝六,指挥这个指挥那个的小丫头。

看他想起来了,王莉丽点点头:"说是说,笑是笑,我才是你姐,别把那什么不干不净的人都当姐。你是不是还偷着喜欢人家了?我告诉你,人家就是看在你爸的面儿上,把你当备胎。她早有男朋友了,就是电脑维修公司的小老板!要不是白叔,她看都不会看你一眼!"

白良栋闷头不作声,笔在纸上画来画去。

王莉丽等了半天,一把将纸抽出来:"听到没有?我不会害你的,我们这样家庭的孩子,根本不可能了解李小蔓那种人心底有多复杂!"

白良栋不答话,只忙去抢她手里的纸。

王莉丽把手一夺:"画的什么啊?"待看时,只见纸上是一个简单的小人,齐耳短发,胸前画着一颗心。她刚才猛一抽,笔尖把心那块拉破了。"画的李小蔓?丑巴巴的。没出息的货,我给你个栗子吃!"

她去敲白良栋。

白良栋头一缩，躲过王莉丽的栗暴。

"给我！"他声还挺大，像是急了。

"得了，给你给你。"王莉丽把纸扔给他，"唉，小白。"

路上风一阵紧一阵，把戚朵的衣角吹得扬起。她看李小蔓，黑制服领子下露出白色旧卫衣的边，都洗得脱线了。

戚朵笑道："明天还来我家吃饭好吗？天冷了，这次我做个鱼火锅吧，你带一把菠菜来。"她新买了一套保暖衣，怕拿到单位的话，王莉丽她们又在背后嚼说，想让小蔓从她住处带走。

李小蔓的脸被风吹得有些发红："明天我去不了。"

戚朵看她，她整张脸都红了："明天我有事。很快会告诉你的。好事。"说着她笑了，露出有点不整齐的牙齿，连忙又抿上嘴。

戚朵也就笑了："不就是和吴磊约会嘛，好像我不知道似的。"

这天告别的逝者都是老人，而且都是寿终正寝的，其中两个已高寿八十余，送别的儿孙站了一屋子。虽然做这份工作，对死亡的感觉早已麻木，但这样的工作对象，还是令两个女孩感觉轻松。

下午下班，她们走到馆外的柏油路上，一起等公交车。

秋已将尽，高大的行道梧桐树枝权逐渐分明，巴掌大的梧桐叶子落得到处都是，五点多钟，太阳还未下山，斜光落落，真正碧云天，黄叶地。

李小蔓一直不说话，低头踩那干脆的叶子，叶子喀嚓喀嚓作响。眼见戚朵的车来了，她方抬头抿嘴笑说："那我后天去你家吃火锅。"

戚朵睁大眼睛："那干脆今天啊！今天你又不约会。"就硬拉她一起上车。

戚朵抓住的李小蔓的手，小小的，皮肤很干，手心沙沙的。她们闲着互相看手相时，戚朵发现李小蔓的手纹极乱，把生命线都截断了。

"都是小时候做活做的，手糙得很。"小蔓当时说。

这只小小的、干燥的、沙沙的手从戚朵手里猛地挣脱出去，手主人脸上飘过一层阴影："今天真不行。"

戚朵人已经踏上踏板，公交司机从来最性急，嘭嗤——先把车门合上了。戚朵忙缩回手，车门玻璃外李小蔓便和她觑面别过。

"哎！"戚朵徒劳地拍了下车门，已经渐行渐远的李小蔓朝她追了两步，挥着手，嘴里说什么无法听清，看口型是"明天见"。

戚朵笑了："明天见。"

一夜北风，早晨清冷凛冽，呵气成雾。戚朵走出楼道，一群寒雀在已经光秃的树枝上蹦蹦跳跳，然后呼啦成群飞走。

她拢一拢黑色大衣，去年买的打折款，样式不错，只是大一号，空荡荡的，钻风。

顶着寒冷往车站走，这天的公交车格外挤。戚朵身处在氤氲的人气里，疲乏的、闹哄哄的，还有包子馅味儿。车越走越空，到殡仪馆时几乎就没人了，那种气味也就散尽。白色大理石上"长乐殡仪馆"五个素黑的大字扑面而来。

寒意直侵两臂，戚朵竟有些留恋刚才人群拥挤的感觉，她抱紧自己快步走入大门。

松林愈冷愈青翠，但今天可不是散步的天气。她匆匆走过，却瞥见树影里人影一闪。

白良栋？

戚朵打了个寒噤，她忽然有种不真实的感觉，好像自己现在正在一个遗落的梦境里。

她沉沉迈开腿走进松林，脚下松软的是凋谢的陈年松针，鼻尖有松香……和淡淡的发甜的血腥味。

松林深处，白良栋坐在厚厚的松针上，头脸极干净，只是半凝固的血染脏了他平日过分整洁的衣裳。

他怀里抱着一个人，那人躺着，眼睫微闭，睫毛极浓、极长，覆着几颗细小的泪痣。

宛然如生。

戚朵走过去,推开白良栋。白良栋被她推得栽倒在地。
她抱起李小蔓,人已经微僵。
戚朵还是摸了摸她的脉搏,那里早平静得像黑暗无光的极深的海底。
戚朵颤抖的手又来到她的眼睛,轻轻撑开眼皮,瞳孔已经发白。
这样的天气,她死去已有六个小时。
脖颈和四肢都完好,李小蔓穿着一件她从没见过的新衣,娇艳的桃红色,羊毛质地,厚而柔软。血就从那衣服的胸口渗出,将一片地面都染红。
戚朵轻轻解开她胸前的扣子,里面的白色新衬衣更被血浸透。她闻到一股特殊的味道,再解开衬衣的白色小扣子。
"啊!"戚朵轻叫了一声。
衬衣下面,李小蔓冰冷的胸腔打开着,心脏已不在。

一朵小小的、干干的雪花飘了进去,融化在那一片红色里。
戚朵慢慢将那些扣子都扣上。
李小蔓的头发被刚才的挪动弄得乱了,戚朵从包里取出木梳,缓缓替她梳整齐。
脸颊上冰凉,戚朵抬起头,大风过境的晴天,没有一丝云,竟然飘起干干的白色的小雪花。
很远很远的,仿佛有谁在尖叫,戚朵迟钝地看过去,一个五彩缤纷的物体,好像是王莉丽,泼风一样连滚带爬地逃出松林去。
雪落着。戚朵跪在李小蔓身边,白良栋坐在不远处,仿佛三座雕塑。

Chapter 06
戚朵失踪

刑警把李小蔓从戚朵怀里抬走时，用了很大的力气，同时大声说着什么。另一个刑警用枪指着她，嘴里也大声地说着什么。

其实戚朵顺从地没有一丝反抗。

尸体被抬走。持枪的刑警继续用枪指着她，嘴里大声地命令，见她不动，索性上前一把拉起她，继而一愣。

这个女孩轻得像一片羽毛，险些被他拽得离地。戚朵抬起眼，静静看了他一眼。

那双眼极为清洁，浮着一层泪光。

"那个……"刑警有些不自在地松开手，叫正在拉警戒线的一个女警，"这女孩好像吓着了，你过来扶着她。"

雪停了。地面干干的，好像从来没下过雪。

乱哄哄的警局里，馆长夫人紧紧扣着白良栋的手不放。

"都怪我早晨下鸡汤面线，下早了。面好了，我怕面坨，又催着他吃。他一直都听我的话，我的话他句句都听。他吃了，所以出门比往常早了半小时。就半小时，他够杀个人吗？"

一个男刑警不耐烦地说："只是嫌疑！嫌疑！带走带走，到里面单独问话！"

女警把馆长夫人往旁边拉，她忽然发疯般地抱住白良栋的脖子："我儿子没杀人！他有轻微智障！他不会杀人！杀人也没罪！"

智障？男刑警和女警迅速对视一眼。

白良栋只是直挺挺地坐在那儿。

这时白馆长心慌气短地跟着一个领导模样的中年警官走过来，满脸愁云密布还要挤着笑，打着哈哈，那笑跟哭差不多。警官问了情况，不着痕迹地掩去难色，昂起下巴对男刑警吩咐："小赵，那个，我弟兄的孩子，缓着点问，别吓唬啊。"

馆长夫人见还是要把白良栋带到她见不着的地方，忽然指着坐在一旁的戚朵喊道："我儿子就算杀人，也不会挖心！这个女孩学过法医，她会！"

中年警官严肃地看了戚朵一眼："她要单独讯问，问清楚！"又对脸皱成一团的白馆长道，"没事！没事！先问问，问问啊！"使眼色给男刑警。他们连忙把白良栋和戚朵带离现场。

戚朵安静地走在前面，白良栋则一边走，一边被他妈扯住大衣不停地拿纸巾擦，擦得满地都是血纸团，直到扯不住。白太太捂住脸呜呜地哭了。

审讯室里。

"你和死者是什么关系？"一个中年男刑警一坐下就点燃烟，眯着眼睛问戚朵。事实上他不用点烟，本人就是个移动的陈年烟味散发器。旁边执笔记录的小女警被熏得皱了皱鼻子。

"同事。"戚朵淡漠地半睁着眼。

"人是你杀的不是？"

"不是。"

"你最后一次见到她是什么时候？"

"活人还是尸体？"

"谁让你问我了？！"刑警喝道。他疑窦顿生，对方显然不是个普通女孩，有几个人能从命案现场过来，还这么冷静麻木？

他清清嗓子："先说尸体。"

"早晨八点多钟。"焚烧处还没开,天空很干净。

"你对尸体做了什么?"现场回来的人说尸体被检查过,而这女孩的黑色大衣前襟、袖口湿乎乎的,显然都是血渍。

"没做什么。"戚朵答。

"谁给你胆子破坏现场?你知不知道,这可能给我们的刑侦工作带来极大困难!"刑警右手一挥,指间的烟灰恰落到小女警手背上,她忙把手一缩,刑警接着大喝一声,"破坏现场就是犯罪!"

小女警又被震得肩膀一耸。

戚朵茫然地慢慢看了他一眼,想起《水浒传》里说林冲的,"豹头环眼",有点滑稽。

刑警把烟头一捻,缓和下来,换了一种方式:"嗯。你还学过法医。查就查了。说说你检查出个什么?"

检查出什么?检查……戚朵不记得什么检查,只记得好像自己的心好像也被挖空了一块,冷风呼呼地灌进去,在胸腔里发出空洞的响声。

现在那声音又响起了。

刑警见她不答,冷笑道:"我办了十年案子。我知道有一种凶犯,喜欢回顾犯罪现场。他们以为自己特别聪明!你是不是也觉得自己特聪明啊?!"他又金刚怒目起来,步步紧逼,"你昨天晚上十二点钟在哪里?有什么证人?"

戚朵的手不觉移向胸口,像要捂住那回声:"在家。我一个人。"

没有进一步证据,疑犯又这么油盐不进。刑警有点气馁,还尽量保持声势:"你上次见李小蔓是什么时候?活的!"

"昨天下午。我说过我们是同事。"

被告知一个月内不许离开本市,随时保持联系后,戚朵被放了。

走出警局,她想起今天还没吃早饭,本来要和李小蔓一起去食堂的。

戚朵忽然产生了个很怪的想法,就是回单位看食堂还有没有饭。小蔓总不肯在外头吃饭,她的每一分钱都要花在刀刃上,弄得戚朵也不惯在外面吃了。

戚朵抬手看看表,很旧的一只银色浪琴,妈妈留给她的。时针已经指向下午三点,午饭早没了。

这时一片影子移上前将她笼住。

戚朵抬起头,面前的人有短短的头发,双眼清湛,浓眉微蹙。
连湛说:"走吧。"
走吧。戚朵跟着他上了车。
连湛把暖气打开,然后到后备箱拿出一件冲锋衣:"干净的,换上吧。"
看戚朵怔怔地看着他,好像在努力理解他话里的意思,他直接伸手帮她脱袖子。
戚朵顺从地缩胳膊,又顺从地穿上干净衣服,就是不说一句话。

不到高峰期,城市的交通松弛着。一路风驰电掣,直到车窗外的楼房逐渐变低,已经收割的裸露的田野成片出现。
黑色越野直接开进一个机关大院内,大门口没有挂牌,又三转四转,眼前便出现了一片开阔的草场。草场旁的宣传栏上贴着军队标语。
连湛在黑煤渣路上停好车,戚朵自己打开车门跳下去,蓝紫的暮色和冷气一下子包围了她。
她兀自踏入草场,脚边生着一种开淡黄小花的、带硬刺的蔓草。她避开那小小的花朵,拢紧过大的冲锋衣站着。
连湛跟过来看了她一眼。戚朵苍白的小脸像飘浮在暮光里的一小片白云,模糊着,有种不真实的美感。
一个穿迷彩服的高壮男人带两名士兵走过来,士兵手里都拿着枪和子弹。

连湛向那男人伸出手,男人神情颇恭谨,忙也伸出手,两人一握。男人的眼光在戚朵身上停了一瞬,立刻避嫌似的挪开:"户内还是户外?"

连湛看看天色，光线还可以："户外吧。"

一个士兵立刻跑开，戚朵这才注意到，草场那头设置着一排迷彩色的靶人。那个士兵给靶人换上新的纸衣。

男人接过另一个士兵手里的枪递给连湛："你先来我先来？"

连湛接过："不用陪我。"他把枪放在戚朵手里，"有点沉，拿好。"

戚朵被那枪的重量沉得手往下一坠。她以前没见过真枪。

连湛把她拉到瞄准线前："举起来，瞄准试试。"

戚朵举起枪对准远处的靶人。

连湛二话不说，"哗啦"一声替她上膛。戚朵的手臂打战，嘴角微微下垂，也在颤抖，连湛伸出手托在她握枪的手掌下。

他的手温暖而光滑，和李小蔓的手迥然不同。他替她托着枪把，就好像稳稳地托着她的心。

戚朵的眼泪终于大颗砸下来，落到地面的蔓草黄花上。

"脚分开点，"连湛用脚尖碰碰她的脚跟，"站直，瞄准——射击！"

戚朵用尽全身的力气扣动扳机，"砰"的一声巨响，就像在脸前炸开了小时候放的一种叫"地雷炮"的大鞭炮，声音大得令人嗡嗡耳鸣。强大的后坐力迫使她的手臂猛地向上扬去。

幸而连湛还稳稳扶着枪托。戚朵手心浸出汗来。

"再来。"连湛说。

戚朵又是"砰砰"两枪。

"很好，再来。"连湛说。

不知什么时候，穿迷彩服的高大男人悄无声息地离开，只有那个小兵还远远笔直立在靶场旁边。

连湛替她加上子弹。

戚朵不停地扣动扳机，直到耳朵里再也听不到别的声音。铜质的弹壳散落在蔓草黄花间。

最后一颗子弹打完的时候，夜色已经很浓。连湛从戚朵手里把滚烫的手枪取下，交还给小兵。

那个小兵只有十八九岁，脸膛红红的，眼睛像黑曜石，一脸的正气。他接过枪，"啪"地行个军礼，转身跑进黑暗里。

"回吧。"连湛两只手握住戚朵的肩臂，她被他半搂半架，两脚虚浮地走入车子。

车一路开到戚朵住的单元楼下停下。连湛继续搂着她上到五楼，从她包里找出钥匙打开门。

房间里极冷，没想到这片小区竟不供暖。他打开灯，安排戚朵坐下。她发起高烧，颧骨潮红，牙齿细碎地抖。

连湛进到卧室拿出毛毯把她裹上，四处找了一圈，任何取暖工具都没有，好在倒有常规退烧药。

连湛打开燃气烧了一壶水，才觉得冻成一块的屋子松动了些，又用比他巴掌大不了多少的电饭煲满满熬上粥。

水开了，他倒一杯，放上一点盐，再把杯身放在水龙头下冲冷。

"喝了。"他把药和温盐水凑到戚朵唇边。

戚朵依言凑近喝，像一只受伤的鹿在人手上饮水。喝了没几口，忽然扔开毛毯冲到洗手间，呕吐起来。连湛到她背后轻轻拍着，等她缓过来才走开。

戚朵洗了把脸，把滚烫的额头在冰得渗骨的瓷砖上抵了一会儿，才走出去。

此刻连湛正在小小的厨房里忙碌，他个子高，头不慎碰到黄色的吊灯，地上漾出一圈一圈光的涟漪。他忙扶住灯，头发却被碰乱了。

一种软弱的温情，一种可怜为人的伤感，忽然从戚朵心口冒出。戚朵对那背影站了一会儿，坐回到半旧的小沙发上，拿毛毯裹住自己。

戚朵越坐越冷，都要僵透时，连湛端着冒着热气的一只碗和电饭锅的内锅出来。她摇晃着站起来拉椅子、摆餐垫，两人就在客厅一角的小木桌上喝粥。

粥里漂着细细的青菜，盐淡，又没什么油，满嘴青菜的香气。

"我不太会做饭。"连湛解释，"不过你现在也不宜吃别的。"

戚朵却把满满一碗粥都吃了，又补吃了药。连湛皱着眉头，把锅里剩下的粥也都吃了。

洗完碗，连湛抽纸擦掉手上的水珠，扔掉纸巾，指指沙发："今晚你睡里面，我就在这里。"

戚朵答应着坐进沙发："嗯。"

"不想睡？"连湛给她把毯子裹严，自己穿上刚才做饭时脱在椅背上的羊毛大衣，坐到她旁边。

戚朵扯扯毯子，盖在两人的腿上。夜已经很静，静得能听见窗外的风声。

"连湛，我能叫你连湛吗？"戚朵和着风声轻问。

连湛伸伸腿，沙发太小，他想坐得舒服点："当然可以。"

"因为我觉得连医生不会对每个病人都这样。"戚朵忽然转脸看着他说。连湛有一瞬间没控制表情。

"你真的相信我的遗落梦境吗，就像相信你自己？"戚朵问。

"很多事自然科学的确无法解释。"连湛斟酌着说。

戚朵忽然笑了："你刚才的表情告诉我，你根本就觉得我有病。"

连湛立刻看着她说："也许，但这并不关键。关键是，你现在累了，我可以为你做一个放松的催眠。人在受到重大创伤的时候，连肌肉都会紧张受损……"

"我不需要！"戚朵忽然锐声打断他，"我告诉你，我没有病。即使有病，"她暗沉沉地看向他，"我也不想好了。"

连湛的眼睛晦涩幽暗。

如此长时间高强度、完美无缺的治疗，竟然在最关键的巩固结点上被忽如其来的外力打击敲得粉碎。

戚朵看着他，又笑了笑。如果此前她的笑容像蓝紫色雏菊在微风里开放，那么这个笑容就是它们又合上了花瓣。

"你不爱我。不知道为什么，你给了我一种爱的感觉。但，那不是真的。"

如果说刚才是失望，那么此刻，连湛甚至感到了有生以来的第一丝尴尬和挫败。但他立刻冷静下来，默然分析戚朵此刻的心理状态。

戚朵却缓缓将头靠在了他肩上，手则捂在自己胸口，轻柔道："不是真的也没关系。你那样努力让我感受爱的感觉，我想告诉你，那感觉很好。只要想到那感觉，就觉得这里没那么空了。"

连湛只得沉默。他微低下头，看见戚朵乌黑厚密的头发散了他一肩膀，额角碎发掩映下，似有极薄的一线泪痕在睫毛根部。

她睡着了。

连湛坐着，过了一会儿，他将她抱到小卧室床上，替她脱掉冲锋衣，把能找到的被子都给她压上，然后回到沙发上坐下。

他有点想抽烟，却想起青春叛逆期用抽烟"胜过"老头子后，他就再没碰过烟了。

从在早间新闻里看到长乐殡仪馆恶性杀人事件的简短新闻，他就开始在脑中为戚朵构思新的治疗计划。接待病人的时候，匆匆吃饭的时候，上厕所的时候，开车的时候，构建与市公安局的人际关系网以备不时之需的时候，他的脑子没有一刻休息。最终删掉四个方案，留下两个。带戚朵打靶，就是第一步：高强度倾诉，泄愤。

直到戚朵方才拆穿所有计划的根基——移情疗法，他才觉出累了。这种时候，最需要的是叫停大脑的一切高速运转，迅速休息。他歪在沙发上睡着。

他睡得不沉，仿佛在夜的最深处，有什么滚烫的、柔软的，在他唇上停了一下。

他从那黑暗深处泅泳上来，吸一口气睁开眼。

五点钟，天还没亮。

但戚朵的床空了。

时间退回一小时前。

戚朵像被上了发条一样警醒过来。她在黑暗里睁了一会儿眼睛，轻轻起身，摸黑准确地拿到现金、银行卡、身份证、换洗衣物，把它们都放进一只大双肩包里。

她背着包猫一样走出卧室，此时连湛正靠在沙发里，均匀地呼吸。戚朵忽然想到昨晚那一幕，他的背影，被厨房灯碰乱了的头发。

她轻轻走过去，弯下腰，双手压住垂落的长发，抻长脖子，微微噘嘴在他唇上一吻。

背后的双肩包颇沉，压得她重心不稳，向前一倾，加重了那吻。

别人的嘴唇。

他的嘴唇。

像所有烟花轰然绽放，不，像毒酒霎时从唇间往喉咙，往心里流淌，烧辣辣一路滚下去，牵扯出心脏的剧痛。戚朵捂住胸口，隔着厚厚的棉衣仍能感受到那呼之欲出的跃动。

"这次是真的了。"她喃喃说，"怎么能没有心呢。"

赶到机场时，天已蒙蒙亮。这是个晦暗的冬日清晨，连湛立在机场大厅的人群中四处悬望，希望能发现戚朵的身影。

没有。

他胸中有些气血翻涌，这是连湛医生成年以来几乎没再接触过的感受。

三天后，治疗室。

"鉴于你采取如此冒险的治疗方法，我觉得有必要做次上门督导。"陆行健坐下说。

"患者已识别了移情疗法。"连湛平静简单道。

"什么？她也是业内人士？"尽管不赞成，但连湛的治疗方案中途败北，也让陆行健吃惊，"怎么会？哪个环节出了问题？急于求成了?"

"不,出现了强力的外界干涉。"连湛挥挥手,"患者也非常聪明。"

"还有你觉得聪明的人?"陆行健虽知不合时宜,还是忍不住揶揄了一把。

"用变异人格在短时期内搜集海量信息资料,再用本人格将全部信息戏剧化,并用梦境形成连贯图像,得出关键推论,这是一般人能做到的吗?"连湛反问。

陆行健结舌,半晌方叹道:"可惜了。"

"是的。"连湛站起来,看向窗外,喃喃自语,"这样的人,怎么能让她沉沦黑暗。"

"可是,情况已经非常棘手。"陆行健蹙起眉,"不然这样,你把她转给我。我用传统方式来治疗,看看效果。"

"谁说我要放弃?"连湛回过头,"我一定会治好她。"

门把轻响,宋铭端着三杯香气四溢的咖啡走进来。

她将托盘放在桌上,对陆行健莞尔一笑:"快来喝,连医生请客。"又对连湛眨眨眼,意思打趣他付咖啡豆钱的事。

陆行健喝了一口,登时赞不绝口:"好久没喝过这样好的咖啡!让我想起在巴黎 Café de Flore 喝的那杯。尤其是由一位美女端出来的时候。"

"陆医生真是行家,可不就是国外买的咖啡豆。"宋铭偏着头笑说,眼睛却溜向连湛,华美绚烂的笑容里多了一丝揶揄,"陆医生喜欢巴黎的咖啡,我却只喜欢那里的羊鞍扒。不好意思,我这人就是俗,爱吃大鱼大肉的。"

"哪里,在医生眼里,这可比扭扭捏捏只爱吃香菇菜心的'文艺女神'可爱多了!至少,肠胃健康!"陆行健也笑了。

宋铭又含笑道:"看名片,陆医生在美安高就?真是青年'财'俊啊。"她故意将"财"字拉长些,让人知道她是在恭维本市最昂贵私立医院的高薪待遇。

"不敢当,平淡过日子而已。"陆行健说,但被美人恭维,嘴角却难免溢出笑意。

"没事儿到 Café de Flore 喝个咖啡，可不平淡。应该说是品质生活才对。"宋铭继续笑着说，再向连湛抛去一个眼神。

连湛既没笑，也没蹙眉，只淡淡道："好的咖啡很多地方都能喝到。"宋铭的笑容不再那么灿烂得晃眼了。

陆行健不觉，站起来看看腕表："不早了。再和你这工作狂拖下去，今晚音乐厅的演出就要迟到。守时是国王的美德。"有个病人送了他两张票，他本来没兴趣，想顺手给哪个小护士，偏又来了连湛这里，如今却是另有用场。

"傅聪独奏会吗？"宋铭果然笑问，"以前陪我妈妈听过，不错。"

"好东西怎能就听一次？宋美女不介意的话，就一起去吧。我恰好有两张票，你不去就全废掉了。"

"怎会全废掉？"

"本来一个人去没什么，被美女拒绝后再一个人，就遗憾得不想去了。这就是冷热水效应。"陆行健耸耸肩说。

"那我还非去不可了？"宋铭含笑，又转向连湛，"要不连医生去吧？"

"我不跟男人约会。"连湛起身打开门，"请吧二位。"他忽然有些厌倦，并怀念一个人。她并不多美，还是个病人，但是，她很真实，从来没有这些世故的言辞。

Chapter 07
连夜逃离

十天后，戚朵回到家。

回家之前，她先去公安局报了到，经历过一番令人疲倦的审问。把大包放在沙发上，她搓搓手，灌一壶冷水来烧。

停电了？她探头看看对面，冬天，黄昏来早，别人家暖黄的光线从窗口透出。

打过电话不一会儿房东就来了，好像专门等着她似的。

"那个……"房东是个瘦小的五十余岁的男人，也冷得搓着手，"还以为你不回来了呢，我就把电关了。你来了就好，刚好告诉你，我这房租要涨。"

"为什么？"戚朵问。这片小区太老，又因为住户不交暖气费整个停暖多年，并没有涨租的条件。

"就是要涨。三千。"房东拿手指一比。他伸的是大拇指、食指和中指，像划酒拳。

戚朵没说话。那是她大半个月工资。

"今儿十五，刚好是收租的日子。你还租吗？押一付三。"房东说。

戚朵还是没说话。

"不然你先把下个月的交了。"房东看看窗外，天阴得逐渐沉黑，似乎就要下雪。"我也不为难你一个小姑娘，大冷天儿的。"

戚朵的手插在棉衣口袋里，捏着薄薄的零钱包，那里装着她仅余的三百块钱。

这时楼梯间有人把头往屋里一透,又赶紧缩回去。戚朵认出是楼上的大妈。她忽然明白,是自己在殡仪馆工作的"身份"曝光了,房东嫌忌讳。实际上,许多殡仪馆的同事在日常生活里都自动避讳,连亲友的婚礼、满月酒都不去参加,怕人家不舒服。

"我先替她交。"

戚朵和房东同时看向门口,这回却是连湛。他脱掉皮手套,掏出钱包。

"不用。"戚朵连忙拦,"我自己有。"

连湛看了她的衣兜一眼:"是吗。"

房东已接了钱,打着哈哈笑道:"说实话,我是不想租了。将来我儿子结婚,这儿还要当婚房呢。就这价,你们要能接受,就租,接受不了,刚好就算了。"

房东一走,电来了,客厅顶上一盏吸顶灯发着暗淡的白光,显得屋里更冷。外面不知何时飘了雪,黑暗里小小白白的雪花争先恐后地扑到窗台上,不一会儿就积起一小圈白。

连湛道:"可以吗?"走进来坐到沙发上。

戚朵把大包收进卧室,烧上水,又把老式淋浴器预热上。她太累了。

"连医生,"她将白开水递给连湛,"感谢你以前的照顾。麻烦转告戚教授中断治疗,我不需要了。"

"嗯。"连湛接过碗,手指抚过碗沿上的缠枝花纹,"那我们解除医患关系。"

戚朵点点头。她立在他面前,有送客的意思。

"你需要重新租房吗?我在林隐小洲有一套小公寓,空也白空着,很适合你。"连湛从碗里喝了口水。

"我不搬。"戚朵立刻说,嗓子有些紧。

连湛迅速看了紧闭的那间房门一眼:"为什么?这儿冬天太冷。"

"我租了好几年,住惯了。"戚朵说,"而且,我为什么要租你的房子？"

连湛看了她一眼。她又脏又疲惫，头发打结，眼下发青，脸色苍白，像一只迷途的小鹿。他心里有些说不上来的感觉，不太舒服，想一想道："我想我们算朋友。"

戚朵抿抿嘴唇，没作声。

连湛正要说话，戚朵抢先道："我累极了。请回吧。"

"哦。"连湛答应，然后看着她的右手慢慢道，"你的手受伤了？"

戚朵伸出双手，右手虎口上果然有些细碎的伤口，像被荆棘之类带刺的植物划伤的。

"外面那么冷，你的伤口一定冻麻木了吧。连带着整个右手都又僵又沉重，就像被一只铅球勒着似的……但是没有受伤的左手就没有这种感觉，反而会很轻，很舒适。"连湛慢慢说。

戚朵似乎真的觉得右手有些麻木，她低下眼，略微吃惊地看到自己的左手抬高，右手沉低。

"你看我这里。"连湛忽然果断道。

戚朵下意识地抬起眼，连湛正指着自己的眉心。

风声，呼呼的风声，和着一点青草的甜香拂过耳畔。

戚朵睁眼四顾，自己站在一片林地中央，四面都望不到头，满满的都是松树。地面上高高低低生满小野花，金黄的五瓣的，粉的小手指一样棒状的，紫的小喇叭样的，全都毛茸茸，在风里招摇吟唱。

身后有脚踩在针叶上的窸窣，戚朵猛回过头："谁？"

一个颀长的身影从高大的松树背后走出："是我。"

戚朵看着连湛，冷淡道："这梦境是小蔓遗留给我的，请你尊重她。"这是李小蔓故乡的林地，她再三描述的好地方，戚朵希望只有自己一个人。

连湛默了一下，缓慢清晰道："其实，和李小蔓毫无关系，这只是你自己的梦境而已。"

"你……"戚朵睁大眼睛,又按捺下来,"好,那请你尊重我。"

"我没有不尊重你,"连湛微笑,"我在这里,全蒙你潜意识的允许。"

"……"

"别那种表情,"连湛的笑容不由得加深了些,"等你能控制自己的梦境时,就可以把我踢出去了。"

看戚朵有点愣愣的,他继续道:"不过看起来,你的潜意识真的很喜欢我。其实,你确实把我当作朋友了,对吧?我也一样。"

说到最后,连湛的语气变得认真:"其实,我选择朋友还算谨慎。"

戚朵没说话,低下头,脚边一朵鹅黄的小花布满露珠,在阳光下熠熠生辉。

"为什么这次我没有……"戚朵忽然想起来。

"没有从柜子里出来?"连湛接过话,"它显然代表着你内心最大的痛苦和恐惧。我已把它寄存在你的潜意识深处,让它沉睡吧。"

说罢,他率先朝前方走去,戚朵犹疑一下,跟上了他。

原本看起来深不可测的林地,却很快就到了边缘。

一条蜿蜒的公路蛇一样盘在红土崖下,路旁水泥护栏上用血红的油漆写着:尽量不吸毒,全村不制毒——菠水村委会宣。

一辆脏乎乎的昌河铃木面包车吭吭哧哧地驶过来,猛刹在连湛和戚朵身边。三个男人从车上下来:一个肚子大得像怀着哪吒,另一个又低又瘦像土行孙,还有一个戚朵觉得眼熟。

是殡仪馆的那个保安。

大腹便便的中年男人穿着西服皮鞋,顶着肚子昂头跨到红土坡上,眺望光雾流离的林地景色。保安看起来年轻许多,灵活地钻到车底下修车。

土行孙往车身上一靠,对他道:"靳勇,带张局出来玩,你就开个这破车?谋财害命啊?你脑子里装的啥?"土行孙踢车胎一脚,"还特种兵,我看你是特种瓜!"

保安靳勇退出来，垂头沉默地绕到车屁股，从后备箱拿出个小刀又钻回车底。

"你看看，"土行孙四围一望，不尽连绵的红土和松林，"多少人就在这地方守林啊。连个手机信号都没有！十年保证得风湿，二十年，出去连话都不会说了！神我已经给你请在这儿，留局机关吃香喝辣，还是在这当哑巴，就看你自己。"

靳勇只露着两条腿在外面。

土行孙气得踢他："就你这瓜样子还想给领导开车？白当了兵了。钱该带够着吧？"

靳勇从车底出来，吐出一口唾沫和两颗石子一样的字："够了。"

土行孙还要骂，张局喷着烟踱回来了："小靳啊，你要尽快适应机关生活。以前在部队，你只要跑得快、跳得高、打得准就是好兵，现在在机关，就要全心全意想着怎样为领导服务，这样你娃子才有出息！"说到最后一句，他胖乎乎的手在空里一抓，有力地总结。

靳勇没说话，打开车门自坐进驾驶室。

土行孙扫了张局一眼，连忙打开车门，招呼其坐进去："这娃真没眼色。景区一会儿就到啦，咱们一到先搓八圈，然后洗浴，给张局来个'一点三娇'，咋样？哈哈哈！"

见张局没作声，土行孙拍靳勇脑袋一把："这货他妈就在洗浴中心混，一会儿叫他妈出来给摸牌。"

车吭哧吭哧拖着一尾烟又跑起来，刚到拐弯处，忽然轻轻松松地朝林地里一拐，麻溜儿地侧躺下了。

戚朵吃了一惊。只见轮子空转，靳勇先从半开的门里钻出来，拉出土行孙，两人又合力把张局拖出来。无奈他的肚子太大，卡住了，半天才解救成功。

一站到地上，土行孙就号道："靳勇，你开的好车！你狗日的是给领导收魂呢？"上去拿那小短腿踢靳勇。

靳勇受了两脚，忽然伸手一推，土行孙不慎被他推个倒栽葱。

Dream
/109/

张局上前阻拦,脸憋成紫绀色,喘着大气连连摇手道:"打电话,打电话,赶紧叫人。"

戚朵觉得有些滑稽。

连湛看她一眼,嘴角也陷入一个微笑:"你从哪儿收集的这基层官员作风信息,倒是很像。'像怀了哪吒'?亏你形容得出来。"

戚朵回头:"并不知道你在说什么。什么收集?"

连湛耸耸肩:"说真的,你可以偶尔回忆一下自己的信息源。这一切都不是凭空来的。慢慢地,你就能控制梦境——甚至从中解脱了。"

戚朵看他,在幻境里,连湛穿着白衬衣黑西裤,手插裤兜,表情很认真。

"连医生,"她淡淡道,"这又是什么骗人的破烂疗法?还有,你现在在非法行医,再干扰我,我就去贵院告你。"

连湛走近一步,眼睛对上她的眼睛,清澈而深湛,她甚至能数清他睫毛的倒影。

"第一,这个疗法根本就没有疗法,所以也就不是'破烂疗法'。第二,我不会再用隐瞒和抹煞覆盖记忆的方式来治疗你,你不适合。第三,我不欺骗朋友。最后,以上三点都是真话。

"还有,其实你要告我非法行医的话,取证很难。我没有开设处方,你又没法证明我对你实施了催眠。况且,最重要的一点,你没有受到损害。"

戚朵动了动嘴唇,半晌道:"我不会受你的干扰。"

连湛微微一笑:"没关系,欲速则不达。"

他深深呼吸一口林间空气:"多么辽阔壮美的梦境,多么稳定。我有没有说过,你的语言很美?还很有趣。放松些,其实人的很多决定都由潜意识做出,只是自己不觉得而已。在你的潜意识如此接纳我的时候,你本人实在没必要这么剑拔弩张。放轻松吧。"

戚朵抿抿嘴唇,转身朝林地深处走去。

一路都很美，阳光像无数缎带，随着风在林间飘浮。他们走在小花小草间，偶尔有小野兔跳过，或头顶松枝上窜过小松鼠。前面出现了一条小溪，水极清澈。戚朵想起小蔓曾说，能在里面洗澡的。

一阵烟飘来，和着薯类的香味，戚朵加快两步，忽听一个男声猛道："灭了！"

前方的松树影里，一个穿护林员的蓝绿迷彩服的男人又喝道："快点！"提脚就上去踏，"防火期，你不知道吗？"

是靳勇。他还是做护林员了。

戚朵上前一步，被靳勇挡住的人显了出来。她顿住脚，眼里有了湿意。

李小蔓。小时候的李小蔓，只有十二三岁的样子。脸庞没太大变化，只是小一点黑一点，此刻睁着兔子一样惊惶的眼睛，迅速从男人脚下把半熟的土豆抢救下来，很烫，两只手倒来倒去。

靳勇一把把她背后的篓子扯下来，往里面一看：一堆草、两捧蘑菇、一只小鸟、一束野花。

"曙红朱雀。"他把那鸟拿出来，"保护动物，你知道不？在哪儿掏的？带我去。"

李小蔓想抢又不敢，两只眼滴溜溜跟着他的手转："你小心点，它从树上掉下来的，翅膀伤了。我回去给喂粟子。"

"你不能养这个。"靳勇拒绝。

李小蔓要哭的样子。

靳勇转身就走："别再点火！烧了林子，等着赔钱坐牢。"

李小蔓拾起篓子，垂头丧气地往家走。

戚朵看着她小小薄薄的肩膀，身上袖子裤子都短了，露出一截手腕脚踝，忽然很想抱抱她。

"去吧。"连湛说。

戚朵便喊："小蔓！"

李小蔓站住。

戚朵上去抱了抱她。

李小蔓就静静地让她抱,眨了眨毛眼眼,然后继续朝前走。戚朵心里的空被那个拥抱填上了些。

跟在李小蔓身后,很快,一个小村庄出现在眼前。

李小蔓的家在村子和林地的交界处,离周围的人家很远。

粗糙的木栅栏里,破旧的小木房子门廊上,坐着两个五六岁的小女孩,抻长脖子咧开嘴笑着,口水顺着嘴角流到地上。

顺着她们的目光,可见栅栏里又用栅栏围着个猪圈,里面一个三四岁的小男孩正搂着猪和猪一起在木槽里吃什么。

戚朵捂住嘴。忽然,一个穿红线衫的女人从屋里奔出来,刚奔到一半就摔倒了:她腰上缠着绳子,绳头绑在屋里柱子上。女人呜里哇啦地叫起来。

李小蔓来不及放下背篓,先奔到猪圈里把弟弟捞出来,男孩不愿意,对她又踢又打。把弟弟和妹妹放在一起,她又奔回去把女人扶起来:"阿妈你别乱跑嘛!我喂了猪马上做饭!"

这时一个很瘦的男人背着一大捆柴从木栅栏里进来。戚朵一眼就看出他是李小蔓的父亲,父女俩长得很像。这样的长相很适合生女儿,毛眼眼,尖下巴,但作为一个男人来说,就显得有些孱弱。他的每条皱纹里都是麻木和疲惫。

"阿爸,"李小蔓说,"你看着他们一点,我去做饭。"

说话间她已把猪草两刀切好倒在槽里,抱着柴转身进了木屋。

戚朵震惊地喃喃:"全家六个人,四个精神不健全。小蔓太难了。"怪不得她那么节省,又那么会照顾人。

连湛沉默了一下道:"很显然,李小蔓是遗传的幸运者……"

画面如湖面粼粼铺开,逐渐平定,如镜。烟熏火燎,闹嚷嚷的,人声,车声,孩子哭,狗吠,间杂一声高亢的"八万,和了",这是个小县城的麻将馆。

靳勇把一沓红票放在肮脏的麻将桌绿绒面上。

众人发声呼。

方才喊"八万"的中年女人，睨那钱一眼："复员费就这么点？"

靳勇说："花了。"

"就你？"中年女人笑，"你知道怎么花？"她忽而一想，"我听说留城里要花钱。"她这才从麻将桌上抬起头看儿子一眼。

靳勇沉默僵硬地站在那儿。

女人啪地把钱摔进包里，手继续哗哗洗牌，洗到一半忽然想起什么又回过头。

靳勇还站在那儿。

"你这不穿的护林员的皮吗？怎么……钱白花了吗？怎么没留城里呢？"中年女人指着靳勇蓝绿迷彩的衣服迟疑着说，忽然暴起，"你就是个傻子！跟你那死鬼爸一样！你爸白赔了一条命，你又白赔一副身价！"劈头盖脸、声音响亮地打下去。

靳勇僵硬低头受着，直到旁人把他妈拉开："阿彩，自古民不与官斗！花钱办事，没有必需成的！阿勇都是工作的人了，你还当小时候一样，一天三顿打呀！"

"滚滚滚，别在我跟前站着！"中年女人打累了，摇摇手叹口气，"你们靳家都是窝囊废，我管不了。滚吧。"

戚朵默然看着，双手却握紧。

连湛拍拍她的肩，轻道："疏离、苛刻、暴力的家庭环境，确是反社会人格的温床。"

靳勇转身，大踏步走出麻将馆。他的步子大而机械，完全是军人的步伐，混乱的午后街道比他更快，喧哗着迎面迅速冲过他，交接为高山密林。

一两声鸟语。

世界安静下来。

一座矮矮的木屋矗立在石崖旁边，木窗很低，可以看见屋里除了床一无所有，地上燃着一堆火，墙角堆着米袋和土豆，梁上吊下一串红辣椒。

　　靳勇光着膀子立在屋门口劈柴，每劈一下，房檐下那只曙红朱雀就在木笼里跳一下。

　　他看起来依然沉默，但是一种独自舒适的沉默。

　　"靳哥。"细细袅袅的声音。
　　他抬起头。
　　李小蔓背着背篓走上前："借借你的火儿。"她把背篓里的土豆埋进火堆里。
　　靳勇看了她一眼。
　　李小蔓把手在裤子上抹了抹："大清早就出来拾菌，饿得有点心慌了。"她讪讪地坐到门槛上，舔了舔嘴唇。
　　靳勇没理她。

　　李小蔓赔着笑，毛眼眼眯到一起，露出不太整齐的牙齿："靳哥，对吧。以前住这儿的赵叔给我说的你，他回城看病去了，说你以前是兵呢。那你升国旗吗？到过京城没有？京城啥样啊？"
　　靳勇看她一眼，小毛丫头。他当兵一直在宁夏。
　　李小蔓自顾自道："我将来是要去京城的。"
　　"嗯。"她又给自己肯定地点点头。
　　靳勇把劈好的柴拢到一堆，拿上衣服往林地走了。
　　李小蔓跳起来，伶俐地钻回屋子看看火，把半生的土豆刨出来狼吞虎咽地吃掉。

　　靳勇再回小屋的时候，太阳已经升得很高。他的迷彩服裤子已洗净晾在树枝上，热水瓶灌满，火堆熄了，另有一小堆灰里埋着微红的火种。

　　李小蔓背着满满一篓菌子从后山溜下来，专门绕过来笑道："靳哥，我给我那红雀喂了你的米啦。"

靳勇看了那曙红朱雀一眼:"局里来人就把它带走。"

李小蔓笑道:"干部嘛,秋天果熟菌肥狸子长毛的时候才来,我能养它一夏天哪。"

靳勇没说话,李小蔓笑得眼睛全眯到一块,露出不太整齐的牙齿,忙把嘴抿住。

夏天了。

林地间繁花盛开,松林葱郁,土地红得欲燃。沁凉的海子,和天空一样蔚蓝,倒映着低低的云团。

靳勇走在前面,脖子上都是汗,李小蔓卡着大步随后:"靳哥,你咋找到那片湿地的?那菌子可太好了,我发财了,哈哈哈!"

靳勇说:"偶然间寻到的。"

李小蔓乐得颠颠的:"待会儿拿着先煮一锅汤喝。我饿死了。"

"你是饭袋子?成天喊饿。"靳勇说。

李小蔓道:"家里人多,就我爸种地,粮食我能不吃就不吃,留着给弟妹。"

靳勇停了一下,继续走。走了几步身后没声儿了,他忙回过头,只听"哗啦"一声,水珠四溅,李小蔓从翠蓝的山泉里钻将出来,水顺着头顶往下流,身上一丝不挂。

"哎,你……"靳勇忙转过身,只听李小蔓在背后笑说:"靳哥,好凉快呀,你洗不洗?"

他握着双拳慢慢回头,然后松开了手。强烈的阳光下,李小蔓像一株小白桦,光溜溜的,抿着嘴笑,眼睛亮晶晶,和整个海子粼粼的亮光一起。

还是个孩子呢。

"靳哥,可凉快啦!"她再次摇手招呼。

靳勇走过去把她破旧的衣服捡到干处:"你羞丑都不知。"

回到木屋，李小蔓守着锅等开，忍不住舀一勺喝。

"啪"一声，勺子被打掉，靳勇蹙眉说："不熟有毒，不知道？"

李小蔓不好意思地一笑："急呀。"

她凑向火堆，黄昏暮色里，少女的小脸被火焰映得粉红。白天太阳烈，整个细嫩的、起着一层浅浅茸毛的后颈都被晒伤了，也是粉红。靳勇移开眼。

米香菌熟，小蔓挨他坐下，心满意足地捧着碗吃喝。隔着薄薄的布料，女孩胳膊的温度传来，有点异样的感觉。靳勇往旁边挪了挪。

吃过饭，靳勇掏出一张细细的纸条，凑近火堆了瞧："×，扣了这么多。"

李小蔓也凑上去看。

"工资条。"她念，眨着毛眼眼算一算，"对着，六次没接巡检手机，一次二十五，总共扣一百五。"

靳勇把纸条扔到火里。

"一百五，好多呵。"李小蔓盯着那燃烧蜷曲的纸条咽了口口水，好像烧掉的是钱。

"你念过书？算得还挺快。"

"今年不念了，阿爸生了场病。"李小蔓低声说，随即扬起头一笑。

秋光薄亮，使这边境村庄显得静谧而美好。家家门户前堆着整整齐齐的柴垛子，挂着金黄的玉米穗。

靳勇挨家挨户收《森林责任状》，到李小蔓家时多站了一会儿。小蔓父亲沉默地签完，叫过小蔓："以后出去带两块玉米粑粑，别再烧土豆。"

李小蔓清脆地答应，却对靳勇一笑。

大约因为家里几乎从不来生人，李小蔓的妈妈、两个妹妹、弟弟齐齐坐在屋檐下，流着哈喇子，瞪大眼睛盯着靳勇。

靳勇就沉默地站在那里。

李小蔓父亲不明就里，有些局促，只好陪着。

半晌，靳勇说："李小蔓的学费，我给出。"

大雪纷飞，李小蔓拿着红纸春联深一脚浅一脚地走向孤寂的崖前木屋，一进屋，先跪下磕了个头："靳哥，我阿爸让我来给恩人送春联，顺便请你去我家过年。"

靳勇忙拉她起来，李小蔓已成了个雪人，他伸手替她拂去头上、眉毛上、睫毛上的雪花，露出一张红彤彤的、双眼明亮纯净的小脸。

"靳哥，走吧。"她抓住他的手。

全世界的雪花逐渐被风吹去，松林依然长青，雪水融化，花朵开放。

李小蔓在拆洗一套墨绿色的护林员专用被褥，风把她的额发吹得乱飞，像纷纷的花蕊。旧布衣贴向少女拔高的身躯，已有了动人的柔软起伏。

弟弟瓜儿也长高了许多，从栅栏外飞扑进来，拍着手："小媳妇，小媳妇！"

李小蔓呵斥他："到一边去玩！别把泥巴蹭过来。什么小媳妇。"

"村里人说，你是护林员小媳妇。"弟弟依旧扑过来，把一身泥靠在刚洗净的被面上。

一灯耿耿的夜晚，李小蔓披着被子读书，她父亲拿着根针缝靳勇的褥子。

"靳哥挺好的。"她忽然说。

父亲的皱纹，在煤油灯影里像用小刀刻上去的，没有一厘米平展的皮肤。

"不好。"他嗤嗤拉着线，"我找人问过，他人太'独'。"

"'独'就'独'，我无所谓……要没念书，还不就嫁人。"李小蔓翻过一页书。

"上学的钱，阿爸会还上。实在不行，我也去卖'俏货'。"

"不行！"李小蔓打断，"贩毒判死刑的！"

"他年纪比你大太多……不好。高中毕业，阿爸到山外给你找个好人家。你就在山外打工,好好过一辈子,别回来。"父亲的声音沉实,像油灯后的阴影。

"那你和妈妈弟妹怎么办?"李小蔓合上书,拿手指盖住流泪的眼睛,"将来我能挣钱了,还债,养活你们,一辈子不嫁人!"

戚朵垂下眼睫,听见身边的连湛轻声叹息。

晦暗的墙面上,逐渐贴满奖状,橘红底烫金边,俗气的花纹,喜气洋洋的,三好学生、作文比赛一等奖……最后一张是大红色,上面烫金字写着:江城大学录取通知书。

"不念了,出去打工。外面的钱好挣!"李小蔓踌躇满志地说,把通知书随手一扔。她望向前方,控制自己不朝那通知书看。

父亲蹙着眉捡起来,点燃一只烟锅,蹲在屋檐的阴影里沉默。

靳勇上前把那页红纸抽过来,拿在手里翻来覆去看了一会儿,忽然说:"念吧,不好考呢,我还供你。"

蓝得欲滴的天空、红得欲燃的土地、松林、繁星、春水、花毯、雪地,都化作碎片纷飞而去,鸣笛声先响起,紧接着玻璃幕墙的高楼升起,人声,车声,尾气的味道氤氲而来,形形色色熙熙攘攘的人群也拥挤过来。

连湛伸手护着戚朵走过马路。

前方,靳勇背着一个大编织袋,里面鼓鼓囊囊依稀能看到脸盆、杯子、水果的形状。李小蔓由他拉着,在人群里冲锋一样地走。

华灯初上,白石碑上"江城大学"四个大字在金黄的射灯下散发着高雅淳厚的气息。两人消失在大门中。

"李小蔓和夏江夕是校友呢。"戚朵说。

"很可惜。"连湛答。

两人再出来时,手里已空了。

靳勇站到一间门口灯箱上写着"一晚五十,奢华如家"的旅店门口:"早点回去,天黑了,一个女孩子不安全。钱你收好,桃子、石榴都不敢搁,赶紧吃了。肉干泡在米线里吃,也不敢放久了。请不开假,明早我走得早,你不用管我。"

他再想了想:"好好念书。"

一对穿着时髦的学生情侣搂搂抱抱地从他们身边过去,上下打量二人。

靳勇有些局促地咳了一声:"我上去了。学校有人欺负你,你给我发短信。"

李小蔓从口袋掏出一部崭新的诺基亚,摸了摸屏幕,轻轻"嗯"一声。

"走吧。"靳勇转身上楼。

幽红明昧不定的小房间门虚掩着,靳勇擦着脸上的水,端着脸盆从公共洗手间走过来,推开门。

李小蔓站在里面。

"你怎么没回宿舍?"

李小蔓有点抖。

靳勇关上门走近她:"出什么事儿了?"

李小蔓抖着,伸手去解碎花小衬衣的领扣。一颗,两颗,窗外霓虹廉价暴虐的青红光影转换不定,落在一线润滑的洁净皮肤上。

靳勇一把扣住她移到胸前的手。

李小蔓没立住,被他推得一个趔趄。

"靳哥……我欠你的……"她发着颤,带了点哭音。

靳勇理一理她的衣服:"要等,等到洞房花烛夜。那时候,我光明正大地娶你。"

黄柳千万丝。

大约没有比春天的校园更美好的地方。

李小蔓抱着两本书,低头沿着操场慢慢走。她肩有些佝,衣裳简朴,但春风之下,少女的额角碎发飞起,露出长睫蒙眬的眼睛。戚朵和连湛并肩站在台阶上看着,感觉此时的李小蔓和春天如此统一。

操场旁边,篮球场上,一群高大的男生正在打球。早春天气,他们都只穿球服还满头大汗,匀净的肌腱,有力的跳跃,展示着青春让人心跳的活力。

其中一个白皙俊朗的男生忽然抛下手中的篮球:"你们先打,我马上来。"

他跑了几步,又放慢下来走着,目不斜视地超过了李小蔓,方回过头叫:"李小蔓!"

"啊?"李小蔓猛抬起脸,眯起眼睛看前方。

男生伸长手在她脑门上嘣一下:"想什么呢?"

李小蔓捂额头:"你干吗啊?"

他忙凑近瞧:"没事吧?我没使劲儿。"

李小蔓退后松开手:"没事。"

男孩过来和她并肩走:"我就来说声谢谢。谢谢你上次帮我包扎。"

李小蔓"哦"了一声:"不用谢,我弟经常摔,所以我跟赤脚医生学了一点。你以后打篮球要小心。"

男孩也"哦"一声,默默跟她走着,忽然又用手肘子顶顶她。

"又干吗?"李小蔓离他远一步,他却整个人挡到李小蔓面前,露出雪白的牙齿一笑。

向光,李小蔓的眼睛又眯了起来。男孩的短寸发、开朗的额角和粗粗的颈项上都是亮晶晶的汗,纯金的春日阳光铺在上面,散发出简单的汗味。李小蔓不由得想起另外一个人,靳勇,莫名使她觉得属于夜晚的人,他身上压抑的浊热的男人的味道。

男孩笑着从裤兜里掏出一张揉皱了的字条塞到她手上:"这是哥的电话,限你今晚打给哥啊。"不等小蔓反应过来,他又伸手在她额角嘣一下,"走了!"

李小蔓慢慢抬手抚抚被他弹的地方,蹙起眉,却又抿嘴笑了。

黄柳千万丝,池中的睡莲刚冒出一点紫红尖尖。风乍起,吹皱了春水。

李小蔓坐在水畔,把握热了的字条在膝盖上摊开,抚平。看了一阵,她将它丢到了水中。

学校的日子过得很快，转眼，柳叶飞长，女孩们都换上了裙装。

李小蔓穿着一件便宜的棉布连衣裙，穿裙子的女孩总是格外好看，路上的男生纷纷向她投去目光。她在夏日晚风里走，轻快迈动着光裸的小腿，神情安恬。

走到宿舍楼下，李小蔓停住。靳勇蹲在阴影里，看到她，站起来。

宿舍楼的阳台上，几个女孩朝下看着。

"大叔啊！挺有味儿的……"一个短发女孩抻长脖子，看着手搂上李小蔓的腰的靳勇说。

"你'眼瘸'了吧？"另一个长发女孩觑眼认认，"哈，穿着美特斯邦威！还不是新款！你知道刘阳开学开什么车来的吗？奥迪！李小蔓脑子坏掉了？亏刘阳成天这么追她！"她捂脸跺脚，"放开刘阳，让我来！"

"舍刘阳而就'怪蜀黍'，真是我不入地狱谁入地狱。"另一个女孩扶扶眼镜总结。

两人消失在树影深处，短发女孩神神秘秘地拿手盖住嘴又道："你们说，李小蔓还是……处吗？"

长发女孩把长发一甩，斜睨她一眼，微微冷笑："你说呢？"

晚风变得燠热。李小蔓被靳勇搂着，隔着衣服，也能感觉到他体温的灼烈。

"靳哥，你怎么来了？林场那边请假了吗？不又要扣工资吗？"李小蔓有点跟不上他的步子，出了汗，微喘着说。

"想你这小丫头了。扣就扣吧，大不了把我开了。"靳勇不在乎地说。

李小蔓猛顿住脚，放下脸："靳哥。你是有正式编制的，现在好多毕业生挤破头考公务员、进体制呢！有编制，就有正规医疗、养老，一点不用为活着发愁。你可不要因为我，耽误了大事。"

靳勇看了她的小脸一会儿，忽而一笑："跟个小妈似的……我知道怎么活。走吧。"他的手在李小蔓腰上紧了紧。

一进旅馆的门，靳勇就把她抱了起来。李小蔓双脚离地，有些难受，但没作声。

大约在她看来，这是迟早的事。靳勇将她扑到床上，一句话没有，只是兜头盖脸地亲，可最后靳勇却停下来，粗哑着声音说："等你毕业，咱们回溇水结婚。"

李小蔓的双眼迷茫了一下："嗯。"

等呼吸平复下来，李小蔓起身从随身的小布包里拿出一张卡："靳哥，这是我周末打工和奖学金的钱，一半给阿爸，这是给你的一半。"

靳勇没动，半晌沉下脸道："你什么意思？"

李小蔓说："剩下的，我慢慢再还……"

话犹未完，靳勇猛然夺过卡"咔"地掰了。

李小蔓吓一跳："靳哥！"

靳勇从未在她面前大声过。李小蔓显然第一次感受到男人发火的恐怖，她拾起地上已成两半的卡勉强一笑道："不要我就先收着，折了干吗，到银行补办还要十五块钱呢。"

她那个笑十分勉强，也就十分可怜。靳勇松下来："大城市到处都是虎口，你一个女孩子别去那乱七八糟的地方打工。我不花钱，我的钱全给你留着，缺你就要。"

清晨蒙蒙亮的时候，李小蔓送走靳勇，慢慢走回宿舍。

宿舍楼下，相思树影里，却站着那天给她电话的男孩。

他大约等了一夜，双眼通红："李小蔓。"

李小蔓怔了一下停住脚："刘阳？"

"这么久，你一直推托，不肯做我女朋友，就为了那个老男人？"刘阳几乎要哭的样子。

李小蔓很快镇定下来："我们不合适。"

"不合适？是不合适。我没想到，你会像那些没脑子的女孩一样，在破旅馆里让人家睡！"

李小蔓的表情像被打了一耳光，而刘阳的眼泪终于夺眶而出。他吸了口气："对不起，对不起。我不该这么说。你一定有难处……他是坏人？你是不是欠了他钱？我可以帮你。"

"他不是坏人。"李小蔓打断他，"我也不需要你帮我。我一直都能自己顾自己。"

刘阳愣住，李小蔓深深吸一口气，仰脸微笑："别哭了，男孩怎么能哭呢？回去好好洗个脸，多少女孩等着你喜欢呢。你很快就会把我忘了。"

李小蔓竟然为那男人辩解。

刘阳慢慢用手背拭去晶莹的泪水，嘴角还在抽搐："我不会忘了你。我不会。"他后退几步，终于转身跑开。

校园氤氲的树如云，路如桥，人如鸟，纷纷被风吹散。触目所及，一片雪白。皑皑白雪下，是那世外桃源一般的，宁静的村庄。

李小蔓和阿爸一起背柴回来，雪落了满头，倒像白了少年头。

"咳咳，"阿爸一边咳一边道，"回来干什么，车票要好几百。这些活用不到你女娃儿做。"

李小蔓喘口气把沉沉的柴丢在小院中间，又拎起来抖。看着那慢慢抖掉一身雪花、露出湿黑本色的木柴，她的心思也逐渐变得清晰："阿爸，我们还欠靳哥多少钱？"

戚朵松开手里的雪团，看连湛一眼。连湛拍拍她的肩。

不远处，李小蔓的父亲道："所有加起来，还差一半多呢。你那大学，学费一年小一万，贵死个人。可是要读完了！"

李小蔓喃喃："当时要办了助学贷款就好了，心里好过些。"

阿爸叹息："人家帮我们，义比钱重。"他看了女儿一眼，"将来攒够钱，我老汉上门去给人磕头吧！"

靳勇手里提着个笼子推开木栅栏："李伯说什么磕头？"他踏雪走来，把笼子递给李小蔓，"给你养一冬。"

李小蔓一看，是只曙红朱雀。她勉强笑道："靳哥还记得小时候顽皮的事。"

靳勇没说话。

李小蔓忙讨好地笑着:"这鸟儿其实野得很,实在难养。关在笼里,也可怜。靳哥陪我,咱们去山里给放了吧?"

靳勇脸色缓和下来:"行吧,还想着你喜欢养。你怎么说回来就回来了?什么时候走?"

"后天。"李小蔓有些小心翼翼,"和超市经理说好了。过年缺人,工资翻倍。"

靳勇蹙眉:"男的女的?"

李小蔓微怔,半晌才明白过来:"哦,经理?女的,离婚好多年,快四十岁了,特别照顾我,从来没扣过我钱。"

"不准去。回来了就在家过年。"

李小蔓抿抿嘴唇。

"阿靳,"李小蔓的父亲在屋里捧着只热气腾腾的碗叫,"快来吃糖水鸡蛋!"

江城无雪。

除夕夜,下着冷雨。

李小蔓从超市后门出来,长街两岸红灯笼的光影立刻披了她一身。风一吹,人像站在流动的红河里。

李小蔓立住,眯眼抬头看。一只摇荡的灯笼将红光投到那年轻的、尖尖的小脸上,有些单薄可怜的喜气。

几步之外,靳勇穿着件黑色的夹克,也抱胸站在那红河里。早年当特种兵练出的肌肉略松弛了,但仍然能看出军旅的痕迹。

"靳哥!"李小蔓抬起脸时不禁惊呼一声。

"靳哥,你又请假?今年都第三次了,你真不要工作了?你……"

靳勇一手把李小蔓扯进怀里,脸色微沉:"别特么提工作,那伙傻逼。"他低头紧紧盯住她,"我不是不让你提前回学校吗?胆儿挺大啊?"

李小蔓赔笑："过年工资高。"

"你那么急挣钱想干什么？"靳勇紧一紧手臂。

两三个年轻人缩着肩膀互相笑骂着从超市后门走出，李小蔓立刻挣开他，站到一边。

靳勇面无表情地看他们过去。

李小蔓忽然叫道："坏了，我怎么忘了取包？"

她跑向超市，回头匆匆道："靳哥，你等我一下！"

李小蔓气喘吁吁打开存物柜，拿出布包往外走。售卖区的灯还没关，雪亮地照着各色货品，她走过去，路过华而不实的礼品、漂亮的水果……

李小蔓忽然有个疯狂的想法，想就此一走。

从另一个门出去，就此消失。

雨大起来，一个行人顶着塑料袋匆匆跑过，靳勇抬胳膊擦去额头上的水。

"靳哥，我也没带伞。咱们得走快点儿。"李小蔓的声音在他身后响起。

靳勇沉着脸回身，搂过她。

小旅馆内，一只小空调徒劳地吐着一丝暖气。

靳勇沉默地靠在床上。李小蔓脱鞋上床，把他的脚抱进怀里。

靳勇的脸软下来。

"靳哥，"李小蔓微笑，"你记不记得我小时候吃了你多少米？你老管我叫饭袋子。"

"你能吃多少。比雀儿多一点。"

靳勇起身将她推倒。

耳边响着男人沉闷的呼吸，李小蔓看着天花板，长睫掩映下的瞳仁显得大而空洞："靳哥，我还有半年就毕业了，要不我们在一起吧。"

靳勇还是说："等我们回潢水……"

毕业季节，校园中，树还是那树，云还是那云，人心却隐隐焦虑。宿舍里。

戴眼镜的女孩拿着毕业证端详："哎呀，辛辛苦苦，换来一张纸。"她摸摸纸面，"纸质不错。"

"得了，过三年你不又有一张新的。再过三年，又有一张新的。一张比一张纸质好！女博士，荣登第三种人！"短发女孩说着，又跑到收拾桌子的李小蔓面前，"这就急着收拾？哎，你知道刘阳毕业去哪儿吗？他本地的，是不就留江城？"

长发女孩拿着盆推门进来："什么江城，出国喽。"

"富二代就是好……我想留江城江城人民都不留我。去哪里？美利坚还是英吉利？"短发女孩满脸艳羡。

"嘀嘀"两声，李小蔓桌子上的手机响，显示短信。

长发女孩对那诺基亚一撇嘴。

李小蔓按键，蓝屏上出现两行字："我年底去加拿大。如果你愿意，我可以带你一起走。"

李小蔓抬头望向窗外的蓝天。过了一会儿，她低头回复道："谢谢。但我不想再欠人情，靠人活。"

短信很快又来了，这次她没有看，直接按了删除。

校园田园牧歌式的场景彻底散去，换作惨白的白炽灯，小小的无数的格子间，喷着白气的冷气机，面容模糊冷淡的人。

身穿白衬衣的李小蔓麻利地抱着一堆纸从复印机前回到工位，人造革包里传来嗡嗡声。她拿出来一看，17个未接来电。

李小蔓四处看看，佝着腰小跑出去。

"喂……靳哥。"

"我在上班啊。"

"文员而已。"

"……不在江城。"

"你别问行吗……过年不回去。你好好上班。"

李小蔓忽然把手机拿远些，又拿回来，声音有些抖："靳哥，你别生气。你别想多了,我不想怎样,我就想好好挣钱,照顾家里……"

手机里传出兽一样的嘶吼:"你就这么嫌弃我!你就这么躲我!"

她哭了:"靳哥,你别这样,你别这样。"

"行,行,我请假回来。"

和格子间比起来,边境的秋日田园,美得似不在一个人间。

然而李小蔓的嘴唇干得脱皮,靳勇黑瘦了,沉默着。

"靳哥,"她牵出一个笑,"那你明天来接我。别来晚了,镇上民政局下班早。"

靳勇点头。

屋里灯下,李小蔓把一沓现金和两张卡放到父亲面前:"阿爸,这钱靳哥不会要,你都拿着,把家里的房子修一修吧。"

父亲沉默。

"我结婚以后,还是想出去。在溁水我做什么呢?多挣点钱,完后好好孝敬你,照顾妈妈弟妹。"

父亲沉默。

"以后地里的活能做就做,做不了就算了。反正粮食也不值钱。什么心都不用操,我长大了。"

"挺好的。"李小蔓补充。

依旧沉默。

秋天的天将亮未亮的时候,是一种半透明的瓷蓝。星星极远,却极清晰,像一滴滴闪闪发亮的泪水。

李小蔓被阿爸推醒。

她一骨碌爬起来:"弟又干吗了?!"

阿爸把行李丢在她身边:"走!现在走!"

李小蔓愣住。

"靳勇来了,我跟他说。欠他的钱,我们加倍还给人家;等他气消了,我去给他磕头。"阿爸来拉她,"你走!"

李小蔓还愣着。

　　阿爸拿外套给她披到肩上:"这人不好……人太'执',太'独'。谢人,不是这么谢法……"

　　李小蔓机械地套上衣袖,一线天光透进纸窗,青青的。

　　她忽然跳起来穿裤子穿鞋,到屋角水盆里洗把脸提起行李包:"阿爸,我走了。钱我会汇回来。"

　　"走!"

Chapter 08
无法占有

李小蔓站在一片松林中。

松林……殡仪馆的松林！戚朵猛地握紧双手，四下巡视，却只见林间寂静，红日冉冉。

她松开了手。还是夏天呢。

林地中央，李小蔓站着，忽然回过身。顺着她的眼光，戚朵看见另一个"戚朵"，踩着满地松针慢慢走来，脸上若有所思。

"我想起来了，这是我们一起告别夏江夕梦境的那天。那个早晨，我来过这里。"戚朵说。

"嗯，那天早晨，你在我车里睡着了，为表歉意，带我去吃了一碗辣得难以下咽的米线。你真的很能吃辣。"连湛答。

戚朵笑了。

不远处，另一个"戚朵"站住脚，望向朝日金光闪烁的树顶，长长地吐了一口气，也微笑了。

戚朵有些窘："哦……没想到我看起来这么呆。"

连湛含笑说："那是我的移情疗法初见成效时的你。不呆，看着挺好玩的。"

"好玩？"戚朵瞪他。

李小蔓将身隐在树影里，有些好奇地看着那个"戚朵"，然后轻轻退出。

太阳飞速落下,夜幕降临,松林光线变得暧昧不清,虫鸣四起。

两个男人的身影逐渐靠近,戚朵看清,却是白良栋和吴磊。两人穿着被汗濡湿的篮球服,白良栋抱着篮球急急走在前面:"看就看,她就是天下最好看的女孩儿。我第一眼就认定了。"

"这会儿都下班了吧?"吴磊懒洋洋地跟在后面,"我车停在前头,捎你回家。"

"不行!莉丽姐叫她加班呢,人肯定还没走。"

戚朵连湛随他们走进办公室,果然灯亮着,还雾气氤氲的。李小蔓扎个围裙,佝着腰,正拿电磁炉煮面。

"小蔓!"白良栋高兴地大呼一声。

小蔓闻声惊抬头,呆了一下,尴尬地嗫嚅:"你怎么来了……我加班晚了……"

白良栋欢快地跑过去:"在办公室做饭啊!忒有创意吧!我也要吃。"

隔着热气,吴磊看过去。李小蔓瘦瘦薄薄的一个人,此刻扎煞着双手在盘盘碟碟间站着,额上的碎发潮湿地披下来遮住眼睛,显然和"最美女孩"没什么关系。

他叫白良栋:"走吧,我请你到外面吃。"白良栋不动,他便上去拉,"你也不管人家够吃不,就要蹭……"这时他看见李小蔓的晚餐:一筷子白面、几片青菜、一撮盐。他不禁抬头看她一眼。

李小蔓已经恢复常态,对他勉强笑了笑。

他立刻记住了那双水汽蒙眬的眼睛。

夜市。

白良栋一把将李小蔓按在白塑料椅里:"不许走啊,我去拿撸串!"

李小蔓无奈地笑笑,吴磊看着猴儿一样窜出去的白良栋:"我们班的同学里,就数他最快活。不操心生活,不担心未来,还不被逼婚。"

李小蔓看吴磊一眼:"有人欺负他。"

"嗨,世上总不缺无聊的人。"吴磊说。

菜单上来，李小蔓看了半天，小心地点了一小盘炒面。菜上来，吴磊注意到，他和白良栋点的东西，她一口都没吃。

结账时，李小蔓平静地拿出十二块钱："这是我的。"

吴磊略一犹豫，收下了。隔着油腻腻的桌子，她背后是黄的红的灯盏、悠闲的人群。那双眼，天生带着迷蒙湿光似的，微涩而有情。像是躲避他的目光，她低下眼去。搁在桌上的她的手，给人一种纤细而坚韧的感觉。对，就如她整个人给他的感觉一样，令人想去保护，又似乎不得不止步。

又是黄昏。

戚朵看见自己上了去往第一医院的公交车："我又去受你坑蒙拐骗去了。"

连湛吸一口气："戚朵，对这件事，我们一定要好好谈谈。事实上，移情疗法……"

"瞧，李小蔓和吴磊。"戚朵打断他。

前方，吴磊从一辆白色现代 SUV 上跳下来，拦住李小蔓："碧云路嘛，对吧？我家就在那的枫树湾小区。真的顺路的。"

吴磊打开车门。

李小蔓犹豫下："那谢谢你。"

"你每天晚上都去做家教？"吴磊问。

"不，就二、四、六。"小蔓答。

"明天星期三，明天下班你做什么？"

"一三五下班后，我都去超市帮忙做账。"李小蔓说。

"太好了，还有星期天。那就星期天，我请你去我母校玩。"

"……"李小蔓说，"我有事。"

车到了李小蔓做家教的小区门口。

"哪个楼？"吴磊问。

"26 号楼。"

"哦。"吴磊又发动车子。

"我在这儿下好了。"李小蔓忙说。

"送你到东门,离26号楼近。待会儿你就少走些路。"

星期天很快就来了。

初秋的鹤城,天高云淡。理工科的院校,处处流露出理性的大气之美。李小蔓四处看着,相比古典的江城大学,这里仿佛楼格外高和规整,路格外宽和平直,路两边种着高数十米的大法桐,巨臂相挽,织成穹顶。

穿着黑灰蓝的理工科男生三三两两走过,拿眼觑他们。

吴磊手插裤兜,阳光透过树叶投在他额上。他得意扬扬的,左边脸上显出个酒窝:"我们班四十一个人,一个女生。一个!谁想帮她拿个螺丝,都插不下手去!"

"那你到底帮上了吗?"李小蔓忍不住微笑。

吴磊斜起眼:"我?我可是有节操的人!我当时就想,等我有了女朋友,一定要带来给学弟们展示一下,拯救他们被理工女毁坏的品位,告诉他们,更大的麦穗在前方!"

李小蔓笑了:"那你找到女……"她忽然不说了。

吴磊低头看着她:"找到了。"

青翠的草坪,铺着一层朦胧的金阳光。

木头长椅上,吴磊拿出手机给李小蔓看:"这是我爸,八中的物理老师。这是我妈,八中的语文老师。这是我爷、我姑、我姑夫……

"我和爸妈说好,把给我结婚买房的钱投给我开这个小公司。维修电脑就是没活时做,其实,我们几个的梦想是做电子游戏。但现在还什么都没有。也就是说,我还在初级阶段,没钱,目测好几年内也没房,车是姑夫淘汰的。但是我会对你很好,每年带你出去旅行,不对你乱发脾气,好东西先紧你。

"李小蔓,你愿意做我女朋友吗?"

他伸出摊开的右手:"我们……试试?"

然后，戚朵看见另一个自己，郑重地对李小蔓说："生命之书薄如蝉翼，而且一页一旦翻过，除了爱，一切就已死亡。"

一阵冰冷的秋风刮过，戚朵打了个寒噤。

年轻英俊的吴磊，与李小蔓十指相扣，李小蔓脸上是粉红的，是她从未见过的新生般的踏实幸福的笑容。

然而巨大的梧桐树纷纷轰然倒塌，地面参差倾覆，露出柏油下的红土与虬结树根，落叶刀片似四处飞舞，天地变色，他们两个却浑然不觉，仍站在最后一小块阳光绿地上。

李小蔓忽然伸出手，主动紧紧地抱住吴磊。

落叶尘埃缓缓落定，寻常的太阳又挂在天上。

殡仪馆食堂外，李小蔓和"戚朵"坐在阳光里吃饭，李小蔓夹起几颗米，扔给脚畔的麻雀。

不远处的松林中，一个保安负手站着，一动不动地看着她。

是靳勇。

戚朵走近他，凝视他，这才发现，原来感情，可以让一个人的面貌发生倾覆性的改变。

不，不是五官，而是神态。这与早前的靳勇完全不同了。之前沉默，是孤独的，但有时也是自在的。但此刻，他像鹰隼一样看着前方，牙关紧咬，眼下青黑，隐隐散发着暴戾之气。

"你干吗老跟着小蔓？"

戚朵惊回头，竟是白良栋。

他还是那样整洁到尴尬的样子，挥一挥皮肤白细的拳头："再偷跟她，我揍你！"

靳勇默默看他一眼，转身走开。

"喂！"白良栋叫他，"我告诉你，我会和小蔓结婚的！你再鬼鬼祟祟，我叫我爸开了你！"

靳勇猛地顿住，慢慢回头看他一眼。

白良栋昂起下巴，又对他挥了挥拳头。

气温骤降。

天空蓝透,满地金黄的梧桐叶。

戚朵和连湛踩在上面,干透的枯叶发出"喀嚓喀嚓"的响声。

"这就是那天。"戚朵的牙齿有些颤抖。李小蔓遇害的那天。

连湛安慰地搂搂她的肩膀。戚朵冲进松林,四处张望,没有人。她又跑回办公室,门已经锁了。

她又跑到殡仪馆大门外,喘息未定,惊异地发现,李小蔓正坐在门外一个小摊子上吃米线。那种流动的、点这一盏红灯的小摊,还卖小笼包和馄饨。

戚朵慢慢走过去,挨着她在小凳子上坐下。李小蔓停下筷子,歪头对她一笑。

"戚朵,别难过。谢谢你替我照顾家里,把你的钱全留给了他们。"

戚朵嘴唇在微颤。

李小蔓眯起眼:"你让我想起一个人。在溧水,十年前,来过一个女人。后来她在山体滑坡时,为救一个孩子死了。你总让我想起她。"

说完,她立起身,把五元钱压在碗下。

"再见,戚朵。"

"小蔓,不要去。"戚朵终于再一次拉住了那只有茧子的小手,沙沙的、温凉的。她的眼泪流下来。

李小蔓朝她笑一笑,轻轻挣脱,转身返回夜幕降临的殡仪馆。

"李小蔓!你回来!"戚朵眼泪鼻涕一起冲了出来,视线模糊。

连湛伸手从她身后紧紧抱住她:"戚朵,你冷静下来。李小蔓已经去世,这只是你的梦!"

"放开我!快去拉住她!"戚朵发疯一样挣扎。

连湛的力气更大:"她并不是因为你那天没拉她上车才死的。这是命运巧合,是太多事件导致的走向。我数一、二、三……"

"不要!"戚朵大喝一声,浑身颤抖地冷静下来。

"不要。"她抬起泪痕狼藉的脸,"陪我进去,行吗?"

连湛搂住了她。

两人默默向深秋初冬的夜里的殡仪馆走去。
"小蔓……她是个很好的人。很善良,很爱照顾人。我没有朋友……她让我感觉到了温暖……她真的很好……你知道吗,我总是觉得,是我把厄运带给她,也或者是我在我不知道的时候杀了她……"
连湛猛地停下脚步,双手捧住戚朵的头,迫使她看自己:"你这种自罪思想和愧疚完全由缥缈的感觉连接而成,不存在任何、真正的合理性,你明白吗?你是无辜的!我知道你很痛苦,于是你用怨恨自己的方式来达到事情原本可以转圜的幻想。但事实是,这件事和你完全无关,你也无法去扭转。你明白了吗?"
戚朵又一层眼泪的壳破了。
"嗯。"
一个人匆匆从他们身边过去,黑色大衣带过一阵风。
"白良栋?"戚朵喃喃。

白良栋很快跟上李小蔓,不近不远地尾随着她,进了松林。
林中站着一个人。
是靳勇。
李小蔓上前:"靳哥,我来了。"
"今天怎么肯来了?"他的声音很冷,很疼。
李小蔓没说话,由他拉起她的手。

"放开她!"白良栋忽然冲上去。
"就这小白脸?"靳勇露出些笑容,眼中闪过一刃寒光。
"小白!你怎么这么晚还不回家?快回去!这跟你没关系。"李小蔓挡住白良栋。
"不,你跟我走,到我家去!"白良栋喊。
"你还听不听我的话了?"李小蔓睁大眼。
"……听。"

Dream
/135/

"好，那你现在回去，不要告诉任何人今晚的事。记住，任何人！然后，明天早晨，我们还在这里见，一起去食堂吃早饭。你看好吗？"李小蔓放柔了声音。

靳勇咬了咬牙关。

白良栋皱紧眉头，纠结许久，终于轻声道："……好。"

李小蔓随靳勇向松林深处走去。在林子的东北方，有一排平房，是保安的宿舍区。戚朵以前从未注意过这地方。房前拉着晾衣绳，上面有保安服和男人的线衣。

靳勇在床沿上坐下："你今晚出来，是有话跟我说吧。"

李小蔓轻柔道："是的，靳哥。"

"说吧。"靳勇端出一搪瓷杯茶水，里面的菊花刚散开花瓣，"你爱喝的。"

李小蔓眼圈红了一下："靳哥，我欠你的，这辈子还不清了。"

"说重点。"

李小蔓吸一口气："我有了喜欢的人。"

靳勇没说话。

李小蔓从单薄廉价的上衣口袋里取出一张卡："靳哥，情我还不起了，钱我先还上。我终于凑够了。"

"嗯。"靳勇答应。

李小蔓默默站了一会儿，开始脱衣服。

"呵呵！"靳勇笑了，眼泪却掉下来。"别人动过的，我不要。我靳勇要就要全部。"

李小蔓平息下来："没人动。"

"那这儿呢？"靳勇指着她的左胸，"这里面也没人动过吗？"李小蔓被他推倒在床上，怕人听见，她硬把呼声咽了回去。

下一秒，她猛地微张开嘴，眼睛睁得极大，瞳仁炯然极亮，却仍然没有发出声音。

戚朵捂住了嘴。李小蔓最后的表情，那双雾气朦胧含着忧郁温情的眼睛逐渐熄灭。

靳勇点了火，将那颗小小的心脏焚为灰烬，再细细倒入红色的小锦袋里，挂在脖子上，贴住胸膛。

时针指向凌晨两点。

他看了床上的李小蔓一眼，细细地、温柔地替她穿好新的白衬衣、鞋袜，最后又拿出一件很温暖漂亮的桃红色新大衣，给她套上。

最后，他用棉被包起她，抱着她缓缓返回松林。像是早已预谋了千百遍，他径直走入幽谧的一隅，轻柔地将她放在厚厚的松针上，像放下一件最珍贵易碎的瓷器。

靳勇跪在地上，手按住胸前锦袋，喃喃道："工作……我早辞了。这半年，我跑了广州、上海、江城、成都、西安……我都快绝望了，快死了，结果有天上网看见了你。嗯。一个人发帖纪念他的老婆，最后感谢殡葬人士的贴心服务。你和戚朵就在照片里面，你捂着嘴在哭。"

靳勇笑了："傻丫头，靳哥不能带你回潢水了，只好带着你的心回去。这，"他拍拍自己胸口的锦袋，"永远是我的心肝宝贝。"

他抬头看看干净凛冽的深蓝夜空："这儿，和潢水有些像。也是松林……你就安心在这儿吧。"

"我走了。"他站起来说。

"凶手！凶手！"戚朵忽然咬着牙，发疯一样扑上前要拖住他。

连湛死死抱住她："戚朵！戚朵你听我说。一、二、三，醒来！"

戚朵猛地睁开眼，刺目的日光涌入，她抱住头，牙齿细碎地抖着，整个人都在痉挛。

是的，时间又走进新一天，可她的朋友被永远遗落在梦中。

连湛立刻抱住她道："放松，放松下来。"

半晌不行，他重又将她放回床上，将她的腿按平，用自己的腿压住："放松，不然会扭伤肌肉！"

然而还不行，连湛只得整个人伏到戚朵身上，又伸手捏住她的下巴，怕她咬伤舌头。

戚朵竭力镇定，语不成声："快……快，报警，抓他！"

"好。"连湛立刻腾出手摸出一部手拨手机，"你好，陈警官吗？我是连湛。有一条重大线索……是，"他看戚朵一眼，"不能确定。但我强烈建议你跟进一下……对……对。"

戚朵镇定下来。

"我要回殡仪馆。"

"不行！"连湛立刻说，"你需要休息。"

戚朵动了动，轻声说："……你先起来。"

连湛一愣，立刻起身站到床下。他理一理衣服，咳了一声。

"我上次走没请假，总要回去说一声。而且，"戚朵翻开口袋，"我只剩下三百块钱，还不能丢掉工作。"

连湛拿出钱包，取出一张卡："我不太带现金，所有的都给房东了。这张卡里只有两万，你先拿着，算我借给你的。"

"我不要。"戚朵拒绝。

连湛给她放进口袋里："听话。走，我送你。"

到了殡仪馆门口，连湛叮嘱道："陈警官他们很快就到，会询问保安靳勇，如果他还在的话。你直接去上班，什么都不要管，事情没水落石出前，白馆长也不会辞退你。他比警方还怕你跑了，儿子背上不清不楚的名声。"

戚朵看着他，连湛显然一夜未睡，双眼发红，下巴起了胡楂。

"我知道了。你快回去休息吧。今天还有病人？"

"有。"连湛看看腕表，"你去吧。还来得及吃早饭。"

连湛开着车，才走过两个红灯，忽然道："糟了。"立刻打回方向盘。

旁边左转道上的车主伸出头骂道："开豪车了不起啊？这能掉头？"

连湛一路疾行，车一刹在殡仪馆门口就跳下，直接往保安居住房跑去。

戚朵先他一步,已经站在靳勇的门前。

门虚掩着,她一把推开。

靳勇正在穿外套,回头看到是她,竟麻木、迟缓地微微一笑:"是戚朵。"

戚朵双手发抖:"靳勇。"

"我是来告诉你,李小蔓从未爱过你,她永远都不属于你。你这一生,只做过一件好事,就是帮助李小蔓。你懦弱、无能,你以为李小蔓应该依赖你、攀附你,谁知她那么坚定自强,你反而依赖她、攀附她。"

靳勇一开始麻木听着,逐渐牙关紧咬,面色转青:"把你嘴闭上!"

"没有她,你的生命灰暗、寂寞得像一条蛇!小蔓是你人生中唯一的温柔和光明。你占有不了,于是就杀了她。你这个浑蛋。然而,她依然、从来、永远不属于你!"

靳勇开始面目狰狞、浑身颤抖,他大喝一声,猛地从口袋里掏出一把式样粗拙的手枪。

他"哗啦"拉开了枪保险。

戚朵还没反应过来,一股强大的力量就将她扑倒在地。

紧接着,那个身影又闪电般扑向靳勇,与靳勇缠斗在一起。

是连湛。

他显然学过格斗,但靳勇更做过数年特种兵。两人沉默地纠结互殴,房间里只有剧烈的粗声喘息。目标都在那把枪。

戚朵迅速清醒过来回身去叫人,却听"啪"的一声,枪被连湛摔落在地上,滑到墙角。

她立刻上前拾起枪,对准纠缠在一起的两人:"靳勇!放开他!"

靳勇发出一声痛呼,又向连湛重重还击。

枪头颤抖,戚朵竭力握住枪把:"我会开枪……住手……"

她猛地扬起手,朝房顶开了一枪。

"嘭！"

巨大的一声，房顶瑟瑟落下一阵土来。戚朵震得手腕全麻。

前面两个人都愣了半秒，靳勇忽然死力推开连湛，夺门而出。戚朵立刻对准他扣动扳机，手腕却被连湛扑上来抓住猛一抬，子弹被射向空中。

"你真想承受杀过人的心理状态吗？"连湛大声呵斥。

戚朵愣住。

警笛声响起。

靳勇搭上一辆黑车，迅速离开鹤城，直奔漉水。

尽管此刻回去，无疑是自投罗网，但火车驶来，他站在铁轨旁边的蔓草丛中犹豫，终于还是在最后一节车厢消失前扒了上去。

带着心肝宝贝，昼夜无休，当终于踏上漉水松林的土地时，靳勇已浑身冷汗，感到阵阵眩晕。

山林还是昔日的山林，连绵起伏，冷翠无垠。黑夜消退，晨雾弥漫，空气凛冽，水声潺潺，残雪未晞，阳光自林间插下如一把把锋利的白刃。

"靳哥吗？"林中仿佛还回荡着那细细袅袅的声音。

他把手放在胸口的小锦袋上。

松林外坑坑洼洼的国道，一辆警车驶过，车里里坐着刑警和林业局的土行孙。

带路的土行孙兴奋不已："这路我熟，张局指示，要紧密配合公安，尽快消除影响！"

警车越来越近，前方已经没路，一片冷翠的松林横在面前。刑警从车上下来，"哗啦"打开枪保险，惊起了松枝上一只曙红朱雀。

Chapter 09
天之骄女

黄昏，大雪潲潲。

夜以惊人的速度来临，煮泡面水还没开，天就黑透了。戚朵看看表，才六点钟。

秒针移动，忽然传来敲门声。

"谁？"戚朵从模糊的猫眼里看了看，打开门。

连湛脱着手套走进来，忽然看到电磁炉旁的老坛酸菜面："这里面有那种，小包装的不明固体油脂。"

"好新鲜啊，哪包泡面里没有？"戚朵看着他说，"这样天气，不在家里，找我有事吗？"

"找你吃鱼火锅。"

戚朵撕开小塑料包把调料撒进沸水里："没有鱼，没有菜。"

"那你穿多点。"

"我不想出门。"

路灯下，雪花簌簌落下，每一片都含着很重的水分，落得很密很急。戚朵转身回单元楼："谁会在这种天气买鱼！要买你去吧。"

连湛伸手拉她。

戚朵夺手，小手从他冰凉光滑的戴皮手套的手中溜开。

"我说了不去——"手再次被拉住，却换了一只温润暖和的大手。戚朵微怔一下，人就被拉到了大雪之下。

她抬起头，无数雪花在橘黄路灯下闪着碎光向她涌来，晶莹的。

戚朵不禁轻呼："好漂亮的雪呀。"

连湛握握她的手："边走边看，去附近的超市。"

一路几乎只有他们二人在雪中走，路滑，雪片几乎迷了人眼，戚朵几次要将手抽回，都被连湛握住了。

到了超市，他才松开。整个超市冷清清的，营业员百无聊赖地等下班。生鲜区的鱼都剩着，戚朵挑了一条鲈鱼，又挑了好些蔬菜。按说这个时候已经没有新鲜好菜了，多亏下雪。结账时，售货员小姐道："九百二十一元五角。您有会员卡吗？"

戚朵一看："不锈钢筷 799 元。"

连湛刷卡："你家里连多余的筷子都没有。"

"你怎么不用雕镂精奇的金器啊，王子？"

"这种材质是可以放进人身体的医用不锈钢筷子，比起木筷，有益健康。"连湛说。

回到家，戚朵丢一条毛巾给连湛，自己摘了帽子围巾去厨房。

过一会儿，配好菜出来，两人围着电磁炉坐下，就让鱼自己翻滚着。

"很鲜。"他的目光移向窗外，"可以佐雪。"

说完，连湛不知从哪儿拿出一只瓷瓶："用一点生姜和枸杞温着。"

戚朵接过来，是黄酒。盛到碗里，琥珀色的暖酒里漾着细细的嫩黄姜丝与鲜红枸杞，很好看的。

"小时候，下雨下雪，打雷闪电，因为和别的时候不同，所以都觉得兴奋有趣。长大就只觉得上班不方便。"戚朵端起小碗抿，连湛伸过碗，和她碰一下，然后仰头喝干。

他黑色羊毛大衣里是暗蓝毛衣与黑衬衣，衬得面色很白，密密的头发被雪水打湿，变成短短许多小缕，在灯下格外黑。几碗暖酒下肚，嘴唇愈红。

戚朵看着他微笑,眼波微明:"第一次接受你治疗的时候,我就想,长成这样,怎么做心理医生?女病人十有八九会发生移情吧?谁知你竟选择用移情疗法来治疗我。"

连湛也微微笑了笑,嘴角的弧度十分漂亮:"戚朵,做我女朋友吧。"

戚朵愣住,把嘴里的黄酒咽下去,垂眼淡淡道:"连医生,我对你锲而不舍的医德和执着的专业精神表示敬佩。"

连湛忽然起身,手扶在她脑后固定住,在她的唇上吻了一下。

"很好。"他说。

戚朵呆住,嘴唇发烧,一路烧到颧骨。也许那是黄酒的作用。

她静了静:"你不是一直认为我有神经病?"

"你不是神经病,其实一般意义上的神经病是指——不说这个,我能治好你。"

"那你就是真诚以待了?"戚朵看着他。

"当然。"

"那你说说在你看来,我到底什么病。"

"应激障碍综合征,双重人格,妄想症。"连湛答。

"呵,还双重人格。我那个人格什么时候来?来了做什么?"

"她主要负责为你收集信息。"连湛答,声音温柔下来,"我们要尽快驱逐她。"

"为什么?"戚朵问。

"因为每个人格都想成为肉体的主人格。假如她侵占了你,那么就没有你了,戚朵。对你来说,就像死亡一样。"

"死亡?像是被关进黑柜子吗?"戚朵笑。

"我不知道。"连湛说,"但我不许那事发生。"

"为什么是我?我说女朋友。"

"因为别人都太蠢,而你很聪明。"连湛说,"又因为别人都很聪明,而你那么蠢,让人太担心。"

"……"

连湛微笑了:"不是你说的,生命之书薄如蝉翼,而一页一旦翻过,除了爱,一切便都死亡。所以……是你才好。"

窗外只有雪,桌上的锅子发出轻微的咕嘟声。

戚朵睁大眼看着他。她的眼皮很薄,瞳仁碧清,灯影下睫毛长长投影在脸颊上:"这是你的升级版移情疗法?"

"你知道不是。"连湛答,"而关于你的病,戚朵,你是个非常聪明的人,其实只要仔细想想,就知道自己根本不是通灵。"

大片的雪花奋不顾身地扑在窗玻璃上,淋漓地流淌下去。屋内热气氤氲,黄酒酸酸甜甜地香着。

戚朵心中柔软,垂目转动手中的小酒碗:"受戚教授影响,我也懂得一点心理学皮毛。曾经有阵子没接到遗落梦境,我越来越抑郁,就给自己治疗:每晚把明天要做的事写在纸上。写着写着,我忽然想,那我今生要做的是什么?我不知道。但我知道我有一个目标,就是要揭晓一件事。很重要的事。具体什么我说不清,但我确定,它和遗落梦境有关。"

戚朵抬起头看着连湛:"所以,无论是通灵,还是心理病症,梦对我来说很重要,甚至比现实生活更重要。你愿意有这样一个女朋友吗?"

连湛将手覆在她拿小酒碗的手上:"我考虑过这个问题,但是,我还是喜欢你这个人。原因刚才说过了。"

戚朵不答,他把酒碗从她手里拿走,将那双纤柔的手包拢进自己掌心:"我知道,做梦已经是你最重要的生活方式。但戚朵,你不可能永远这么下去。这个程度的心理疾病,放任不管不但不会好转,还会愈演愈烈,朝着伤害你的方向去。"他握紧她的手,看着她的眼睛,"你相信我吗?"

戚朵沉默一会儿,清晰道:"相信。"

"但是,"她又说,"我没法放弃我心里那个疑问……"

"没关系,慢慢来。我陪你。"

世间没有超过百日的新闻,那个有一双动人眼睛的女孩的死,竟逐渐无人提起。就好像,从来没有她那个人一样。

这日大雪初霁,触目洁白,戚朵和新同事穿着长及脚踝的黑羽绒服,踩着厚厚的雪往英华厅走。

英华厅是长乐殡仪馆规格最高的告别厅,一进实木雕花的大门,同事先悄悄道:"我还以为屋顶掀了呢,瞧这花摆得跟不要钱似的。"

戚朵一看,的确是一片白色滔滔花海,全是圆圆的白茶花,典雅、纯净,像贵族少女白皙圆润的脸庞。

她站到钢琴旁,四个理容师已将遗体放好。那是个二十余岁的女子,面容稀有的柔和生动,侧影很像邓丽君。停灵台上数层白茶花围绕着她,圆圆的清香花瓣掩映着年轻女子娴雅的容颜和黑发,像电影镜头一样诗意。

大厅中央数丈落地的白挽联写的是:雏凤清鸣自孤鸣杳杳香魂去,生花妙笔终绝笔深深画境开。横批:人间大憾。

挽联下站着些气质闲雅、衣冠楚楚的人,皆书画界名流。

"姜荼于我,如颜回之于孔子。"一个身着黑色中山装的中年男子对着麦克风,为追悼会发言。他面容洁白修雅,鼻如悬胆,双眉入鬓,气度高华,一看就是有相当身份的艺术家。

"她的作品,品性高洁,思想性艺术性都达到了很高的水平,可以自成一家。可惜,没有早早得到书画界和社会的肯定。更可惜,不能在未来的艺术生涯中继续进取。身后哀荣,对一个年轻的画家来说,是迟来的安慰。

"经书画界同仁的共同筹措,姜荼的画展将于本周末在省美术馆开幕,所得润笔,一半用来成立姜荼基金,一半用来安抚其家人……"

"钟霆对学生这样大力推举,真是舐犊情深。我想写一篇,发在鹤城网上。"

"钟先生高义,此事将要传为美谈啊。"

两个男人咬文嚼字地交谈,又有个戴金丝边眼睛的细瘦男人凑来低道:"钟霆最近出了一幅创新、突破之作,新画卖得数千万哪。对了,有小道消息说,姜荼的父亲就是姜某某。"

见他们无知,细瘦男人又道:"哎呀,就是前年外逃被抓的那个厅官。"

"哦……"大家恍然大悟,"竟是这样。但那事早了,恐怕两者没什么联系。"

细瘦男人摇头:"这事儿背后……"不好说的样子。

戚朵坐下来,对逝者弹一曲《与月亮相见》。

琴声清扬,传到大雪覆盖的窗外。

周末积雪消融,格外冷。连湛得了两张"陨落的明星——姜荼画展"门票,因戚朵说上班抽不出身,他便自己去了。

展出的画很杂,有素描、油画,还有几幅水墨山水,更多是吴冠中式的中西结合的画作。姜荼的老师,近期声名愈重的画家钟霆就走这一路。

连湛慢慢看过去,倒有些喜欢,心里考虑要不要收藏一幅。她早期作品简洁明净,色调清爽激烈,后来的逐渐深远、高洁。统一的是,都表现着画家内心深存的郁郁理想主义情志。

现场来了不少记者,钟霆站在一幅大尺寸油画前,文雅地谈论着什么。大厅中镁光灯的闪耀和赏画人轻轻的脚步和交谈,形成一种让人松弛舒适的静噪音。

忽然,钟霆痛呼一声。连湛惊抬头,只见他已摔倒在地,他身后,一个身穿黑色棉服的女子收起手中的利刃,转身就跑。鲜血淌到白色的大理石地面上,迅速画成一个不成形的图案。

所有人都惊呆住。

连湛冲上前将钟霆平置,捂住伤口,一个身材高大的中年男子上前道:"我是外科医生!"

连湛将钟霆交给他,对一个呆若木鸡的记者道:"叫救护车!"自己边报警边去追黑衣女孩。

女孩显然考察过地形,迅速往美术馆的精品展览馆去。那里正展示徐悲鸿的作品,人头涌动。待连湛挤出人群追到消防通道,她已转入小走廊,从侧门逃走。连湛追上前推开侧门,却猛地刹住。

戚朵挡在那儿,黑衣女孩已经不见踪影。

"你怎么在这里?有没有受伤?"连湛着急地一步上前伸手捧住戚朵的头,上下查看。

她漠然由他。

连湛愣了半秒,随即发现这不是戚朵。他想起曾经在殡仪馆提取逝者血样的戚朵,在治疗室偷偷查看病例的戚朵……

"连医生。""戚朵"面目严冷。

连湛站开一点,平静地道:"你好。"

"戚朵"冷笑一声。

"不是说上班吗?你从哪里来?"连湛问。

"戚朵"嗤地笑了:"装什么糊涂,我从戚朵这里分裂而来。"她指指脑子,"她太脆弱了,什么都受不了,所以才有了我。我替她承担一切黑暗,然后把她需要的,用梦境告诉她。"

既然她已经承认,连湛索性道:"从什么时候开始的?"

"当然是从柜子里开始。""戚朵"诡秘一笑。

"那个柜子里究竟是什么?"连湛立刻问。

"戚朵"又笑了,冷艳而诡异:"我又不傻,告诉你,让你治愈她吗?黑暗不存在之日,就是我消亡之时。我怎么可能告诉你?除非……"

她忽然紧贴住他,两手在他腰后扣住,将脸贴在他的胸膛,感受到年轻男人的热力和没来得及放缓的有力心跳:"你来爱我。我才真的孤单……"

连湛低头看她。她脸上有孩子般的执拗和孤冷,还有一股戾气。

"戚朵"将脸在他胸前用力蹭蹭,整个人钻进他的大衣里:"你竟然爱她不爱我吗?她那样的人,面对爱情也一样畏畏缩缩、软弱无能。我可不是!"

她抱他更紧些。见连湛丝毫不动,她不由得仰起小脸。

"我比她果断、勇敢,比她更值得爱!"她忽然踮起脚胡乱莽撞地吻他,气息纷乱。

连湛扯住她的胳膊将她拉开。

"没兴趣。"

"噗!""戚朵"笑,"没兴趣怎么半天舍不得推开?还脸红了?"

"这里不安全,我送你回家。"

"要你管!""戚朵"忽然发怒,故意向台阶下一崴。连湛连忙拉住她。

"哈哈,这具身体,也是我的身体啊,我怎么舍得损伤呢?"她后退一步,转身便走,"但你别逼我。"

连湛冷静道:"搞起刑侦时,自己多小心吧。"

她已走了,听到话回身冷冷一笑:"再见。"

雪后不过晴了两日就起了大雾,霾亦步亦趋地到来,将整个鹤城陷入混沌蒙昧。下班后戚朵刚走到大门外,就看见连湛的车开着双闪,停在黄昏大雾里。

好像雾霾也没有那么讨厌了,戚朵的心微微雀跃,不由得加快步伐。

连湛一打开车门下来,看到的,就是女孩忽然莹莹的双目,她唇角含笑,略带羞涩地奔向他。她所有细微的变化,都是因为他。

他不由得也感觉到一阵心跳加速。

"你来了。"戚朵坐上副驾驶位,用手理理头发别到耳后,有点脸红,"今天病人多吗?"

　　连湛替她抽出安全带。戚朵感到他的头发擦到了自己的鼻尖,清冽的薄荷味,不由得微低下头。连湛插好安全扣,却没有立即起身坐好,就笼在她上方极近地看着她。

　　"你……"

　　连湛吻下来,先是温热的,继而变得灼烫。一切感知瞬时消弭无踪,所有的感触都集中在唇上。昏眩,大脑一片轰烈的橙红,他的唇在自己的唇上吮吸辗转。

　　奇妙而热烈。

　　吻了一会儿,连湛将舌头顶入戚朵的嘴唇,她略微茫然地闭着牙齿。他舔过那可爱的贝齿,她微惊地"唔"一声,他趁机伸进去,舌尖温柔挑触。清甜的味道。

　　两人吻了许久才分开。戚朵喘息不匀地理理头发坐直,连湛双眼漆黑明亮地看着她。

　　"咱们走吧。"戚朵清清嗓子说。

　　连湛笑了笑发动车子:"嗯。去我那儿。"

　　戚朵还在那荡漾酥软里没缓过神,迟疑一下问:"什么?"

　　连湛笑道:"想麻烦你做饭给我吃,可以吗?"

　　他又补上一句:"放心,我是君子。"神情戏谑。

　　戚朵微瞪他一眼噘噘嘴:"当然,我也不是小人。"说完却有点心跳加速。

　　她那娇嗔的模样,却是连湛从未见过的,也是心里一跳。

　　冬季的天说黑就黑,车灯扫在前面,可见雾气白滔滔滚过,倒像拍仙侠剧。大雾里什么都看不清楚,大约过了四十分钟,只觉窗外人渐少,车渐稀,树渐稠,路面宽阔,气氛宁静,便到了连湛的住处。

　　大门前兰草丛生,勒石名为"尚苑"。车自地库而下,电梯直达玄关,暖气迎面。

对单身贵族而言，高档公寓比独墅更方便。房子极大，层高亦有一般房屋的近两倍，且几乎没有隔断。单身男人，色调果然以黑白灰为主，简洁明了，一丝不乱。

"你住的……好像个大教室啊。不会觉得空旷吗？"戚朵站在屋子中间，感觉自己很小。

"请随意。"连湛脱了大衣挂在玄关的衣柜里，顺便在一旁的洗手间洗了手，擦干出来，拉戚朵坐到临落地窗的沙发上。

"呵，和治疗室的一样嘛。你真的很喜欢这款。"戚朵拍拍沙发说。

"一起买的。"连湛微笑。

窗外，满城灯火蒙昧在雾气流离中，路灯像点起无数小小的朦胧光晕的蜡烛。映在戚朵眼中，也璀璨迷离。

连湛随即又吻她，戚朵微微后仰陷进沙发的柔软靠背里，头发揉乱了。他的手先捧着她的脸，又挪到颈后固定她，再由肩向下，覆到纤柔的腰背上微微使力，迫使她贴近他。

吻了许久，两人才松开，相视微笑。

连湛起身倒水，戚朵喝了半玻璃杯水才平静下来，红着脸问："厨房在哪里？"

连湛拉她走到屋北尽头，打开冰箱门介绍："钟点工每天下午四点来打扫，顺便备好鱼虾和蔬菜。都已经清洗好了，你随便做做。"说完顺手用遥控开了屋里的油烟机和空气净化机。

戚朵先把米饭蒸在锅里，鱼用姜丝葱丝和少许盐酒腌上，把蔬菜再拿到水下冲一冲，切好，然后把鱼蒸上，这边简单炒个木耳山药和青笋丝。

菜炒好，鱼也熟了，淋上热油与豉油，上桌摆好，米饭恰也"叮咚"一声。

连湛含笑站在一旁看着，赞道："真能干。"

戚朵睨他一眼，微笑道："我做的味道不好，妈妈最会做，很小就开始教我。她不在后，戚教授忙，我只好承担这个家务。别的不行，速度是练出来了。"

连湛抱住她，在她头发上亲了亲。两人又吻了一会儿，戚朵才红脸道："拿筷子啦。"

吃完饭，连湛用洗碗机洗碗，戚朵看电视。她听着水声，含笑盘腿坐在电视前，随意换着台，全没在看演什么。

"最新消息。据知情人士透露，日前以三千万高价成交的著名画作《渡》被神秘买家转手，价格翻番。而不幸的是，其创作者、著名画家钟霆先生却在某画展上意外被刺，现在重症监护室，生死难明。

"有网友认为，书画市场价格混乱，应当整顿。还有网友认为，此次名画家被刺一定与天价画作受同行嫉妒排挤有关……专家表示，市场决定一切，艺术市场即使存在泡沫，也非人为可以限制。公安部门已经第一时间介入，全力缉拿凶手。"

连湛走到戚朵旁边坐下，将手轻轻搭在她肩上。

"你的变异人格正在调查这个案子。"他坦然说。

戚朵有些吃惊地抬头。

"你应该早有预感吧。"连湛继续道。

戚朵半晌道："是的。从我看到姜茶第一眼开始，我就知道，她是我下一个遗落梦境的主人。钟霆和她有关。"

连湛摸摸她的头发："嗯。"

"也许是今晚。"戚朵说。

连湛沉吟一下："介意在这里吗？"

他摊开手："让我舒服一点。"

戚朵想他也许又会很晚休息，犹豫了一会儿，"嗯"了一声。

连湛便起身拉起她走到屋东,给她指浴缸的位置,拉上帘子:"我从不用浴缸,都是新的。不介意的话请用,你也能舒服点。"说完他便去另一间浴室冲澡。

戚朵犹豫了一下,打开热水。躺在浴缸里,恰好对着雾气朦胧的万家灯火,景色是很好的。她无心观赏,迅速洗好出来,套上浴袍,又把内衣洗好吹干穿上。她按一按有些烫的脸颊,只听连湛在外面问:"我能进来吗?"

戚朵忙答应一声,连湛把一只女士护肤套盒递给她:"楼下商场买的,你将就用下。"

收拾停当,戚朵坐在沙发里,连湛将暖气开大些:"那就开始?"

也许因为刚洗过澡,屋里又暖和,梦境一开始就呈现出温暖明媚的气息。

法国。

阳光的光柱从典雅的玻璃窗射入,博物馆中人不多,许多白人的脸和法语的氤氲声中,一张黑发黑眼珠的东方面孔脱颖而出。

那是姜茶。她有一张颇为可爱,充满青春气息的圆脸,两眼眼角微微上翘,目光清澈无染,有些像年轻的邓丽君。她快步走着,一扇扇窗户洒下的光柱在她脸上弹跳而过。

博物馆的另一边,一个看起来桀骜不驯、高挑的模特般的东方少女也快步走着,旁边的白人不由得被她吸引着目光。

她们不约而同地走入美术展区,在同一幅画作面前停下。

"潘玉良。"

"嗯,潘玉良。"少女偏过头,对姜茶昂起下巴一笑。

姜茶回以一笑,主动伸出手:"我叫姜茶,鹤城人,巴黎国立高等美术学院一年级学生。"

少女咧开嘴巴:"我也是鹤城人,你就叫我英子吧,三无人员,无钱、无工作、无背景只有背影,不过,法兰西也挺欢迎我的。"

"真的？"姜荼双眼发亮,"他乡见老乡,我得请你吃饭。"

阳光澎湃,铁艺窗栏兜不住粉的白的黄的紫的矮牵牛花,纷纷垂吊下来。

英子不感兴趣地拨开花穗,埋头苦吃:"在巴黎学艺术,够阔气啊。官二代？富二代？"

姜荼笑:"前者吧。不过,我爸爸只是很小很小的一个官。"她拿小拇指比一比。

英子冷笑一声:"我不纳税,关我鸟事。"

姜荼不以为意,反而很感兴趣地问:"你说你没工作,没钱,那你怎么来法国的？"

英子拿起餐巾抹抹嘴:"男人带我来的。"

姜荼噎了一下。

英子看她一眼:"你不会还是纯情小女生吧？我十几岁就出来了,做过野模,在丽江卖过唱,当过网络写手,设计过瓷器,开过酒吧,都没劲了,想出国,刚好有个男人非要带着我,我就来了。"

"那那个男人呢？"姜荼小心问。

"睡了,散了。"英子端起小小的咖啡杯一仰脖。

姜荼眨眨眼:"你一定看过很多风景。"

英子把一个边角磨得破烂的本子拍在桌上继续吃。姜荼拿起来翻开看了一页,又看一页,景物、女人、小孩……她有点激动:"这素描都是你画的？真棒！"

"画画就没意思了。我干什么都长不了。"英子打了个哈欠,"吃饱了,改天找你玩。"

两个女孩在一半光明一半阴影的小巷里自拍,看地铁站的涂鸦,在广场上追逐白鸽,用面包屑投喂它们,在新月初上的开花的长街跳舞,喝酒唱歌。

路上的白人微笑看着她们。

"女孩子最快活的时候。"戚朵也不禁微笑。

连湛搂搂她的肩膀:"你以前也这样吗?"

戚朵笑道:"每个女孩都有闺蜜。小时候,会觉得闺蜜比父母还亲,长大后也会把她看作很重要的人。"

连湛没说话,只是搂紧她。戚朵果然想起那个生着泪痣的女孩,笑容凝住。

夜幕降下。

姜荼在巴黎租住的小屋,赭红墙壁,墙上墨绿木窗框,框着一面银蓝的月光浸漫的夜。两个女孩挤在一张铁艺小床上,红色墙壁下,给人一种温暖亲近的感觉。

"你的理想是什么?"姜荼望着那窗。

"我?我这样的人有什么理想。"英子把头枕在手上。

"你很有才华。假如专注做一件事,一定能做得很好。"

"噗!"英子说,"别介,鸡汤我不爱喝。"默了一会儿,她也望向那窗,"我只想快意一活,尽早就死。我不能想象我四十岁的样子,所以至少要死在三十九岁的时候。"

姜荼微笑:"我有理想的。我的理想是做潘玉良那样的女画家。"她支起半个身子,"我的意思是,画得像她那样好。只要好,成不成名都无所谓。"

"哦?"英子斜睨她。

姜荼躺下笑道:"最好是死后才华才被发现,留给世人无限怅惘。多有审美价值。"

英子激动地一把搂住她:"审美至上,对对,就是这样。随我!怪不得我这么喜欢你。"

姜荼连忙推开她:"什么随你。你压着我头发了。"她把黑缎似的头发扑撒到枕头上方,"我很小的时候就立志要做画家。我爸爸知道了,"她学父亲的语气,"什么画家!你应该要当市长、省长!"

她笑了笑:"天哪,我还是个孩子。那会儿我才七八岁。后来我要出国,我爸又告诉我:现在的社会,一个政治圈子,一个财富圈子,进不了这两个,就土里刨食吧。送你念商科,将来回国进央企,找个门当户对的男友,双方父母资助,一结婚就进入中上层社会。"

英子点着头:"所以你念商科念到美术学院去了。"

"对。"姜荼承认,"将来回国,我爸不会把我灭口吧。"

"灭口不至于,"英子拍拍她,"被赶出门了,姐们养你。"

月光淡去,天光渐亮,气温骤降。

不知道是银蓝之夜后的哪一天,仿佛是雪后,街道湿漉漉的,行道树枝桠已光秃,湿黑的铁爪一样伸向阴白的天空。

路边咖啡馆门开了,走出两个女孩。一个红的,一个绿的,分别是姜荼和英子。

她俩手里拿着热气腾腾的咖啡,紧紧靠在一起走着。路过一只红色电话亭,穿暗绿色长大衣涂艳丽红唇的英子打开门进去,先是在玻璃上做个鬼脸,然后耸起左肩,手指撩开衣襟,做了个性感的姿势。

姜荼一边笑一边掏出手机接听,那笑便渐渐冻住,变成个似哭非哭的表情。

英子跳出电话亭。

姜荼垂下手茫然道:"我爸出事了。"她的心猛烈地跳起来,忽然很渴。

飞机飞过天幕。

鹤城郊县,一间只有六十余平方米的鄙旧小两室一厅,能看到窗外废弃的工厂烟囱。

一个女人首如飞蓬地坐在小客厅的两座布艺旧沙发上,斜光暗淡里犹能看出美人富态的痕迹,但如今两腮的肉都瘦松了,像年老落魄的邓丽君。姜荼的模样继承母亲。

"现在才回来。"

"妈……"姜荼扑到母亲膝上,"我立刻就请假了。爸爸呢?到底怎么了啊?"

女人迟钝地看她一眼:"请假?你还指望去法国学那不能吃不能喝的艺术呢?"她四顾一周,"什么都上交了,还是二十五年。二十五年,你爸出来都七老八十了。这房是你外公外婆的,将来你舅舅要不抢,我就和你爸在这儿养老吧。"

"妈……"

"妈没本事,除了一日三餐我供得起,别的,都靠你自己。我一个纺织女工出身,跟了你爸,福也享了,到底没享到头。"她看向姜荼,"恐怕你的命还不如我。依我看,趁早找个实靠男人嫁,哪怕各方面差点。别出去管不住自己,丢你爸的人。"

姜荼想到爸爸,不禁哭了,想到未来,不禁茫然得哭都哭不出来。

"记着你爸怎么惯大你的。他一听说你换了专业,立马去跑高校的路子,说,女孩子,将来在体制内做个老师,清雅点也好。八字还没一撇,先花出去三四十万。这些你都当梦听听,这辈子是没可能了。"

姜荼的泪顺着脸流,女人疲倦地摆摆手:"早点睡吧。"

姜荼拖着两只巨大的箱子,跟着英子走进城中村。道路如蛛网,满地泥泞,路边小发廊里坐着大腿肥白的年轻女孩。姜荼不小心踩到一只腐烂的橘子,趔趄一下。

英子熟门熟路地将她带到一户筒子楼里,四面薄板般的楼围出一口天井,各色衣服挂成万国旗。

一进屋,英子把香奈儿包往床上一扔。

姜荼有些局促地立在门口:"谢谢你陪我回国,又收留我。"

"假不假?白玉为堂金作马。"英子一把将她拉进来,"哗啦"拉开屋内的帘子,露出一小片洁白的世界。"这你画室,怎么样?姐姐刷了一整天。"

姜茶吃惊地睁大眼睛,随即笑了,像一朵白茶花忽然绽放。顾不上别的,她打开箱子,先把画具颜料铺陈开来。

小屋内。

两人围着一只小凳子吃外卖。

"那出版社不挺好吗?怎么辞了?"英子边扒米饭边问。

"不是看稿子的编辑,是策划编辑。就是每天跑到路上问,您要出书吗?两万块一本,一万六也行。我不好意思。"姜茶挑着饭粒。

"哎早知道不买那包了,搞得吃饭的钱都要没有了。"英子嚼着满嘴米饭,忽然一拍头,"傻了,我可以放到网上卖了它呀!"她丢下泡沫餐盒去床上翻包,拿起来看看泄了气,"×,昨天在楼下被一个浑身铆钉的傻逼女人撞了一下,包都刮花了!"

姜茶放下餐盒:"没事,我一定会找到工作的。"

早晨天蒙蒙亮,青灰的,外头下着冷雨。

"人不要睡天要睡。"英子在床上翻个身。

姜茶已经收拾停当,把长了的头发束成马尾:"这个出版社不错,虽然小,但安安静静,每天只要把定量的法文稿子翻译过来就可以。昨天翻译的是小孩子的绘本,看得我食指大动,恨不得立刻画起来!"她打开门,"试用期过一月三千,我没有毕业证,减五百。不过老板说,做得好了将来会涨。"

英子在被子里说:"信老板还不如信鬼。别忘了回来给我带饭。"

黄昏褪去,夜幕渐渐蒙住小屋。

姜茶一身寒湿地推门进来:"天啊,还在睡!你不饿吗?"

"别开灯!"灯已经亮了,英子懒懒拉过被子蒙住脸,"又饿,又渴,但是懒得起来倒水。"

姜茶不睬,把打包的饭放进碗里,直接进"画室"备笔、挤颜料。

"吃了饭再画啊大画家。"英子趴在床边吸溜着米线说。

姜茶不吭声。英子吃完，又倒回床上。

不知过了多久，雨收，云净，一轮明月静静泊在中天。

英子着实睡醒了，睁开眼："还不睡啊，明早上班不？"她裹着被子，大蜗牛一样咕噜咕噜到姜茶身后，默住。

"真美……"

姜茶丢掉画笔，展一展僵硬的手指："下班回来遇见她的。是个发廊妹，扯着一个大学生样的男孩不放手。男孩打了她一耳光，走了。这么冷的天，她坐在泥地里哭，哭得像心被摘去了一样，周围的人都笑她。"

英子小心地指着画布四边："那些人就是嘈嘈作声的鬼魅。"她又指向中央，"她的眼泪和腿旁的泥水，像彩虹一样闪闪发光，脸很动人。"

姜茶满足地喟叹一声："明天再修吧。"

"你想卖它吗？我认识几个画商。也许你就不用上班了。"英子有些迟疑。

"不卖。舍不得。"姜茶说。

Chapter 10
灵魂伴侣

春日降临，新芽初绽，新花初放，世界像上了妆。

一间白色画廊，平房建筑，不知几进，都被茂林修竹围住。

英子拉着姜茶道："地方不错吧？老板我认识。听说全国顶级中青年画家画展在这儿开展。估计也就那回事，咱随便看看。"

两个女孩手拉手踏着白石子铺就的小路走进去。正走着，姜茶忽然面对着影壁上挂着的一幅画刹住。

她浑身血液嘭轰奔流，微微战栗。

"我永远也画不出这样的画。"

英子点点头："是挺震撼的。"又不满道，"干吗灭自己志气，你才多大？"

姜茶猛地转身拉住她问："我能拜师吗？"

英子立刻觑眼看落款："乙酉年三月钟霆画于澡雪轩。"她拉着姜茶就走，"找人引荐下。"

姜茶却积黏了，理理头发拽拽衣襟："就现在？空着手？合适吗？"

英子不耐烦道："肯定一半拉老头，怕什么呀。"拉着她便走。

七绕八弯，还没到画廊茶室，先有两个中年男人走了出来。一个西装革履，一个气质高雅。姜茶刹住。

西装革履的男人先看到英子，巧妙地掩去面上一丝尴尬："英子啊，你先到处看看，我送个客。"

"白老板，我不是来说我们的事儿的。你知道钟霆住哪儿吗？"

英子直接问。

白老板愣住。气质高雅的男人顿住脚,缓缓道:"我就是钟霆。"

"我就是钟霆。"

姜荼心中轰然一声,若有所失。

英子把神魂不属懵然无知的姜荼往前一推:"喏,这人想和你学画。"

"不不,"姜荼下意识地胡乱摇着双手,"打扰了,打扰了!"

她转身便跑,英子忙扯住她:"这就是钟霆啊,你刚才不是说要拜师吗?"

姜荼满脸通红,使劲一挣,人已经仓皇往外跑去。

钟霆垂目一笑,温和礼貌道:"最近每个周六晚上七点,我都在鹤城师大礼堂讲一节普及课。有兴趣的话,欢迎来听。"

英子反应过来,嘴角浮起一个冷笑:"没兴趣。"丢下二人,扭头追姜荼而去。

小屋内。

日影微微西斜,姜荼坐在那方变长了的反射阳光里,拿一把梳子缓缓梳着头发。

她刚洗了澡,一颗颗水珠逐渐从发梢凝出,迅速洇进搭在肩上的大毛巾里。

英子"嘭"一声踢门进来:"说走就走,不知道我会急啊?"

姜荼犹未回神,英子又冷笑:"怎么,看人家一眼就高潮了?"

姜荼有些诧异地看她一眼,没说话。

英子猛地把包往墙上一摔,香奈儿沉甸甸的金属链子落在床头灯上,把灯罩敲碎了一角。

"你干什么啊?"姜荼吓得站起来。

英子在屋里转了两圈:"我没怎么。你要喜欢他,就去睡啊!"

姜荼默默坐回那片光亮里。红色毛巾的红反映到少女的脸上脖颈上，皮肤薄得透明。

"我在网上查过，他已经结婚了。"她平静地说。

英子睁大眼："关我们什么事？"她踢掉鞋子躺倒在床上，"不管什么男人，睡了就那回事了！"

姜荼默默擦干头发，开始备笔、铺画布、调颜料。英子赌气地穿上鞋"噔噔噔"地跑了。

初春昼夜温差大，英子找人混了两顿饭，又在夜店鬼混到快凌晨，胸口才疏散了些，打车回住处。计程车本不肯往城中村里开，她非用一百块钱叫人家扭扭歪歪开到筒子楼下。

夜将尽了，混沌乌糟的城中村尽头，起了长长一线暗红。英子仰脸看，小屋"画室"的灯仍亮着。

她喷出一口白雾，埋头上去。

画架撑着，姜荼坐在小凳子上，捧着一杯热气袅袅的白开水在喝。

"你回来了。"孤灯之下，女孩的笑容宁静优美，"快来看。"

英子走过去："嗨，你把那幅画偷来了？"

姜荼敲敲她的头："我临摹得差远了。乙酉年三月，那是钟霆先生十年前的作品，就有那样的深度。真的太震撼了。"

"给你看这个。"姜荼兔子一样跳起来从床下拖出只大箱子，取出个厚厚羊皮画夹子，"看。"又从箱子里抽出两卷油画。

英子小心地接过来一张一张展开看着，有上十幅风景画的全是一个地方："哦，和钟霆那幅画画的一个地方嘛。这在哪里？像是南方，水雾沼沼的。"

"是我的理想之地！"姜荼激动道，"我梦里去过的地方。"她拉住英子，"所以你知道我今天看到那幅画有多激动吗？我一直想画的但没画好的，竟然早有人画过了！十年前！关键画得还那样好，那么高洁、深邃。我感觉好像忽然拨开云雾，看清了那个梦，也看清了自己。"

英子把夜店带回的一包爆米花丢在床上："灵魂相交啊，听得我鸡皮疙瘩都起来了。"

姜荼笑眯眯地拆开纸包装，把鼻子伸进去闻闻，舔起一枚吃。

英子抬手揉揉她的头："小狗一样。"笑了。

姜荼伸个懒腰："天要亮了。"一夜未睡，她的表情却是兴奋期待的。

英子淡下脸回身："我没兴趣，你自己去看吧。"

姜荼在白色画廊站了整整一日。

一开始，还有穿浅色西装套裙、妆容精致的女孩过来含笑询问，后来大厅人渐渐少，她们就都靠在墙壁上小声聊天，像一群骄傲无知的白鸽。

"那个女孩怎么了？"

姜荼手心湿冷，脸颊滚热，在一幅幅画作前久久驻足。她双目射出电光，一会儿微笑，从心底深处了然微笑；一会儿惊叹，眼底泫然地惊叹；一会儿又喃喃自语，抬手模仿什么空气中的笔法，蹙眉沉思，又击掌笑出声。

小屋窗外的廉价灯管光色陆离，映在英子的脸上，红一道绿一道的，没什么表情："又这么晚。"

姜荼匆匆摘下包就去开灯铺画布："对不起。怎么不开灯？你吃饭了吗？"

英子道："那画展还没结束？"

姜荼笑道："延长了一个月。"

英子拿过机车皮衣外套："我去吃饭了。"

夜更深一些，英子左手提着一只电煲汤锅，右手拎着一塑料袋大米鸡肉、油盐酱醋等杂物回来。

姜荼一画就又到后半夜。

"干吗学他？你原先更有特色。"背后忽然有人道。

姜荼惊回转身，是英子。

"来吃粥吧。不疯魔不成活了你。"

姜茶这才闻到："好香啊！"连忙拉开帘子，"饿死了呢。"她伸手便去揭锅盖，却不妨烫了手。

英子忙捉住她的手拉到水龙头下冲："你不会饿死，只会笨死好不好？"

姜茶笑："我真是什么都干不了。"

英子去给她盛鸡丝粥，两人凑在灯下香喷喷暖融融地吃着。

新桐初引。

初春的校园黄昏，底下一层嫩柳的绿，上面一层晚霞的粉，再往上天蓝蓝的。许多打扮得好看、打扮得奇怪以及没打扮的女生，戴眼镜的男生，都往大礼堂去。姜茶混在其中。

她进去得最早，挑了第一排最偏的位置。不一会儿学生会的人来调试话筒，接着一个高高扎着马尾、穿连衣裙的漂亮女生引着钟霆到了。

男人，这个时代这个社会的男人，是不宜穿一身白的。但钟霆穿着一身白色的中山装，却毫不做作，只让人觉得风度翩翩。姜茶的位置，刚好对着他的侧颜。

"偶像派啊。""男神……"女生们窃窃私语。

这种大讲堂，其实就是学校定期聘请一些各行业翘楚做系列演讲，内容无非是一些基础理论。但钟霆却以《审美与人生》为题目，谈审美在人生中的无处不在，审美的极致便是艺术。他旁征博引、口若悬河、深入浅出，姜茶觉得，每个不同层次的人都能拿到他们需要的那部分东西。她完全沉浸在演讲中。

钟霆偶尔侧目，只见人群中有张神采奕奕双目发亮的小圆脸，颇有些肖似邓丽君，仿佛哪里见过。

哦，是她。画廊那个匆匆逃走的女孩。

姜茶正心潮澎湃地听着，四目相对，她只觉得他的目光如电，瞬间穿透了她。她窘迫地低下头看旁边，钟霆则淡淡移开目光。

在书画界，也不乏一些靠美色获取成功的女人。比如某市书画协会会长，年年出书、办画展，养着一个私生子，谁都知道她是某书法大家慢慢捧起来的。那几笔画，俗不可耐，几个字还好些，却又让人认不出究竟是她写的，还是哪位书法大家写的。

钟霆自然也不例外，不但有两三红颜知己，更不乏各种施展女性魅力的求教者。女人，往往分不清爱情与理想。或者说，女人并无真正意义上的理想。

那青涩的小丫头，也被他轻轻划为此类，过后，便淡忘了。

姜茶却对钟霆越发熟悉。通过他的作品进入他的内心，收集他所有的画册、随笔、论文乃至各类场合的演讲视频、电视访问……

英子叮叮咣咣洗着碗。洗完，她擦干手把一大捧头发拢起来，三两下辫好。

姜茶靠在床头，用手机看钟霆一个访问视频。

英子在床前足足站了五分钟，终于开口道："要不要笑得那么淫荡？"

"嗯？"姜茶红着脸把目光从手机上挪开，"怎么了？"

英子看了她一会儿，忽然一笑道："没怎么，目测你最近胖回来几斤。"

姜茶爬起来双手合十："妾愚钝，全靠皇上洗手做羹汤。"

英子笑了笑："忽然不想在这儿住了。我答应一个男的跟他住一个月，这个数，"她举起两只手掌，"待会儿就去。"

姜茶顿住，半响缓缓垂下手："你爱他吗？"

"噗！"英子吊起眼，侧脸皮肤紧绷绷的，油光水滑，"我这样的人有什么爱不爱？"

"那不准去。"姜茶赌气地拿过包，把钱包取出来递给英子，"要买什么，拿去买。"

英子掂掂钱包："Fendi，钱包不错，就是旧了。"她打开金属扣，把所有钱拿出来数数，"呦，不少，一千一百八十二块四。"她扭头拉开画室的布帘，"颜料要买了吧？画纸、画布，也快光了吧？你原先用什么牌子？不会准备到对面农民工子弟小学门口买作业本画吧？"

姜荼怔住，随即道："画得好坏，和工具有关系，但关系不大。我真的自己可以买得起。你要为我这样，我……你让我怎么说？！"

"噗！"英子这次笑得前仰后合，"你真好玩，我最喜欢逗你玩了，说什么都认真！我本来就是这样的人，怎么可能为了你去卖身？你要嫌弃我，就不和我做朋友好了。"

姜荼气得眼圈红了，半晌平静下来："我当然尊重你的生活方式，可是，你这样，根本就是……"

"娼妓？是吧？"

姜荼没否认，深深看着她："你让我担心。"

英子默然一下，随即扬声大笑道："兔子为狼操心。"

她吸一口气安静下来，淡淡道："是我自己心里烦，在这儿憋不住了。这儿是我刚出来时租的，已经好多年。这些年，不管我住过多好的房子，最后总会回到这儿来。将来，可能也要死在这儿吧。姜荼，你别嫌弃，帮我守着它，好吧？我会回来的。"

姜荼从钱包里数了一千递给她："那个男人在哪儿？这给你路上用。我马上就要发工资，而且除了吃饭，我也没什么要花钱的地方。"

英子这下真笑了，笑得花枝乱颤，最后差点岔气，狂拍胸脯道："妈呀，你怎么这么可爱。"她把钱塞回姜荼的上衣口袋，"你不会做饭，就在外面买着吃，吃好点，不准吃附近的地沟油！下个月我回来检查你把工资花完没。没花完，我立刻把剩下的从这窗子撒出去你信不？哈哈哈！"

傍晚暮色四溢的时候，英子伶伶俐俐地背着个香奈儿包走了。姜荼打开小屋里所有的灯，其实一共也就三个，包括床头灯，忽然很寂寞。她慢慢支起画架，笔下逐渐呈现出一个女孩纤细修长的背影。她下半身在迷津嘚嗙轰怒吼的黑暗里，上半身在朦胧美丽霞光中。

画完后，她在下角写上：送给YZ。

鹤城郊县废弃厂房旁的家属楼里。

姜荼的旧衣服仍然挺括漂亮，和鄙旧黯淡的房屋对比鲜明。姜荼母亲则迅速恢复了底层社会出身，发根齐刷刷地白了也不去染，穿着一件藏青羊毛衫，人倒是胖了起来。

两人围着桌子吃饭，桌上有一条鱼。

"多吃点。"母亲把鱼肚子夹给姜荼。

"外公外婆呢？"姜荼问。

"去你二舅家了。"母亲答。

"哦。"

"外面做事还习惯？"

"挺好的。在出版社翻译资料。"

"多大的出版社？"

"一共四个人，五个，还有老板。"

母亲从鼻子里笑了一声："人家说铁饭碗，你这饭碗，连泥捏的都不算，只好说是草编的。"

姜荼微窘："我没有毕业证，根本找不到大点的地方。过几年也许就好了。"

"过几年？过几年，怕你都要饿死。"母亲淡淡说。

姜荼低头吃饭。

"你外公前几天给我说了一个人，他老朋友。以前啊你外公和他是一个车间的，后来下岗，弄了个小超市，过得蛮滋润的。女儿和我一样做了几年女工，也是下岗，不过女婿倒是在一个事业单位工作，前两年不在了。外孙子今年二十五，刚从鹤城理工毕业不久，在一个什么电路设计公司上班，韩国人开的，一月有四五千的工资。"

姜荼不说话，她母亲看了她一眼，微微冷笑："我知道，这样的角色以前别说谈，压根就进不了咱家的视线。可惜，此一时彼一时，你爸爸那边的路子完全断了。要不是人家知根知底，放心你外公的为人，还不肯和我们这样的情况联姻。"

"那我就不结婚了，干吗要结婚？"

母亲"啪"地放下筷子："你说呢？不结婚，就一辈子住在城中村里，和小姐瘪三混一块，将来，一失业，睡桥洞去，还是和她一样去找男人？！"

姜荼睁大眼睛，母亲道："我和你姨妈早就去偷偷看过你五六次了！那女孩妖妖挑挑，一看就不是什么好东西。你住的那地方，简直……"

"妈妈不也说了吗，爸爸顾不着我们了。我一个月就这么多钱，还能住哪里呢？英子不是坏人，是她一直陪我，支持我。妈妈现在和外公外婆住一起，我要来了，也不住不下，附近又不好找工作……"姜荼急了，语无伦次地说。

姜荼母亲脸上显出痛苦的神色，随即脸色一正，坚决道："所以我才思前想后，替你定了这个人选。待会儿，你就去见见。"

"妈妈，我不想去。"姜荼睁大眼睛说。

姜荼母亲立起眉，随即松下，凄然笑了："姜荼，你以为我想让你去吗？那种家庭，我怎么舍得我女儿……但此一时，彼一时。我们现在的情况，不趁着你年轻结婚，难道还学别人剩下吗？现在都说剩女、剩女，依我看，即使是女博士、女强人，剩下都前途堪忧，何况于你？你有什么优长？说难听点，连家务都做不好。你还小不懂事，可能还以为自己能重新飞上枝头。且不说那种为感情昏了头的傻富二代、凤凰男少之又少，就算你遇到了，人家情愿娶一个父母双全的小家碧玉，也不会愿意娶咱们这种要夹着尾巴做人的人！"

姜荼母亲拭泪哽咽："男方即便不指望女方家里帮忙出钱、铺路，总也不想女方给垫石头拖后腿吧。你爸风光这么多年，哪里没有得罪几个人？妈把话给你放在这儿。我知道你喜欢画画，这人家里是独子，已经挣扎着给孩子在鹤城买房付了首付。将来你笼络着丈夫一点，他还能不支持你吗？"

姜荼母亲拿纸擦擦鼻子："妈妈也不勉强你。但你要记得，妈妈更不会害你！小伙子我都去偷看过好几次了，长得白白瘦瘦，个子也挺高。我觉得，真有点像你爸年轻的时候。所以我有眼缘。我已经把你的电话给他了，叫作陈伟博。姜茶，听妈妈的话，先处着看看吧。"

"好了，吃饭吧。"妈妈最后说。

暮春初夏，整个城市飞着濛濛柳絮，让人咳呛。

小屋内，英子焕然一新，把小羊皮鞋一踢，往床上一倒："金窝银窝都不如自己的狗窝。"

姜茶默默倒了杯水给她："打了好几次电话你都不听，吓得我以为你出事了。"

英子拿过水杯咕嘟咕嘟一饮而尽："傻话，我能出什么事？老子这次值了，迪拜也逛了一圈。"她伸伸长腿，"不过有钱人的生活过得也腻歪得很，成天就出海。还有，不管多有趣的地方，都少不了一桌麻将。真受不了。"

姜茶"哦"了一声。

"怎么了？爱妃看到朕情绪不高啊。"英子捏住她的下巴问。

姜茶别开脸，忽然手机响了，她接起说了两句。

刚挂了电话，英子一把夺过来点开看："陈伟博。这谁啊？"她笑，"才几天，交了男朋友啦？不爱钟霆啦？"

姜茶漠然道："不是男朋友，是结婚对象。"

英子愣了一会儿："你开玩笑吧？"

姜茶起身，轻轻说："这种事怎么好开玩笑？"

英子看了她一会儿，冷笑道："跟你一样的官二代啊？能帮你爸翻案啊？"

姜茶摇摇头："怎么可能。他就是长得有点像我爸年轻的时候。"

英子推了她头一下："我不同意。什么陈伟博，名字都是反的，肯定既不伟大，也不广博！"

燠热的夏日来临，小屋里动一动就一身汗。英子又恢复了之前的生活状态，每天就是睡。姜茶回家，给她把已经停转的电扇打开。英子趴在凉席上，长头发披了一脊背，姜茶为她把头发扎起来："都起痱子了。"

英子翻个身，忽然抱住她往后一倒，姜茶没支撑住，和她一起躺到了席子上。英子等着姜茶笑骂她，或者推开她说热不热，但姜茶没有。

"我要结婚了。"她静静说。

英子僵了半晌，慢慢道："你说什么？"

"我要结婚了，英子。祝福我吧。"姜茶说得很清晰。

英子忽地坐起来："姜茶，你他妈真有病吧。你根本就不爱那个什么博。"

"中国很多婚姻不都那样吗？不就是一起吃饭、睡觉、过日子。"

"那是别人！"英子喊道，"不是你！也不是我！"

"英子，"姜茶平静地抬起脸，"出版社倒闭了。我刚好趁这个空把婚结了。结婚嘛，每个人都要结婚的。以后，我再重新找工作吧。"

英子抓起枕头往地下一摔："我他妈不同意！"

"英子，你同不同意我都要结婚。"姜茶说。

"你到底为什么？你怕以后没钱买画纸画笔吗？我给你买，我有钱！"

"英子！"姜茶大声制止她，"我和你是不一样的你知道吗！我想要，"姜茶将手指插入头发里，"我想要安稳的生活，就不行吗？我很小的时候，坐红旗车上学，初中换奥迪，高中换奔驰，书包有司机帮忙拿。我不知道为什么我现在会变成这样，我只求有一个安稳的屋檐，一间安静的画室，一个正常的像我父母曾经那样的家。这都不行吗？你看外面，那路上的绝大多数人，不都拥有一个家吗？对，我只想要一个家。我有错吗？"

"呵呵，"英子冷笑，"你终于说出实话了。你高贵，你和我不是一路人。从我们第一次见面你就这么觉得了吧？要不是你那贪官爸爸落马，你哪里会记得我是谁？我算个什么玩意儿！"

姜茶猛然跳下床，拉出箱子就开始收拾东西。

"呵呵,要走?走吧。"英子抱着胳膊在旁边看着,直到姜茶开始收拾画具才上前拉住,"你放下!"

姜茶摔开手,眼泪簌簌往下滴:"没错,我就是贪官的女儿。你看见我爸贪了?"她嘴角抽搐着,"对,就算贪了,再浑蛋,他也是我爸爸,最爱我最疼我的爸爸!"

英子呆了半天,上去拉住姜茶的箱子把手:"算了。可能是我不对。但是姜茶,我宁愿你做钟霆的小三,也不想你嫁给那个人。"

姜茶猛地拽过箱子:"你从来都没懂过我。"

英子气得撒开手:"对,你高贵,你道德模范,我一个下三滥怎么能懂得你?要不要给你立牌坊啊?"

姜茶拖着箱子走了几步,回过身:"英子,我是我,我只能这样生活。你明白吗?"

看着姜茶下楼,愈走愈远,英子攥紧拳头,眼泪鼻涕不觉流了一脸:"我告诉你,你那低级婚礼我是不会去的,我永远也不会祝福你!"

姜茶头也不回地走了。

夏日天气,说变就变,方才还明晃晃的,燠热难耐,转眼天就暗下来,丢起大颗的雨点。

姜茶一口气走过两条街,心里的怨气逐渐消散,脚下就放慢了。英子毕竟还是关心她,才说那些话,她想着,犹豫着要不要回去。

这时,一个穿着白短袖衬衣、白白瘦瘦的男孩在街对面喊了一声,快步走过来。

"陈伟博?"

陈伟博扶扶眼镜,高兴地笑了:"姜茶!你怎么在这里?你这是……"

"哦,没事……我收拾了点东西,准备回去。"姜茶掩饰。

"我送你吧,你和你妈妈住吧?那每天上班,路上就要花费三四个小时!"陈伟博说。

"别叫人家男孩知道你住在那种地方,小心人家看轻你。"母亲的话言犹在耳。

姜茶犹豫了一下,再三推辞,陈伟博却犯了理工科男生的傻拧,再三要送。

"其实,我和好朋友合租的,有点矛盾,生气出来了。"姜茶勉强一笑说。

"怪不得拿着这么多东西。是这样,快下雨了,你先把东西放我那儿吧。"陈伟博着重解释,"就是新房子那儿。"说完他笑了笑,"你还没去看过吧。阿姨去过的。"

姜茶跟在陈伟博身后,走进一个普通小区。楼房盖得极高极密,每层两梯八户。巴掌大的花圃里还没来及种花,电梯里都是建筑垃圾,到了三十一层,姜茶随陈伟博出来,进到西北角的一间里。

走进房子,外面落了几点雨又晴了,一面西晒晒在客厅墙壁上,黄黄的。

陈伟博笑着把行李归置到墙角:"总面积七十八平方米,还可以吧?"

姜茶有些局促地点点头:"很漂亮的房子。"她看见自己的身影长长拖入夕照里,孤零零的。

还没说几句话,忽然门响,一个五十余岁的女人走了进来。"博博,你来干吗?"她喜笑颜开地拉住陈伟博,忽然看到姜茶,"哎呦,这不是姜茶……"她的眼光又落到那只大箱子上,脸色变了变。

"来看房子啊,之前邀你妈来过了,她很满意。我说句实话,这个地段,这个价钱,再找不到第二家了。"女人挥斥方道地说。

姜茶连忙上前一步道:"阿姨好。"

"你随便看!"女人挥挥手,把陈伟博拉到一边,"儿子,这事可还没最后定下来呢。你爸有个同事的女儿刚毕业……"她压低声音,"总之,你可别随便学人家搞同居,最后后悔都后悔不成!咱们房都买了,还怕什么啊?"

陈伟博有些尴尬地把胳膊从母亲手里抽出来。

姜茶十指交握，走过来轻道："阿姨、陈伟博，你们忙，我先走了。"

陈伟博忙道："别急，下午一起吃饭！"

陈伟博母亲看儿子一眼，笑着道："是啊，你们年轻人多玩玩，我走了！我们超市新雇了个小女孩，哎呀，淘人得很，什么都教不会。柜子里有现金，我不放心出来久了，我走了啊！"

陈母关上门出去，陈伟博有些尴尬地笑道："老家亲戚有个女儿，在村里谈了个朋友，人很不踏实，家里就把她送到我家来住一阵子，帮忙看看外公的小卖部。"

姜茶忍不住一笑："哦，原来这样。"

陈伟博也笑了。

小屋里，灯大亮着，英子坐在灯下。好几只蚊子绕着她嗡嗡，她忽然烦躁，照着自己身上"啪啪啪"一通乱拍。

"你自残呢？"

英子霍然起身，只见姜茶疲倦地微笑站在门口。她连忙跑过去接过行李。

姜茶在床沿上坐下，英子慌手慌脚地给她倒了杯水，又把蚊香点上。

"英子。"姜茶拉她坐下，"我们别吵了……我也住不了多久了。过阵子就要回外公外婆家，整理整理，虽然没什么嫁妆，几床被子总要有的，做做样子。"

英子的脸一点点冷下来："知道了。"

姜茶结婚这天，天气奇热。

她五点起来化妆，化完了自己都不想看。那妆和她的心一样，都是死活随它去。

英子穿了一件白色圆领简洁小礼服裙，红耳饰，淡淡上了点妆，一副桀骜白富美的样子，惹得姜茶的外婆偷偷问："这是哪家领导的囡啊？"

姜茶和英子锁在小卧室里，外面的新郎伴郎砰砰叫门了。姜茶把面纱放下来,一脸平静无波,英子忽然说:"我看看妆。"又把那面纱掀起,看着她。

芙蓉如面柳如眉。

她忽然吻下去。

姜荼吃了一惊,连忙死活使劲推开她:"你疯了?!"

英子嘴上糊上了新娘妆的大红口红,她牵唇一笑:"放心,我又没有把你掰弯。"

闹新房的新郎发小是一群愣青子,嘭轰把门掀开,门锁都坏了,闹着满屋子找鞋。

英子款款站起来拿长指将唇上的口红印推匀:"好好找,找到了老娘给你们发红包。"

出门前,姜荼的母亲拉着姜荼哭道:"不管怎么说,我把你完完整整交给陈家了,我对得起你爸了!"

新婚之夜。三十一层的新房内,到处都是红滔滔。

现在没有闹洞房的习俗,屋里静静的。

陈伟博喝了些酒,脸很红,扯掉领结坐到电脑桌前回头笑道:"你先洗,我收个邮件啊,刚才 BOSS 给我打了电话。"

姜荼在梳妆台前涂卸妆油,正用力擦脸上的白漆,"嗯"了一声。满屋子的红,使她的心也有了些许喜气,随即又想到铁栏杆后的父亲。他老得她都不敢认了,他听了她的婚事后低下头说:"也好。"

也好。

"也好。"姜荼自语。

陈伟博打开邮箱,边回复边喃喃低声骂道:"去他大爷的,今天还要派工作……"半天做完,正准备关邮箱,又来了一封新邮件。

"啊——西吧!"陈伟博恼怒地点开,却发现那并不是工作邮件。

陈伟博,你知道吗,你就是个傻逼。你凭什么娶姜荼?你知道夏加尔吗?潘玉良呢?吴冠中呢?钟霆呢?哦,对,钟霆。钟霆才是姜茶的精神伴侣,而不是你,一个小丑。附上一张钟霆的画和他的照片,对照下自己,是不是像小丑,有什么值得姜荼爱?

哦,对了,我忘了告诉你,姜荼毫不爱你。

新婚愉快。

陈伟博愣了一会儿,迅速回复了几句脏话,又删掉,又打了几行字。

姜荼洗完澡出来,拖鞋在新地板上滑了一下。

陈伟博惊回头:"没事吧?"

姜荼有些脸红:"没事。我太笨了。"

陈伟博关了电脑,努力摒弃疑惑不悦,心里涌起些温柔:"我做完了。我们睡觉吧。"

"你怎么了,工作有困难吗?"姜荼看他脸色不好。

"没有。"陈伟博看着姜荼,现在满大街都是蛇精脸,妖媚的样子,但姜荼脸圆圆的,家里人都说,这样的长相旺夫。他觉得旺夫还在其次,主要真的很清纯、很可爱。

"姜荼。"他叫她。

"怎么了?"姜荼局促地问。

"我知道你以前生活过得特别好,在巴黎留过学。将来我有钱了,带你游遍欧洲!我能让你幸福!"陈伟博发誓一样说。

"哦。"姜荼微笑,"好啊。"

屋顶的红纸拉花,像海洋一样给人溺毙的感觉。姜荼模糊地想起钟霆,如回忆一个鲜明的梦。

清晨,姜荼被外面"砰砰咚咚"的声音弄醒。

她连忙穿好衣服出来,只见陈母正在拿一把布缕拖把拖地。

"阿……妈,我来。"姜荼连忙接过拖把,横竖拖起来。

"呦,瞧这孩子,地都不会拖。我来吧,你给博打豆浆去。"

姜荼忙点头答应去厨房,陈母又道:"打俩鸡蛋,今天要打俩鸡蛋!"

陈伟博在里屋翻个身拿被子蒙住头:"妈,你今天来干吗?烦不烦啊!"

陈母喜气洋洋又激动地说:"你睡你睡,再多睡一会儿!"

姜荼笨手笨脚地打鸡蛋,陈母跟进来一看,一把夺过碗:"好孩子啊,看你打的鸡蛋!里面都是鸡蛋壳!地上怎么也有!"

姜荼连忙抽纸来蹲下擦地,陈母用脚尖在她手边点着:"这儿,这儿,还有这儿!"

陈伟博光着上身只穿一条裤衩跑过来:"妈,姜荼不会做你别叫她做了!"

陈母朝他的肚子上拍一下:"你给我打个精光肚子,快去把衣裳穿上!"

陈伟博一走,陈母认真地对姜荼道:"人不能凉肚子,只要不凉肚子,百病不生。你以后叫博博不要着凉了。"

"哦。"姜荼答应着。

早饭做好,陈母三催四请,陈伟博才不情不愿地坐到餐桌前。

三人吃饭,陈母边嚼油条边道:"你爸同事那女儿,就周莹,我今早出门遇见了。哎呀怎么长那么水灵,小嘴还那么会说话啊,一口一个'阿姨',叫得人亲热的。"

陈母兴奋地说:"听说她结婚她爸给陪个二十万的车,还有十万块嫁妆。哎呀,谁家里怎么那么好命,娶下这种媳妇。"

姜荼啜着豆浆不语。

手机响,陈母觑着眼点了接通,高声道:"喂?啥?什么?"挂了问陈伟博,"什么法院传票?说给咱发了传票?"

陈伟博不耐烦道:"骗人的。陌生电话不要接,现在骗子多得很。"

陈母放下手机:"就是嘛,我又没贪污,法院找我干什么。"

姜荼猛抬起脸:"我吃好了。"起身便走开。

晚上陈母回了家,新房中只剩下新人。

姜茶默默在电脑上查阅招聘信息，陈伟博黏上来道："怎么了，不高兴了？"

"没有。"姜茶淡淡道。

"就是一天都不高兴。我妈没心眼，随口说的你别计较。"

"没关系，那是你妈妈。"

"我妈不是你妈？"

"我不是那个意思。"

陈伟博伸手关了电脑，拉姜茶坐在床上，小心道："我知道你爸以前是个挺大的官儿的，没见你时我犹豫过，怕你过惯奢侈生活，不适合结婚。见了你之后，才知道你是这么单纯简单。"

姜茶笑了笑。

"哎，你不是在法国留学过吗？那边的人是不都特开放啊？"陈伟博整理枕头，假作不经意地问。

姜茶看他一眼："并不是。"

"我们都结婚了，我也给你说实话，我大学时交过一个女朋友，滚过一次床单，就一次。她也不是处，后来毕业就分了。"

"你想问我是不是对吧？"姜茶直接道，"昨晚之前是的。"

陈伟博两眼放出光来，喜得抓耳挠腮："那怎么……"

"我不知道，可能因为小时候练过体操。"姜茶冷淡地说。

陈伟博亲亲她："我觉得也是。"

天气转凉，风吹过鹤城大街上高大的梧桐，已有"西风愁起绿波间"的感觉。

新房的全包式阳台上，姜茶聚精会神地画着。时针已指向凌晨一点。陈伟博睡眼惺忪地走过来："这么晚还不睡，又画什么呢？"

姜茶嘴里随便答应着，手底下依旧。

陈伟博上前抽出她手里的笔："不准画了，睡觉！干什么啊成天，熬着夜的。"

姜茶吃了一惊，回过身："快把笔还我！"

"你这是什么表情？"陈伟博也生气了，"你就这么对你老公啊？"

姜茶看一眼画布，方才他那么一抽，已经弄脏了一块："给我！"

陈伟博也来了脾气："我告诉你，家是家人一起休息的地方，以后都不准在家画画！"

姜茶愣住，半晌道："那我在哪儿画？"

"别画了！有什么用啊。"陈伟博蹙着眉头，"人家媳妇儿下班回来都黏着老公，看看电视剧什么的，就你事多，大画家啊？结婚前怎么不知道你有这毛病……"

"你凭什么不让我画画？我告诉你，那不可能。"姜茶气得握紧双手。

"你还来劲了是不？！"陈伟博声大起来。

次卧门开，陈母穿着睡衣闻声跑出来："大半夜怎么了？姜茶你不上班，博博可要上班的呀！"

"成天一回家就是画画，搞什么啊。"陈伟博对妈妈抱怨。

陈母拍着陈伟博的背："赶紧穿衣服别着凉了！"又对姜茶道，"哎呀，不是妈说你，那个画画嘛，又不能吃，又不能喝，你又不是小孩了，成天画那做什么！听妈的话，赶紧收拾了睡觉，啊？"

窗外的秋风吹进来，姜茶声音僵冷："我就是要画。"

"你！"陈伟博气得把笔一摔，"你再态度这么差试试？"

陈母连忙推开他："好了好了，睡吧，睡吧，啥事都明儿再说。"又拿来一个抹布蹲下擦地，"成天弄得满地油彩，哎呦，难擦死了。"

陈伟博听了不由得又气道："看见没有，我妈年纪这么大了，每天跑来给我们做饭，还要给你收拾这一摊！你给我听清楚了，再也不准在家里画！"

秋日黄昏，颜色青灰，满地落叶。当街边商店、小区高楼的灯逐渐亮起，窗里窗外就被分成两个世界，一个温暖明亮，一个萧索清冷。这种时候，行人回家的心情都会变得迫切。

姜茶从新公司出来，脸色苍白，神情茫然，极慢地走着，在匆匆人群里，像是来自另外的世界。手机响，她拿出来看，上面显示"英子"。她没有接。

姜茶站在公交站牌前等车，等了许久不来，终于来了时，她忽然转身往相反的方向跑去。

白色画廊中早已换了作品，里面挂着不相干的人画的所谓先锋画作，怪诞、孤冷，姜茶站在落地玻璃窗外的如水明光里，站了许久，有种前生今世、人非物异的感觉。

"喜欢就进去坐坐。"

姜茶抬眼，是画廊老板。他有一双精明的眼睛，盯着姜茶看了一会儿，递给她一张名片，微笑道："我姓白，这是我的画廊。有作品的话，欢迎来挂售。"

姜茶握着名片。

"哦，"她反应过来，"谢谢。"

白老板颇有深意地一笑，转身走开。

电梯到了三十一层，姜茶拿出钥匙开门，推门进去，愣住。陈伟博穿着整齐面有怒色地坐在客厅里。

姜茶只做看不见，低头换鞋，听见厨房传来哗哗水声，便知道婆婆又来了。

"对不起，我回来晚了。公司有些事。"

"你一个小文员，两千来块钱工资，轻轻松松就行了，有什么班好加？"陈伟博说。

姜茶不语，默默到卧室换睡衣洗脸，然后准备颜料。陈伟博追过来："你到底干什么去了？"

"加班。"姜茶说，勉强笑了笑，"下次我会注意的。"

她站了一会儿，看陈伟博不走，又道："今天周四，说好我可以画画的。"

"画画、画画，成天就知道画画！你大画家啊？你给我过来。"

陈伟博攥住她的手往床边走。

姜茶吃了一惊，夺手站住："你干什么？"

"我干什么。"陈伟博满面怒容，从床下柜子里拿出一只厚厚的文件夹，"我妈打扫房间翻出来的，这是谁？"

姜茶看了一眼急道："你们怎么能乱翻我的东西？！"

陈伟博哗啦把夹子拆开，里面的杂志、画册、剪报、画展海报等泄了一地，这里那里，都是一个男人风度高华的身影。

他捡起其中一页。

"钟霆是吧，"他的脸有些扭曲，"灵魂伴侣，啊？结婚那天我就收到一封信，是不是这钟霆写的？说你根本就不爱我，你爱的是他。"

姜茶吃惊地睁大眼："不可能。什么信，怎么可能是他。"

"不可能？就是他写的！"陈伟博把手里的纸唰唰撕了，又去捡一本画册。

姜茶忙去拦，被陈伟博一把推开，坐到了地上。

"钟霆，大画家啊。怪不得，你总是冷冷淡淡的。其实你早跟他睡过了吧？怎么，人家大画家有老婆，你就找我当接盘侠？"陈伟博一边使劲撕，一边说。

姜茶慢慢扶着床头柜站起来，一言不发。

陈伟博冲到她面前："你说啊！怎么不说话？我最恨你这个样子，多高贵似的。贪污犯的女儿！有什么得意的？"

姜茶猛地抬起脸："你真没有教养。"

陈伟博一下子血冲上头，猛地又推她一下："你说谁没教养？我们家至少清清白白！"

"你嫌弃我，当初就不应该和我结婚。我们没有隐瞒你。"姜茶浑身发抖。

陈母听见动静，在门口已经听了半天，这时跑进来："作孽啊，成天不安生。姜茶不是我说你，你的情况能到我们家来，你应该珍惜！但是，家里应该一个女人做的，你摸摸胸口自己做了多少？哎说实话早知道是这样,我绝对不同意。都是陈伟博成天在我耳边说,你有多好、多单纯,和别的女孩子不一样。我想着瘦死的骆驼比马大,你家里多少还有些底子给你陪送,结果,全部加起来连个万字都上不了!就这情况,你还不安生过日子,想干什么呢?"

姜荼看着他们。一个怒目圆睁,一个委屈无比,一个大吼大叫,一个长篇大论。

她忽然笑了:"太荒诞了。"

"你说什么?"他们齐声问。

姜荼忽然推开他们夺门而出。陈伟博的脸有一瞬的慌张,陈母追上去喊道:"快回来!大晚上哪!"

姜荼没有按电梯,跌跌撞撞从楼梯间往下跑,只听见婆婆还在后面喊:"我告诉你陈家的门也不是想进就进想出就出的!你还不回来?!"

屋里静下来。陈伟博抓抓头发:"×!"

陈母有些六神无主:"脾气还大得很。哎,不是个过日子的人。"

陈伟博似乎有些后悔:"我可能不该说她和别人睡了。"

陈母低声道:"你不是说那晚她没见红吗?"

陈伟博又抓抓头:"但是我有感觉啊。她应该没骗我。"

"算了,婚都结了,光喜酒就花了上万。你打电话叫她回来!"

Chapter 11
重回巴黎

姜荼穿着薄薄的睡衣睡裤在外面走,路人投以诧异的眼光,她羞耻地低下头。口袋里忽然亮起来,她一摸,还好带着手机。

"哟,终于接我电话了。"那边英子说。

姜荼无法张口。

"怎么,不怕我掰弯你啦?放心吧,姐姐双的,最近刚认识一个男的,欲求很满。"

"你怎么不说话?"

"你在哪儿?我来接你。"

门开了,这是一间装潢考究的开阔大房。

英子把钥匙丢到供着一只石佛头像的玄关地上:"进来吧。"

"你可以带人来吗?"姜荼跨进大理石门槛,站到幽然光下,脸色冷得发白。

"他出差去了。"英子走进去,消失在一道厚重的木门后面,片刻出来递给姜荼一身衣服,"穿上。够时髦啊,瞧你这一身格子,时尚界刚流行睡衣风,女明星还没接上头,你就捷足先登了。就是有点冷吧?"

姜荼披上厚衣服,英子又道:"没吃饭?朕给你熬粥。"

粥熟,两人像从前那样凑在一起吃。只是大理石餐桌旁,是映入落地窗的华丽夜景。

洗漱过后,两个女孩又躺在一张床上。

"陈伟博怎么样啊？差得够呛吧。"英子懒懒地问。

"英子。"姜荼轻道。

"怎么？"

"那封信是你写的吧。"姜荼说。

英子顿住，半晌方勉强不在乎地嘴硬道："怎么，不让人说实话啊。"

"我没怪你。"姜荼看着天花板，天花板吊顶是欧式的，有着奇妙的洛可可花纹。

"你说得对。我的婚姻就是一个错误，我不该犯这个错误，还耽误了别人。"

英子的心跳起来，她猛地支起半个身子："姜荼，你可算明白了。你本来脑子是够用的，但涉世不深，就显得不够用了。总要吃点亏才知道。"

"噗！"姜荼笑了，眼里却没有笑意，"真的。不走进去，真的不知道会是这样。"

"他们不许你画画吧？催你生孩子吧？"英子道。

姜荼闭上眼睛："不说他们了。"

英子怕她累了，按捺下一肚子的话，也睡了。

清晨。英子晚起惯了，醒来时，姜荼已经不见了。

踏上黯淡闭塞的，永不见阳光的楼道，姜荼敲门，是陈母来开的门。她脸上表情丰富多变，最后决定用端着的："回来了。"扭身回屋了。

姜荼默然进去，先收拾画具，再开始整理衣物。陈母听见动静，头往儿子房间透了透，连忙回屋给陈伟博打电话。

陈伟博很快赶回来。姜荼东西不多，已经理好了，这时看见她的丈夫冲进屋子。年轻的男人，还偏向男孩的一方面，看起来挺干净，也挺小家子气，脸上有些气急败坏。

"你回来了。"姜荼平静地说,"我们现在可能不适合说什么,你冷静下,过两天我们叫上长辈一起谈。"

"真的很抱歉。"姜荼补充。

陈伟博的脸软下来:"姜荼,我可以给你说对不起。昨天我是有些冲动,不分青红皂白,主要那封恶心的信一直在我心里,我一时冲动……"

"不,那封信说的是真的。我确实暗恋过钟霆。我们大概不合适。"姜荼说。

陈伟博忽然上前握住她的肩:"没关系,我原谅你!你就不能再给我们一次机会吗?姜荼,你真的是我唯一真爱过的女孩。我们没结婚时,我跟疯了一样追你,你还记得吗,成天等不及地下班,一下班就打车去找你,同事都笑话我。我从来没那么爱过一个人。说心里话,我爱你比爱我妈还厉害。"

"我其实也可以支持你画画,但你不能光顾着画画看不见我呀。我是你老公,你就不能分点爱和温暖给我吗?"他眼圈红了,"一夜夫妻百日恩,我说你两句,你就一晚上不回家,回家就要离婚。至于吗?"

这时陈母也过来了,抹着眼泪:"姜荼,我这做老人的也没啥说的吧,一辈子老本拿出来给你们付了首付,你不会做饭,我天天过来做,是不是连你也一起照顾了。为给你们结婚,我都背下债了,做人要讲良心呀!"

陈伟博又道:"只要你乖乖的,以后你每天想画画就画画好不?也不用你做饭拖地,只要你见我高高兴兴的,只要你心里有我。好吗?"

姜荼睁大了眼睛,有些手足无措地站在箱子中间。

冬天来了。

寒风呼啸而过,在高楼间仓皇奔窜,发出呜呜的响声。夜深人静,整个小区的灯都暗了,唯有三十一层西北角的还亮着。

姜荼浑然忘我地画着,双眼炽热明亮。她的世界,全在那四方的画布中。

陈伟博起来上厕所,顺道过来叫:"姜荼你还没睡啊?妈说现在备孕刚好,明年生个猴宝,聪明。你就不能听话吗?"

"嗯。"姜荼答应着,其实根本没听懂对方在说什么。

"哎,我跟你说话呢,你知道我最烦我说话别人在那儿神不守舍的。"陈伟博走过来说。他只穿着背心和内裤,露出白瘦的四肢,像一只剥了皮的青蛙。

"嗯,马上就好,你先睡吧,好吗?"姜荼的眼睛没离开画布。

陈伟博拉她的胳膊迫使她转过来对着自己:"你这样我怎么睡?你给我把话说清。"

姜荼匆匆放好画笔:"对不起,我吵到你了吗?"

"你觉得呢。"陈伟博深吸一口气,"睡觉吧。"

姜荼看画布不作声。

看她这样,陈伟博不由得就有些火上心头:"你这种脸干吗啊?成天睁着两只大眼跟游魂一样,要不就在这儿画画画,连我看都不看。我们家怎么对不起你你要这样?"

姜荼愕住,不舍地再看画布一眼,回忆下自己刚才想到哪儿了,然后回过脸看着他赔笑道:"什么?你刚说什么?我没听清楚。"

"我说话你什么时候听清楚过?!"陈伟博大喊一声,以手扶额,原地转了两圈,满心不满都哔哔啵啵倒出来,"真是倒了血霉了,公司公司一堆破事,回家回家看到你这个样子。你听没听过妻贤夫祸少?人家的媳妇成天想的都是怎么和领导老婆打闺蜜牌,怎么伺候老公,回家不用操一点心。我呢?"他一巴掌拍在自己胸前,"我请了一尊佛放在家里供着!挣那么点钱,还全买了这些破烂货!"

陈伟博越说越生气,猛然一手推翻了画架。画架又带翻了调色盘,刚画到一半的画登时一片狼藉,松节油淌了一地,气味挥发一室。

姜荼惊住,陈伟博看着她,也有些胆怯。

"×!"他的手在鼻子前挥挥,又对画架补上一脚。

姜荼的注意力却全在那幅彻底毁损的画上,心像被放在火上炙。她哆哆嗦嗦道:"我一周只有三天可以画画……"

"画你妈！"陈伟博气得破口大骂，姜茶的眼泪唰地淌下两行。

陈伟博按捺了按捺，指着门道："要么，你就给我改，改成个贤妻良母的样子，我老陈家不会亏你，我也不会亏你。要么，你就给我滚！"

姜茶的眼泪干了，她低沉道："你没必要这样说话。我们不合适，就分开好了。我早说过的，分开，彼此还能留一点好的怀念。"

"跟我不合适？那跟谁合适？钟霆吗？！"陈伟博血涌上脑，姜茶坚定而冷漠的脸像一记重击，他猛然抬手扇了上去。

姜茶本能地一躲，那重重的一巴掌恰打在她头左侧，男人手重，陈伟博又是气头上，姜茶像芦苇般倒伏在地。她只觉得脑子里"嗡"的一声，紧接着半个脑袋的表皮都又麻又痛，心里一片空白。

戚朵倒吸口冷气，连湛浓眉紧蹙，面沉如水，只轻轻地揽住她。

陈伟博似乎也吓了一跳，看了自己通红发麻的右手一眼，喃喃道："你他妈把我害成什么了，我最鄙视打女人的男人。你他妈把我害成什么了……"

陈母在卧室门后听了半天，听见动手了连忙跑出来："陈伟博，君子动口不动手！"把儿子往屋里扯，"下雪的天你穿这么少，凉着了又是我的心病！你快去睡觉！消消气！"

姜茶躺在冰冷的瓷砖地上，半晌才爬起来。

陈母走过来边收拾边道："姜茶啊，你是不听老人言，吃亏在眼前。我把你当亲闺女才说这些，你这样的女人，跟了哪个男人哪个男人都不待见你！我早就跟你说了别画、别画，你不听。这小孩子的玩意儿你看得比男人还重！现在吃亏了吧。我把话说在前头，别动不动就分手分手，你这是结婚！不是开玩笑！你是结了婚的女人！你出去看看，要真离婚，外面那些女人有多可怜！等着叫人欺负吧！"

姜茶半边脸肿胀，泥塑一样冰冷地立在那里。陈母看她的脸一眼叹道："他打人不对，我明天说他。你呀，你一定要把你这画画的毛病改了。不然，这家就永无宁日！"

陈伟博又只穿着内裤二道筋风一样卷出来:"给她说什么呢!咱们不要她了,重新找一个!"

姜荼仿若未闻,陈伟博看她一眼,闭上嘴溜到大门前把门反锁上。

"都给我安安静静睡觉!"锁好门后,他总结。

夜漫漫褪去。姜荼很久没有见过日出,每天都是匆匆去赶公交上班,上次看日出似乎已是很久以前,久得像隔着一个时空。

那还是在巴黎的时候,也是冬天,太阳从喊喊喳喳的缭乱林间升起。

"Bonjour soleil(早安太阳)!"同学们闹嚷嚷地和太阳打招呼。

"Bonjour!"白发的教授呵着白气笑对她说。

姜荼凄然地笑了笑。从三十一层的阳台看出去,朝霞被高高低低的楼盘割裂成无数段,一群飞鸟像游鱼一样游弋过灰蓝的天空。

她浑身没有一处不冰凉,太阳渐渐升高,淡薄的金光照在她惨白的脸上,看着老了好几岁。

陈母和陈伟博都起了,一个煮鸡蛋,一个刷牙洗脸,就像过去半年的每一天一样。陈伟博剃干净胡子,穿好西装,韩国人讲究这个,又在西装外套上羽绒服,看起来就是一个长得还算帅的外企白领男的样子。他脸色好了些,走过来把手放在姜荼肩上。

姜荼被蛇碰到一样退开一步。

陈伟博叹口气,没再勉强:"我叫我妈给你也煮了鸡蛋,吃了再去上班,不行请个假,你就说家里来亲戚了要你陪一下。"

姜荼有些吃惊地抬头看他一眼。

陈伟博从她青红的太阳穴处移开眼光,不自然地咳了一声:"我走了,下午回来给你带小区门口的糖炒栗子。"

姜荼垂下了眼。

陈伟博一走,陈母留下鸡蛋和昨天吃剩的生煎也走了,去跳广场舞。

姜荼迅速把画具收拾好,衣服胡乱叠几件,收好所有的画作,拖着两只大箱子出了门。路过小区门口,一个穿着厚厚保安服的女保安正懒洋洋晒太阳,看见她对她一笑。

姜荼也微笑了笑,掏出钥匙给她:"麻烦您将这个转交给26号楼3106。"

她拖着两个大箱子叫出租车,一路朝白色画廊去。

画廊茶室里,熏香袅袅的檀木桌面上,摆着五幅画。白老板眼露精光地一幅幅看下来,拿起《发廊女孩》的那幅看了半晌,又不露声色地放下。

"姜小姐,你的画不错。寄卖的话,应该很快就会有回音。不过,你的画不是目前市场最需要的,装饰性并不很强。"他有些迟疑地说,"如果价格上……"

"我急需用钱。"姜荼打断他,清晰道,"我今天就要拿到钱,什么价格都可以。"

白老板笑了一下:"既然这样,姜小姐开个价儿?"

"我不懂这个,你说多少就多少吧。"

白老板微微一愣,遂笑道:"我这个人对艺术家最好。其实我本来也有志于做画家,无奈天分所限,画得不好。但识人鉴画的一双眼却有。姜小姐实在前途无限,但新人嘛,艺术这一行又是这么说不清道不明,头开得好不好,十分重要。不自夸地说,鹤城本省乃至整片西部南部,平台高于我的画廊的,绝无仅有……"

姜荼有些不耐烦起来,白老板清咳一声笑道:"那就一幅一千,立刻签合同?"他微窥姜荼。

姜荼眉毛一松:"好。"

白老板笑了。

签完合同,姜荼即刻用手机搜到一间合适的短租公寓,在线下单,起身便走。

白老板再三要亲自开车送她,都被她婉拒了。

公寓不错,设施齐全。姜荼把浴室水放最热,洗了两个钟头,才觉得身体里慢慢暖和过来。她穿着白色浴袍擦干头发走出来,一件一件把画具打开。

"我以前太傻了。"她喃喃,"我何不早点独自活着。"

她又叫了外卖好好吃了一顿,收拾收拾,便准备画画。刚备好笔和颜料,她忽然环顾四周。

陌生的公寓,因为只有她一个人,显得空荡荡。姜茶放下笔把所有灯都打开,让光线静静充斥空间。她又跑到小小的落地窗前,寒冷隔着玻璃微微扑面。

她又跑到床上四仰八叉躺下。

她又跳起来,站到屋子光源的中央,举起双手,轻轻转一个圈。

"都是我的!我一个人的!我想做什么,就做什么。想画画,就画画。不想画,就不画。"

接下来,要好好画下去,得和画廊的白老板商量能不能长期合作,然后租个便宜干净的房子。就算画卖不出去,也不过再找份工而已,饿不死的。

万一画卖得好,她说不定还可以回法国完成学业。

许许多多计划奔涌到她脑子里来,姜茶兴奋地搓搓手,把它们都按捺驱逐出去。

"现在,你该好好画画了。"她跟自己说。

一提起笔,她下意识地、不由分说地就画起了那片梦想之地。

"以前,我以为我理解了梦想的全部。不,不是的。梦想,要经过艰难困苦才知道它的不可舍弃的珍贵。"

她手腕迅速移动,嘴里喃喃的。

灯光大亮的安静的房间,油彩在画布上尽兴浸染。

姜茶画一会儿就兴奋地在屋里快走一圈:"不错,不错。"

她像疯子一样双目发光:"这几笔太棒了。和我想的一样……比我想的还要好!"

"这是我画的吗?!"她哈哈大笑起来,"我真是一个天才!"

她继续画，过一会儿又蹙眉停笔，片刻，又流下泪，继续涂抹。

天将亮了。

姜荼双目炯炯脸颊赤红，丢下画笔："我再也不能了。"

她灼灼巡视那一幅画："太好了。也许未来几年，我都再画不出这样的画作。太好了。"

她提笔欲题款，踌躇："叫什么名字？《渡》？渡人生的苦海慈航。"她忽然想起钟霆，想起那个和她灵魂相通的男子。

姜荼微微笑了笑，有点调皮，笔绕到画背后右下角写道："献给ZT。"

她丢下笔，长长地吐出一口气。走到窗前，城市混混沌沌的夜的渣滓泛滥着，黎明，已经到来。

她咽一口口水，才发现嗓子已经干得发烧。

姜荼寻了一圈才找到烧水壶，却是个坏的，接触不良。她便到小厨房打了一锅水，笨手笨脚地放在煤气灶上烧。

她回到房间里，又看了那画一眼，满足地含笑躺下。一天两夜未睡，又这样高强度作画，她已经疲倦极了。疲倦到听不到一门之隔的小厨房里，开水沸腾的声音。小锅盛不下那么多水泡，水泡们争先恐后地溢出去。

煤气灶外面一圈蓝紫的光焰，像被风吹一样摇曳了两下，嘶嘶消失了，里面还有一小圈蓝紫的小牙，恶意地明亮了一瞬，也被下一波水泡扑灭。

空气里散发出诡异的煤气味。

太阳升起了。

英子一身黑衣，坐在她预备死在其中的城中村小屋里。那方反射的阳光照着的地方空空如也，只有无数灰尘飞舞。

鹤城城郊的小破单元楼里，姜荼的母亲哭得哀伤欲绝："我绝不放过他们啊……呜呜……我拿什么脸去见她爸爸……啊啊……好好的一个闺女，给我逼死了……"

外婆一面用干枯的手擦拭姜茶的遗照一面抹泪："我还没死，囡先死了。多好的一个囡，多年轻……"

英子拿起姜茶死前画的那幅画，看了许久许久。那方照过姜茶的日光移开了，她才慢慢站起来，慢慢地将画装进画框，再像包裹一个婴儿那样，轻手轻脚精心敬意地用棉纸一层层包好它。

然后叫快递。

在快递单收件人那栏，她迅速地大刀阔斧地写下两个字：钟霆。

尽管还是隆冬，可种着玉兰的庭院，已显出春意。

钟霆的郊外别墅内，大玻璃窗落地，几株玉兰正酝酿春来满枝冰凉洁白的繁花，此刻打一树小小的、坚硬的茸茸花苞，木笔般伸向阴霾天空。

湿漉漉的青苔庭院，错落有致的石景，偶尔飘袅几朵小小雪花，悠悠缓缓，清净禅意。

白老板姿态闲适地坐在沙发上，一手从檀木茶几上端起素瓷茶盏啜了口："呦，古董贡茶？有价无市啊。雅人配雅茶，也只有在钟先生这里能喝到。"

"前几日和钱部长入雁南山赏雪，他送了我一盒。不过是茶。不过，搭配这种天气还不错。"钟霆说。

白老板笑赞："是。"他举一举茶盏，"晚来天欲雪，能饮一杯无？"

屋里暖气极足，钟霆只穿着一袭丝质唐装，其人如玉，正在给一盆"荷之冠"浇水："这兰花快开了，到时候，我邀上徐、赵等人聚一聚。"

白老板一拍手："您几位盛名大家难得聚在一起，不如尽兴一画，来个兰花新中式四条屏？"

钟霆面上显出些不耐之色："不了。"

白老板沉默下来。

雪静静飘着，入目所见，皆清美如画。

见钟霆心绪不佳，白老板也有些尴尬，便欲告辞。这时一个头脸干净的中年阿姨走过来："钟先生，最近的礼物我打点过，分门别类签收了。这幅画丢在后院，不知道是您画的还是朋友学生画的，雪都下湿了，您看还要不要？"

钟霆微蹙眉隐忍不耐道："扔了。"

阿姨答应着，白老板便趁机告辞。走到门口扫了那画一眼，又定睛看一眼，他站住："钟霆，这是你什么时候画的？"

钟霆道："破烂扔了吧。最近没什么拿得出手的。"

白老板将画拿到光下细细看。

"钟霆，"他声音低沉，"这幅画真的不错。你真要扔，就送给我。我可丑话说在前头，到时候卖多高价都与你无关。"

钟霆哂了一下走过去："什么画？"

只看一眼，他随即愣住。他不记得自己什么时候画了这幅画，也许是学生的临摹之作，临摹他十年前的一幅爱作，但又不是。因为这幅画充满了新鲜灵魂：坚韧的希望、不舍的追求、强烈的个人理想主义色彩与天才的纤微灵性……

"坦白勿怪，这两年，你一直缠足在名声里，并没什么拿得出手的作品。其实成名画家都是这样，要面临一个艺术的瓶颈期。可是你看，你现在走出来了。这幅画充满了新鲜血液，钟霆，你重生了！"

白老板激动地说着："虽然你并未把它当回事，这里，这里，都处理得不够成熟完善，但这仍然是一部极其好的作品。这是一个机会，一个恰逢其时的机会！"

白老板继续激动道："国展即将举行，我想把它作为一幅经典、一个典型，向全国书画界推介，和你十年前画的那幅不肯售卖的作品一起展出！对，《十年》，这个名字怎么样？再以此为噱头，让媒体大炒一番。价格合适时，这幅你可不许再'留中不发'！"

钟霆还有些愣怔，保养得宜的俊面上看不出什么表情。

"你知道吗，九道文化已经在美国上市了。书画投资，现在正是一片飘红。我得利,你名利双收,这是我们的机会。"白老板兴奋地说。

钟霆这才缓过神。

"那我就拿走了。钟先生,你的艺术人生重新开始了,相信我,你还有下一个十年。"白老板笃定地微笑。

钟霆这时开口:"什么《十年》?流行歌曲吗?"

他蹙起眉,细细观摩那幅画,忽然幽然道:"它叫《渡》。"

他抬头叫阿姨:"去给我打扫画室。白老板,我需要再润色下。"

白老板欣喜地交出画,扬眉拱拱手:"随时联系。"

天空仿佛憋着一场大雪,阴云压城。

白色画廊仍是茂林修竹,白石漫地,清流潺潺,温润如春。钟霆意态闲扬地踱步其间,白老板作陪,正面有得色地说着什么。

钟霆忽然在几幅画前呆住,面色阴晴惊疑不定。白老板顺着他的眼光看去,却是前日那个年轻女孩姜茶送来的画作。

他叹了口气:"怎么样,不错吧?我慧眼识珠吧?此人假以时日,应该能成大器。"

钟霆面色微僵:"是很不错。这画家,什么背景?"

"什么背景?"白老板摇摇头,"恐怕只有背影。底层天才,一幅画一千块就出手了,唉!"

钟霆看了他一眼:"这样的画,你下手略重吧。是这样,"钟霆迅速下了决断,"你约这个人出来,我和他谈一谈。他的画风和我一路,我大概能指点指点他。年轻人,出头不容易。"

"钟先生真德高而望重,"白老板略讶异,继而摇头叹息,"只是已经晚了。可惜。"

"什么晚了?"

"我今早接待了公安,卖这画的女孩儿,死了。"

钟霆愣住。

"这是公安带来让我指认的死者生前照片,就是她。名叫姜茶。"温柔清秀的圆脸,颇肖似邓丽君,一双眼微微上扬,目光清澈,明亮而坚韧。

是她。钟霆心中轰然，若有所失。

"白先生。"许久后，他有些艰难苦涩地启口，"我认识这个姜荼——原来是我一位爱徒。我想做件事，给她办个画展，不惜重金。"

一富丽堂皇的餐厅包厢内。

几个富二代模样的人在吃西餐，英子垮着脸刷着手机。她还是一身黑，人瘦了些，紧致的小麦色脸庞上一双眼沉静忧悒，和她那桀骜不驯的气质融合，倒有种特别的吸引力。在几个高挑白亮的性感美女中，有点鹤立鸡群的意思。

网页新闻跳出一个头条：著名画家钟霆重生新作售得天价。

她心里模糊一沉，点击进入，不敢置信地仔细又看了半晌，慢慢站了起来，愣愣睁大一双眼。

"我×！"她咬牙回过神来，"钟霆。"

"怎么了？谁敢得罪你？"一个年轻男人抚抚她的下巴笑着说。

英子忽然捡起蕾丝桌布上的餐刀，踢开椅子就走。

那男人忙上前拦住她："干吗啊？好容易约上，今晚谁都不许走，陪哥几个 High 一夜！"

英子阴森森地一笑，玩玩具一样晃晃手里的雪亮的刀："滚开。"年轻男人愣住，她一把推开他自顾跑出去。

"这谁手底下混的？我要她外围内围全他妈混不成！"年轻男人气得摔了个红酒杯。

"她就一野模，神出鬼没的，王少非要叫她……"一个女孩说。

岁末的街道，华灯初上，终于滔滔落下了雪。

雪幕之中，高楼上硕大的电子屏却呈现一片宝蓝璀璨星空，上面广告词十分醒目：

陨落的明星——青年画家姜荼作品展，画坛大家钟霆倾情推荐。

以观新画送旧年，12月15日至12月31日，省美术馆全力推出。

雪越下越大，风声低回，所有的画面逐渐被白色覆盖。

戚朵慢慢睁开眼，自己正躺在一片白色上。

"你醒了。"连湛映入眼帘。他刚在跑步机上跑完步，冲了个澡，看起来清爽又笃定。

戚朵支起身，发现自己坐在一张白枕头白被罩白床单的大床上。

"刚才我看你睡得熟，怕你在沙发上不舒服，就把你抱过来了。这是我的床，不过床单被罩都是干净的，当然——我还没来得及睡。"连湛开玩笑地解释，过来牵起她的手，"起来吧，我给你看一样东西。"

戚朵人还有一半在梦里，忧悒滞闷地起来。一夜大风，外面的雾霾散了，从这样的高层看去，天空竟是一派澈蓝。朝阳正从绯红的天际一跃而出，通红的金光照向支在客厅中央的一幅画。戚朵不由得快步走过去。

"《渡》……"

她不可置信地喃喃，轰然泪生双眼。近距离下，那画的美与力量十分撼人，如在心上重重一击。

"画家姜荼的最后一幅作品。钟霆也做了润色。它现在完美无比，足以流传后世。"连湛将手搭在她肩上，慢慢地说。

戚朵用手指拭了拭眼角，半晌，方从那震惊中回缓，随即想到……

"你收藏了这幅画？"她有些不敢置信。

"不，它属于更多人。我谨代表连氏基金收藏它，然后捐赠给国家美术馆。"连湛看着画，"真是一流的作品。"

"那画作的署名权属于谁？"戚朵立刻问。

连湛微微一笑道："姜荼。我们应该能赶在她的画展结束前发布新闻。事实上，英子早已在网上将钟霆冒名的事炒得沸沸扬扬，钟霆的御用画商白某也为她力证。而且，你看这里，"他拉她绕到画后，指向右下角，"虽然模糊了，的确仍能看出，献给ZT。"

"你就这么相信我的梦？"戚朵有些冷淡地说，"献给ZT，可以是献给赵同朱腾，还可以是有人后期添上的。"

"连氏基金收藏任何作品前,都会先请专家团做鉴定。"连湛看了戚朵一会儿,"哦,我们戚朵不高兴了。让我猜猜,城门失火,殃及池鱼。你将对男权社会的怪罪,转移了一部分负面情绪到我身上。我没说错吧?"

戚朵不由得抬眼看他:"……是吗?"

"你对梦中人产生了极强的同理心和同情心。你厌恶姜茶丈夫一家对她才华的不理解、不支持,而姜茶丈夫正是中下层社会男权思想的代表人。你也不耻于钟霆的冒名顶替,而钟霆又是某些道德缺失的男性既得利益者的写照。你推人及己,又及更多女性,你开始懵懂地思考男权社会里,女性的生存状态与生存地位。"连湛看着她说,"其实,天才在未成名前,无论男女,都会受到社会格外苛刻的对待。但是,所有社会负面压力,总会率先地、变本加厉地施加到弱势群体身上。毋庸讳言,整个亚洲都还是男权社会。

"因此,这片大陆上的女性想要实现梦想或个人价值,往往比男性更艰难。意识到这一点,作为女性,你当然觉得莫名郁闷。但是戚朵,姜茶之死留给你的不该仅仅是憾恨。因为她实在是一名卓越的女性,困境之下,却始终心怀希望,不曾放弃梦想。"

连湛停停,最后说:"她满怀希望而死。"

戚朵微震,将眼光重又投到那幅《渡》上。

太阳升得更高了,强烈地光打在画面上,一笔一画,仿佛从《楚辞》中幻化而来,烟波浩渺,山峦历历。人,便向那深不可测的湖渊与高不可攀的峰峦求索。

戚朵深吸口气:"你说得对,她始终满怀希望。"

她面对着那幅画站直身体:"它真的让人充满力量,让人想更坚定美好地活着。"

连湛笑着抱抱她:"我去准备咖啡。我早餐吃得简单,你凑合一下。"

戚朵洗漱完换好衣服坐到白色大理石餐台前，只见台面上已经放着一篮刚烤好的全麦吐司、一大碗金枪鱼蔬菜沙拉以及煎蛋、牛奶。

"好健康……"戚朵不禁说。

连湛神清气爽地端着两杯黑咖啡过来："也许你更喜欢中式早餐，下次我们吃中式的。我买个豆浆机，比起牛奶咖啡，女性喝豆浆更合适。"

"嗯。"戚朵答应，随即有些脸红。一起吃早餐，实在不是普通的暧昧。

她喝一口牛奶掩饰下，随口道："整个亚洲都是男权社会，处处隐藏着男权思想。那你呢？"

连湛放下手中的咖啡，不假思索道："我二十岁前都在国内。多少会有点吧。但原则上，我尊重女性作为独立个体的存在。好的恋爱关系与婚姻关系有很多种，关键在于当事人的感受。而我以为的好的婚恋关系，不存在谁依附谁，更没有谁控制谁。真正的爱是互相扶持，让彼此成为更好的自己。"

"像我对你，"连湛看着戚朵，"我很喜欢你，甚至有点爱你。我的基础价值观和婚恋观念，我早就该和你探讨。姜茶婚姻的悲剧，就是因为两个价值观、人生追求都天差地别的人走到了一起。"

戚朵默默咬了一口吐司咽下："所以，我是大清早勾出了你的表白？"

她嘴角微微上翘，极低地说："你的基础价值观和婚恋观，我很赞同。然后我也告诉你，我很喜欢你，甚至有点爱你。"说完她脸红了。

连湛将椅子拉近她坐下，看着她。

清晨的女孩脸颊柔嫩粉红，双目如初醒的湖水，倒映着晨曦。刚喝牛奶的泡沫粘在嘴唇上，小白胡子似的。他忍不住笑，低头含住那微甜的牛奶泡。

清晨的吻，带着牛奶、谷物的香气，还有须后水的味道、阳光的味道。戚朵的心像太阳下的沙拉酱一样软，昨夜梦境的悲伤憾恨一扫而空。

新年的钟声就要敲响，旧年最后一夜，连湛带着戚朵前往省美术厅。

之前,戚朵趁打折淘了一件式样简洁小露香肩的白色裙子,穿在大衣里面,想着即便有开幕酒会,也好不失礼。

连湛将车泊好,戚朵正准备下车却被他叫住:"等等。"

他从扶手箱里拿出一只宝蓝色天鹅绒盒子:"戴上看看。"

戚朵迟疑了一下,接过来打开:是一对钻石白茶花耳钉。钻石在夜色微暝中发出美丽的冷光。

连湛按下她正欲推辞的手:"我只想让你有个美好除夕。这些身外之物,不要在意。"

"不是……"

"戴上吧。"连湛又坚持了一下。

"不是,"戚朵有些尴尬,"我没有耳洞。"

连湛往她耳朵上看了一眼,微微一愣。耳垂光润可爱,浑然一体,的确没有耳洞。

"哦,我确实没想到……"他脸上第一次显出"我不懂"的神情。

戚朵把那对美丽的钻石耳饰拿出来看了看,忍着笑道:"还是谢谢。"

连湛扬扬眉:"算了。"

到了场内,因是连氏基金加入,补充一件价值连城的代表画作,原本规格中等的姜茶画展变得优质高调许多,更来了许多书画界名人与记者。

开幕式还未开始,有工作人员请了连湛去做致辞准备,戚朵便独自去洗手间补妆。补完出来,一个瘦高顾长戴着帽子口罩的女保洁与她擦肩而过。女保洁有一双狭长碧清的眼睛,分明认识她。那眼睛冷冷地,又颇有默契地朝她丢来一个笑。

戚朵站住脚,一个穿红旗袍的礼仪小姐忽然匆匆过来请她:"戚小姐是吗,连先生让我来引您入座。"

戚朵答应着再回头一看,走廊已空空如也。

"毋庸置疑,这幅《渡》是姜茶女士的代表作品。我谨代表连氏

Dream
/197/

基金将它推介给大众,画展结束后,将由专人将其空运至国家美术馆,永远收藏。"

镁光灯下,一身得体暗蓝西装的连湛揭开《渡》前的幕布。

虽然连湛没有一字提及钟霆,可明眼人早就认出那就是钟霆不久前卖出的天价作品,所谓的"画坛回归之作"。底下顿时议论如沸。

"姜荼女士作为画家的价值,将不断为人们所发掘。姜荼女士作为画家的荣誉,更将得到更多、更深刻的承认。让我们为她的英年早逝,默哀三分钟。"

镁光灯停止闪烁,全场寂静。

"死后成名。"戚朵在心里道,默默走开去。

连湛边与迎面而来的熟人寒暄,边在人群中寻觅,半晌,方在一幅画法国乡间日出的画下找到戚朵。

"你的耳朵……"他发现她戴上了那对茶花耳钉。

"除了耳针,它还带两个小夹子。夹在耳垂上就好了。"戚朵笑着说。

连湛再次显出有点懵懂的表情,戚朵不由得又笑了。她几乎从不化妆,又不常笑。今天忽然化了妆,整个人明媚熠熠,再那么一笑,衬着背后粉红粉蓝的画中晨曦,真仿佛春风拂来。

恋爱中的人总是嫌人多,看了一会儿画,两人便不约而同地往露台去。

大风过境,城市的天空居然也出现了几枚闪烁星星。

连湛将大衣披在戚朵肩上,她仰脸冲他一笑。

天冷,戚朵的鼻头冻得有些红,一双眼水光泠泠的,和耳上的钻石交相辉映。连湛搂紧她,好让她暖和些,两人便一起抬头看那星星。

"姜荼今晚如果能来,她会高兴吗?"戚朵轻轻说,话语出了嘴,就变作一小朵白云。

"可能吧。不过对姜荼那样的人来说,最大的快乐一定是创作的快乐。"连湛的话也变作淡淡白雾。

"对。"戚朵点点头。

远天上，星星散发出冰凉的晶莹的光。

"刚才我接到电话，钟霆醒来了，已无生命危险。"连湛道。
"他醒来就要面对各界压力了。估计好多记者都等着这一刻。英子呢，至今找不到。"戚朵看向连湛，"我总觉得，她说的要在三十九岁前死在最初的小破屋里的话，会实现。在我梦里，我感觉，英子有这样化身悲剧的能力。"
"那就让尘归尘，土归土，上帝的归上帝。我在美国上学时，房东老太太常这么说。"
"姜荼一死，天使已回天堂，留下不好不坏的人。"戚朵喃喃。

英子就在离他们不远处。
美术厅展厅旁已经熄灯闭馆的精品馆中，昏暗里一幅张牙舞爪的罂粟花下，英子摘下保洁员的帽子，一头长发披了下来。
"你疯了？知不知道自己现在是通缉犯？找我干什么？"白老板有些气急败坏，警觉地四面看摄像头。
"放心，已经被我弄瞎了。"英子笑着说，"我来见证那幅画物归原主，顺便也看看你嘛，白老板。怎么样，我没害你吧？"
白老板谨慎的脸上闪过一丝窃喜。

英子微微一笑："我说了，既然钟霆将'爱徒'姜荼所有的画作都托付给你，那她的画炒得越热就越值钱，而你抽的佣金自然就越多。外面那些，"英子翘起兰花指向挂满姜荼画作的展厅一指，"白老板，三年不用开张了吧？"
英子笑着说："钟霆，他反正画不出什么像样的画了，只剩下虚名。他势败，对你只有好处。你再也用不着像狗一样巴结他，他倒得反过来求着你。哎，不过你的手段竟比我还快还狠，我还真没想到。毕竟，你原本是靠他发家致富的呀。"
"你找我就跟我说这些？"仿佛有人影走过，白老板有些紧张。
"我找你是跟你告别，跟鹤城告别。毕竟睡过，不能无情无义。"

英子轻佻地一笑。晦暗的光线照在那笑上，轻佻之下是幽冷而艳，与背景的罂粟花融为一体。

"好，那祝你一路顺风。"白老板想了想，从手上撸下一只翡翠扳指，"没带现金，给你卡不方便，这东西跟我不久，真正的 A 货玻璃种，你不管倒到哪里都是一笔钱，少于这个数，别卖。"白老板用手指比了个数目。

英子接过扳指摇一摇："那谢了。"

"客气。那我走了。"白老板走了两步又回过头，"你准备上哪儿去？"

英子偏过头，又像个懵懂少女："我想想。"

白老板不知道她说的真话假话，微微叹口气："得，有缘再见。"

"巴黎。"英子笑。

白老板已经打开门，闻言愣了愣，回过头。

英子还站在那罂粟花下，他不由得想起，姜茶的许多画，都画于巴黎。

Chapter 12
乘人之危

开幕式结束,连湛开车载戚朵回她的住处。戚朵喝了一点香槟,此刻撑着头有些惘惘地微笑道:"你有没有听过,传说中有一种酒,喝了,会大梦三生。"

她看连湛:"我一定喝了很多那种酒,所以,成了个做梦的人。"

"心病还须心药医,你会好起来的。"连湛扶着方向盘,看向前方说。

"噗!"戚朵笑,"你一个专业人才,怎么这话说的像个古代赤脚医生。"

"这话是对的。心结打开,一切就都迎刃而解。"

"怎么打开?"戚朵两眼醉意蒙眬。

连湛没再说话,只是笑笑。

回到住处,鄙旧的房间,却是一派温暖。

戚朵走到小客厅:"……你帮我装了壁挂锅炉?"

连湛双手插裤兜,只是微笑看着她。他的眼里,有温暖群星。在这间小小的,昏暗的屋子里,远远的,能听见烟花爆竹的嘭轰。

"谢谢你。新年快乐。"戚朵说。

"新年快乐。"连湛仍微笑着,上前一步,将她拥入怀中。

新年伊始,虽然仍是隆冬,却着实晴了好几天,气温回升,人心上都添了轻盈的春意。

从街景上看,公历新年不过是商品、餐饮、各类游乐打折,单纯的快活；春节的迫近才真正意味着年关到来。毕竟这才是国人的正经大节。各行各业都有些神思不属的样子，又焦急又懒散，唯有殡仪馆和医院，一个忙着死，一个忙着生，都不能闲。

戚朵于是到医院治疗室与连湛见过数面。像一个真正的医生的女朋友，病人还没走的时候，她躲在套间里读连湛的书，吃话梅，到处转转；病人走了下班了，两人便手拉手去吃饭、购物、看电影……

如果硬要说不同，就是她每周还要接受男朋友的催眠治疗。

这天黄昏，风渐冷，晚霞渐失色，病人都走了，空下来的医院，像是呼吸终于顺畅了的样子。戚朵拖着连湛的手从治疗室出来，连湛要锁门，戚朵却忘了松开他的手；待她反应过来连忙松开，连湛却又不肯松了，两人都笑着，连湛单手锁了门。

正闹着，戚朵一回头，却看见不远处有个人影定定立在走廊里。红唇浮凸在走廊的空旷幽暗之上，那是个年轻女人，身上穿着宝蓝色廓形羊绒大衣，头发高盘，面容富丽，衣领间隐隐露出施华洛世奇方形黄水晶项链，十分华丽时髦。

见她定定盯着自己，戚朵忽然想起，这是曾经接待过她的那个漂亮护士。她微笑点头："你好。"

"你好。"对方忽然解冻似的，整个人如沐春风十分亲热地对戚朵一笑，"来做咨询？"

连湛锁好门，回身也看到她："宋铭，还没走？"

宋铭一笑，眼光在面前二人紧紧牵着的手上一转，转身便走："这就走，连医生再见。"细高跟敲在地板上，人哒哒地去了。

冬日午后，阳光从玻璃窗洒入，宋铭笑意盈盈地从女侍手中接过白瓷牛奶壶，将浓白的甜牛奶缓缓兑入咖啡："陆先生听说了吗，连氏基金花重金买了一幅画。"

"呵呵，我对这些娱乐文化新闻一向没关注。连氏基金我倒听过，好像背景很硬，涉猎很广，金融、科技、艺术都有涉足。"陆行健笑着说。

"连氏基金还为那画的作者办了画展,我伯父有这个雅好,他去了,还收藏了一幅,所以我知道。那天的开幕式,连湛也露面了呢。"宋铭也笑着说。

陆行健一愣,面色变了变:"连湛?"……连氏基金?

宋铭把小银匙放在描金小盘上,端起咖啡抿了一口,极自然地睁大眼睛道:"你不是连湛的师兄吗?你不知道?连湛是连某人的幼孙,连某某与著名生物学家吴邦媛的儿子。连氏基金归属连氏一族,一族人都在财富或政治圈里,这背景网上都扒过,你别说你没见过。真是科学家脾气,呵呵!"

"连湛……连某某……我确实没想到……在美国时,他和我一起打黑工,熬夜读书,读饿了一起啃干面包,连黄油果酱都舍不得买。后来做了导师助手,才好起来。"陆行健笑得有些僵硬。

"没想到自己不小心伴太子读书了?"宋铭眯着眼睛笑,"连湛也真是的,这有什么好隐瞒。不过你也不能怪他,他母亲很费了劲才得以跟他父亲离婚,出国专心做科研。他那阵子,是和家族决裂了。"

宋铭看陆行健一眼说:"不过呀,那种家庭怎么可能让骨血流落在外,还不是弄回来了。"

"哦,是吧。不过连湛有现在的成就,基本上都靠实力。读书时,他就碾压我们了。"陆行健勉强笑着说。

"是吗?包括进第一医院,一开始就拥有独立的治疗室和科研小团队,包括在心理协会的首席位置?"宋铭一连串发问,眼睛紧紧盯着陆行健,然后又松下来,搅动杯里的香醇液体,"哎,不过这个社会,现在就这么回事。我爷爷成分不好,文革时自杀了。要不是我爸努力,我现在也和护校别的同学一样,苦苦地做那些脏乱臭的工作,永远出不了头吧。"

陆行健不料她竟说出这么坦白实诚的话,不由得道:"是啊。红三代,我们不能比。我更是普通出身,全靠死读书。我看你工作也是很努力的,院里对你评价很高。"

"当然。我家从小拿我当儿子养,我爸最爱说的就是'我不可能扶着你一辈子'。"

宋铭边说,陆行健边点头:"宋局长真是育人有方。"

"对了,戚朵那个案子你帮连湛解决了没有呀?这个病人挺有意思的,我最近经常见到她,有时候连医生都下班了……"宋铭含笑接受恭维,然后转移了话题。

陆行健一听微愣:"早就结束了。怎么,病人纠缠连湛吗?"他早说过移情疗法危险,连湛竟然解决得这么不彻底。

"连医生好像还在给她治疗吧,但是没有留下病案记录。对了,就那个天价画作的开幕式,连湛还携带她出席。真有点好笑,难道连医生和病人谈恋爱了?"宋铭笑着说,忽然又有点紧张,"哦,我也不是这个意思。心理医学行业铁律,是不许医患发生双重关系的,尤其是,性关系。"

陆行健震惊:"你是说,连湛在非法行医?还是在与病患发生两性关系的情况下?"

宋铭仿佛吃了一惊:"陆医生,我可没这么说啊,你别乱讲呢!我就随便八卦一下……"

"你别担心,"陆行健连忙安抚她,"这事与你无关。连湛很可能已经这么做了,他确实太无视行业规则了。"

大约所有情侣恋爱一阵后,都会一起出去旅行。

戚朵伏在白烟袅袅的温泉池壁旁,下巴枕在手臂上,看不远处的一只小小的湿漉漉的石神龛。

"像个青蛙,又像矮人。"戚朵评价。

这是他们在神奈川县的第一天。连湛往东京参加学术会议,会一结束,两人立刻便乘新干线赶来。

"再泡会心脏不适,来,我们去喝茶。"连湛微笑伸出手。戚朵的脖子和手臂都已经变成粉红的,她借了连湛一把力踏上石阶。

冬天的空气清澈又冷飕飕,扑在热身子上,凛冽使人神旺。两人都穿着日式浴袍,戚朵看连湛穿浴袍踩木屐的样子,抿嘴直笑。

一踏进茶室,戚朵先捂住嘴"啊"了一声。纸窗外一片梅花。
一个穿玄色和服的老妪含笑看着她,深深鞠了一躬,然后跪坐下来烹茶。他们跪坐在老妪对面,闻着梅花和着条案上茶烟的香味,极其细微缅渺,让人的心愉悦又安静。
"Honey moon!"老妪眯眼笑得脸上如盛开的菊花。
"No, we are just……"戚朵略微尴尬,然而老妪似乎只会那一句英文,点头笑着把清亮的茶汤倾入瓷盏。连湛则只看着她笑,戚朵也就笑了。
窗外天气极好,阳光灿烂,无数梅朵在枝头未开、半开、全开,好像所有美好都正当其时。
饮了两杯茶,戚朵提出要出去看梅花,连湛陪她。刚拉开门,手机却响了。

"说好了一起穿越回古代,你怎么把它带来了?那你自己穿越回去吧,我要看梅花。"戚朵笑着自往梅花间去。
老妪向隔壁房间做个请姿。
连湛按下接听键,隔壁房子极小,天花板也矮小,他有些伸不直身体的感觉。
"喂。"他一手打开窗,窗外花间,戚朵披着件浅紫的长款毛衣沐浴在金灿灿的阳光里,露出碎花的浴衣下摆,长发如漆,像个平常可爱的日本女孩。当时,空气极为透明,她在花间仔细观察花朵,又看那树干上挂着的木牌。
"月影""铃鹿之关""锦性垂枝"……她嫣然微笑,举手向连湛摇一摇,嘴巴口型说:"快来!"
连湛拿着手机,脸上看不出什么表情,对她点点头,然后背过身去。

"李会长,我以为这是我个人私事。"他冷着脸说。
"连湛,我个人对你的业务能力和道德品质绝对相信。但是陆行健在例会上当众实名举报你与病患戚朵存在不正当关系以及非法行医,让我颇为难啊!坦白地讲,我也曾与连老爷子见过一面,我本想力压此事。谁知,贵第一医院伦理委员会前日接到一封匿名的初始审查申请,还是说这件事。吴院长也是不想声张,把这件事又推到了我这里,说不进入行政视线,让我们行业协会内部处理。哎呀,小连,这个弄得我真的很被动!为了你我也只好接下这个烫手山芋!这样子,就不能不走走程序了,啊。这个,你应该理解。"

"程序?"

"病案复理嘛。由一名委员、一名理事、一名医生连同对病患的病情做出重新审定,再问她一些相关问题。你放心,就是走个程序。"

"不可能。我不同意任何人以任何方式询问戚朵,她没有这个义务。"

"小连啊,积毁销骨,众口铄金,你知不知道?我们这一行,名誉有多重要?况且不进行此程序,僵化下去,陆行健再闹的话,有可能重新审核你的心理治疗资格。这多么得不偿失!"

阳光下,戚朵越走越远,忽然回身压下一枝梅花,再次对连湛招招手。大约是花很香,她打了个喷嚏,然后笑了。

"那就审核好了。"连湛看着花丛中的人说,"不要打扰她。"

他挂掉电话,走到阳光里去。

好时光一如既往地走得快,一下抵达鹤城的飞机,戚朵就被浓浓的雾霾包围了。

"相比于京霾的厚重、冀霾的激烈、粤霾的阴冷,我更喜欢鹤城霾的醇厚、真实和独一无二的乡土气息。"她笑眯眯地说。

连湛看了一眼机场大厅玻璃墙,一片灰白,立刻从包里变出两只专业口罩:"爆表了。保护肺部。"

旅行过后,戚朵整张小脸都光润润的,在日本,他每晚都为她做放松催眠,她一直睡得很好。她笑着由他给自己戴上口罩。

殡仪馆的工作还是那样,戚朵一直在背后被人封作最合格员工,因为她的表情总是和丧主的表情相去不远。但现在，她那种沉静礼貌之下，分明静静流淌着怡然愉悦。

"戚姐最近变得太漂亮啦。"白良栋笑呵呵地说。

王莉丽还是翻个白眼。

戚朵微微笑了笑。

"戚朵，电话找你。"财务大姐赵霞叫。

戚朵有些诧异地穿过几个办公桌接过座机电话："喂。"

"戚朵你好，我是连湛的朋友，想敬告你一件事。"

"哦。"戚朵顿了一下先问，"你是哪位？"

"我是谁不重要，重要的是我要告诉你……"

"宋铭。"戚朵分辨出来，"第一医院临床心理科护士长，你好。"

那边滞了一下："你记忆力真好。本来这些话不该由我说，但出于善意，我还是说出来吧。两个问题：第一，你知道连湛对你的治疗属于非法行医，而你们医患之间绝不可以有两性关系吗？第二，你知道现在行业协会正在调查他吗？"

戚朵答以沉默。

"本周六早晨九点，在第一医院心理治疗楼三楼，将有三名医生对你的病况进行复理，还会询问连湛是否借心理医生之便，对你有不轨举动。"说到这儿，那边的声音含了一丝轻蔑，"你务必要去，而且务必要矢口否认！其实你不否认也无所谓，因为没人真把你的话当回事。但为了连医生的名誉，我想你知道自己该怎么做。"

"嗯。"

"你答应了？好，那……"

"并没有。"戚朵打断她。

"……呵呵，随便你。出于善意提醒，我还有几句话要说：其实，我要是你，根本就不会和连湛开始。现在收手，及时止损，趁年轻另觅良人，还来得及。你想想，你已经抹黑了他的专业名誉，他的家人，会待见你吗？何况我们这个圈子本来就很难进。再过一两年，他厌倦了，毕竟，你不是个健康人。爱情？戚小姐。"宋铭的声音变得有些尖刻，"你已经过了二十五吧，不会还迷恋那些迟早烟消云散的东西。到时候，除了青春浪费、心灵受伤，你还能得到什么？钱？连湛不是富商，而你是独立女性，我想你不愿拿钱补偿。"

"哦。"戚朵听她说完，淡淡应一声，"不过，这些和你有什么关系？"

那边沉默，随即传来一声冷笑："忠言逆耳。"重重搁下了电话。

下午戚朵应连湛的要求，先去超市买了鱼和蔬菜，在家做鱼火锅。不到六点钟，天就暗下来。

"要是下雪就好了，空气会干净些。"戚朵边搅动着鱼汤，边自言自语。

门响，连湛随即一身寒气地走进来，脱下黑色的羊毛大衣微笑："过年了，除夕快乐。"

"今天旧历除夕吗？对……我说怎么明天放半天假……"戚朵有些吃惊地说，"怪不得刚才戚教授来电话问我下午在哪儿吃饭，原来是年夜饭。"

连湛走到厨房洗过手擦干，捏捏她的脸颊："你这小脑袋里一天都装着什么，日子都过糊涂了。"

"医院不放假，你就不能回帝都陪家人过年了啊。"戚朵说。

"我为什么要回去。我还是喜欢鹤城霾，绵长。"连湛笑着说。窗外的夜色寒冷混沌，他的笑，璀璨了整个小旧的房间。

戚朵也笑了，转身拿出两只小碗，给两人盛米饭。

锅子兀自咕嘟咕嘟滚着，像说着些亲昵的话语。

这样简单朴素地吃完年夜饭，照旧连湛洗碗。戚朵帮他把羊绒衫袖子卷高点，走到他身后倚在他背上："最近觉得好极了，从来没这么好。晚上睡得好，白天心情好。连湛，我是不是好了？"

"什么好了？"他放水刷着碗，声音从背心传来，很磁性，带着胸腔微微的震鸣。

戚朵把脸埋在羊绒的柔软上，极轻地说："健康了啊。我大概不会再做梦了吧。我……我也不想做了。"

连湛没说话，自顾洗完了碗，擦干净手，搂着她走到沙发前坐下。

"戚朵，你为什么忽然有了心理压力？"

戚朵看着他："没有啊，我没有心理压力。"她明净的眼睛里有一丝闪躲。

连湛笃定道："你有。你听我说，你完全没必要有任何压力。你反而要想，喜欢做梦，就做好了。最近你不是一直怀着这样的心态吗？状态刚稳定下来，不要急功近利。"

戚朵点点头。

"晚上我们还是先做心理纾解，再催眠。"连湛站起来，"还是去我那里，好吗？明天我们也有半天假，我们在家休息，看电影，放松放松。我最近也太累了。"他揉揉眉心。

戚朵再点点头，就去关煤气，关暖气，穿外套。

"别关暖气，烧着吧，明天下午回来你会冷。"连湛提醒她。

"怎么能用那么久暖气？"戚朵笑着说，"不能的。我平时每次都只用一小会儿就赶快关了。"

连湛没说话。

戚朵怔了一下，仿佛自己也不知道自己为何要那么说，眼光却往那个永远紧闭的房门溜了一眼。

连湛伸手替她关了暖气。

从一片雪白的大床上醒来，就是大年初一。

戚朵睁开眼，连湛竟然就在离她不到一尺的地方熟睡着。

昨晚做完催眠她直接就睡过去，想必他实在太累，也跟着睡在这儿了。连湛睡着的样子也十分规矩，跟专门训练过一样，头正正躺在枕头中间，被子盖到深蓝色睡衣胸前，两手平放在身体两侧，双目轻阖，安稳而睡。

太阳已经升起，天气不太好，阳光白茫茫的，透过落地窗照在他侧影上。

美男子。戚朵想。她心里升起许多许多快活的泡沫,在阳光里升腾飞舞。

"睡得这么熟……"戚朵喃喃,忽然起了点调皮的心思,拾起自己的一缕头发,在他鼻尖上挠了挠。连湛眉毛皱了皱,但没有动。

戚朵有点儿惭愧,坐起来预备下床。谁知刚坐起来,连湛忽然把身上的被子一下子压在她身上,自己则压在被子和她上面,半笑不笑道:"扰人清梦,我要报仇了!"

戚朵先是吓了一跳,随即咯咯笑起来,在被子下面乱扭乱躲:"我开玩笑的!连湛!别咯吱了!哎呀,够了,我要生气了!"

好容易他停了手,戚朵已经笑得满脸粉红,头发也揉得乱了一床单。连湛跪在她上方,静静看着她,忽然俯下身吻她。

这个吻激烈而绵长,两人唇舌纠缠,许久许久,连湛才松开唇。

"那个……"戚朵小声说,"我们是不是得先洗澡?"她的心"咚咚"跳着。

连湛再次俯下来吻她。

戚朵闭上眼,良久,他才离开笑道:"起床吧。"

戚朵窒了窒,有些尴尬地赶紧坐起来拢拢头发,那脸却是红透了,和煮熟的虾子差不多。

连湛坐到床边,回身抚抚她的头发:"不是你想的那样。是因为,第一,开始性行为对女性的心理会有一个变化,你现在各方面状态都很好,我不确定这个变化对你有没有负影响;第二,我也的确不太想'乘人之危',你知道——"

"我知道,心理医生和病患不能发生双重关系。"戚朵低下头说。

"不是。我和你是恋人,这是我们私人的事。只是客观上讲,我的专业多少会让你产生一点依赖,这不是我想要的……坦白地说,我有些担心,等你痊愈了,会没那么喜欢我。"连湛笑了笑。

戚朵抬起头,有些诧异地看他一眼:"哦。"

"你还是不高兴了。"连湛微笑道,"其实,你有这样的举动,我真的很快活。"

戚朵再抬起脸看他,他的双眼真的兴奋得发亮,像群星沉浸其中。她也笑了:"其实,等我痊愈了……我会更喜欢你。"

连湛抱住她。

周末,大年初五。

年都没有完,医院门诊却依然火爆,其中许多是乐极生悲的人。戚朵戴着口罩进临床心理楼坐电梯直升三层,按前日收到的心理协会EMS快递里的文件所写的,九点整敲响了会议室的门。

"你好,戚女士。我是本省心理协会的委员李明凡,高级心理督导,这是王理事,这是刘医生。"一个年过半百、西装革履、戴一副昂贵眼镜的男人说。

戚朵垂下眼。这人是心理协会副会长之一,暂代会长职务。他的实职为某医院心理科主任,一看就是专业和行政两条腿走路那种人,看起来很得体,也有些倨傲。那个王理事则属于纯粹的官僚派,眼高于顶;刘医生恰好相反,只埋头专业,知识分子气很浓,为人木讷。

"李委员好,王理事好,刘医生好。"戚朵抬起眼依次含笑招呼。

"哦,你好。"三人应着,彼此对视一眼。

这个女孩看起来气色很好,谈吐规矩,符合社会规范,完全不像有一点心理疾病的样子。

戚朵脱掉外套坐在三人对面。她今天在里面穿了一件浅蓝色的针织衫,看起来清新健康。她又笑了笑。

"嗯,那就开始。"刘医生说,王理事点点头。

"最近休息好吗?"

"很好。不过我昨晚做了个梦,梦见自己在天上飞,很快活。可是正飞着,忽然发现下面有很多人,而我却只穿着睡衣。一下子窘醒了。"戚朵上身微微倾斜向医生,"这个梦什么意思啊?会不会暗示我什么?"

刘医生和蔼道:"这只是个普通的梦。许多病患在心理症状减轻或痊愈后,还会不时给自己增加一些压力:比如怀疑自己、害怕自己被人群排斥等。"

"哦,"戚朵靠在椅背上,"那我就放心了。"

"可我看过你的病例,"刘医生翻动着一沓资料,眉毛逐渐蹙起,"根据连湛医生的鉴定,你的心理障碍相当严重。比如,你关于'柜子'的心理难题解决了吗?"

"那个啊。解决了。"戚朵有些不高兴地说。

"怎么解决的?"刘医生追问。

"我爸爸解决的。他叫戚格物。"戚朵淡淡答。

三人登时互相交换了个眼神。戚格物是少数几个不肯加入任何协会组织的专家,但他的专业成就有目共睹。

"你是戚格物的女儿?那就是说,你与连湛终止医患关系后,由你父亲接手了?这……"刘医生有些尴尬,事实上他还上过戚格物的进修课。

戚朵拿出一份戚格物签章的心理鉴定书。

三人匆匆看了一下,刘医生的神情明显已经放松下来,拿出一份详细的人格障碍测试表格:"例行程序,你还得填一下。"

不到半个小时,戚朵填完了。当然是"对"的。她从小就开始做这些,去戚教授那里偷偷盖章时,还顺便下载了许多最新的鉴定表格。手中这份,就是其中之一,而她的记忆力一向最好。

戚朵的嘴角不易察觉地弯了弯。

刘医生看完,做了鉴定,再将那测试又转交给李会长。

李会长看到"心理健康,无特殊遗留心理病症",轻咳了一下道:"那你与连湛医生是什么关系?"

"男女朋友。我们约会了好几次,彼此觉得不错。"

"从什么时候开始?"

"三个星期前吧。"戚朵笑了笑。

李会长也笑了，对一旁的两人道："这真是浪费时间。他们的医患关系早在数月前就已取消，哪儿来的什么双重关系。我看，没必要再做下一步鉴定了。"

刘医生本就有事，要陪太太回娘家，一听立刻站起来："那我就先走一步。"

王理事不满道："这样捕风捉影也要上升到病案复理，这个决定是谁下的？要不然把资料再往上递交，再彻查彻查。"

李会长笑道："程序，程序。昨天连老爷子的秘书还来电话过问此事……"

王理事一震："连老爷子……你是说……"

李会长讳莫如深地微笑。

戚朵站起来走掉。

Chapter 13
祝你成功

周六殡仪馆并不放假,戚朵还要赶回去上班。刚到单位,连湛的电话来了:"晚上我接你。"

黄昏漫漫,天地已有了解冻的气息。晚霞在松林上方,像一抹飞去的红纱巾。戚朵步履轻盈地往大门外走,果见连湛的车停在那里。

她坐上副驾驶位,含笑向他道:"等很久了吗?"

连湛没有回答:"你早晨去医院参加病案复理了。"

戚朵怔了一下:"哦,是啊。你知道了啊?"

"为什么瞒着我?"

戚朵本想告诉他的,可是考虑到其中有些"偷梁换柱""偷鸡摸狗"的情节,才按捺下来。她笑道:"你是不是不相信我的能力?这事已经了结了。"

"是你不相信我。戚朵,你为什么不提前告诉我?我根本不想让你被人询问。"连湛没有笑。

戚朵的笑被他的严肃凝住:"问问有什么关系。"

"怎么会没关系?我们之间没有医患契约,所有的只是信任,从朋友间的信任,到恋人间的绝对信任。我一直以为,我对你负有责任。在这件事上,我应该保护你,而不需要你来保护我。"连湛说。

戚朵看着他:"哦,那你本来准备怎么办?"

"什么都不做。这是我们私人的事,没有义务跟任何人解释。"

"如果你名誉受损呢？"

连湛耸耸肩："世间没有超过一百天的新闻。我对我的专业有自信。"

"可我不想。我不想你被人议论，这明明是个敏感事件；我不想你的家庭还未见过我就排斥我。我一定要解决得天衣无缝。我确实做了很多准备，有信心才接受询问的。"戚朵睁大眼睛，认真地说。

连湛有些怔住："戚朵……"

"因为你，我想做个健康的人。我想好好爱这个世界，春夏秋冬，风花雪月……我甚至想放弃那个莫名其妙压在我身上的使命，不想再去揭晓什么了不起的秘密，我甚至不想再做梦。你对我来说，是站在太阳下的人。我想和你拥抱人生。"

戚朵不记得自己上次一口气说这么多话是什么时候，但就是忽然说出来了，浑身的血液都在潺潺流淌，好像整个人和天地一同，感觉春天就要来了。

这是一个最早最早的早春天气，戚朵和连湛相拥坐着，都请假不上班了，你黏着我，我黏着你。

戚朵看窗外，金光灿烂，世界好像忽然清明得近乎残忍，天地都变了，今春的花也和去年不同，玉兰花苞那么新鲜那么坚挺地矗立枝头，一切都生机焕发到亢奋不已。

她感到又亢奋又疲倦，整个人酸痛而削软，心底空旷，看到身边的连湛，复又觉得踏实。

"叮"的一声，连湛亲亲她起身去拿热好的牛奶："喝了去床上睡一会儿。"

他的声音温柔。

"可我不想睡，我有好多话想和你说。"戚朵微笑着说。

连湛搂搂她，给她找个倚靠自己最舒适的姿势。

"好啊。"

"我忽然想起我妈妈。"

"嗯。"

"她不知道是会跳出来指责我,还是会替我高兴。"戚朵眨眨眼,偏头想想,又肯定道,"她会为我高兴。"

"我会努力让她为你高兴。"连湛再亲亲戚朵的额头。

中午家政来打扫并留下新鲜食材,连湛让戚朵看书玩iPad,自己简单做个西餐。

戚朵闲闲地趴在床上玩贪吃蛇,玩腻了闭上眼忽而睐过去,耳边恍惚是开放式厨房里轻轻的烹炸声,安逸地深入心底。

仿佛自己小了许多岁,还是母亲在世的时候,自己躺在闺房小床上,窗外小院里麻雀叽喳,厨房也轻轻响着类似的声音。

再安逸不过的声音。

一忽儿就醒来了,人却踏实精神许多。戚朵把头发扎成马尾,迤逦到饭厅,先拿起叉子插个红红的小番茄吃:"颜色很好看嘛。"

连湛在黑色流理台前回过身笑道:"馋猫。"他穿着暗蓝羊绒衫和灯芯绒裤子,肩宽胯窄,长身玉立的样子,还系着一条灰色挺括的围裙。

戚朵点点头:"良人秀色可餐。"

连湛放下手里的东西,走过来举着双手伸嘴吻她。

西餐做好,芦笋鲔鱼沙拉、牛排、两杯鲜榨橙汁,简单极了,两人却都吃得有些狼吞虎咽的意思,吃完,又腻在沙发上聊天。

连湛手里玩着戚朵一缕乌黑柔亮的发丝:"我打算休个长假,先去拜访戚教授,然后带你去帝都,和我父亲母亲见个面。你可以考虑下喜欢怎样的婚礼,去哪里度蜜月。"

"嗳,说好的求婚什么的呢……"

连湛垂眼笑了笑,岔开话题:"你若喜欢殡仪馆的工作,就继续做，不喜欢便不做了。家庭主妇也有独立价值，我尊重你。"

"哦，这么快就开始干涉我的人生了。"戚朵道。

连湛笑："相处之间都是大事，以前我不好干涉。现在你是我的人，我就干涉一下。"

戚朵横他一眼，眼波流盼："是谁说不男权主义的？"

"我说的。但现在才知道，什么独立个体，都是纸面上的玩意儿。现在你属于我，"连湛停了停，低声补充道，"我也属于你。"

戚朵莞尔微笑："这人现在傻了。"

连湛屈起手指在她脑袋上轻弹一下："你才傻，傻乎乎的。"

"嗯……"戚朵头靠进他怀里，从他手里抽回那缕头发自己玩着，"工作的事，我猛然还没想好，说不上喜欢不喜欢……但是，总还要工作呀。我不比你是正式员工，可以理直气壮地休婚假探亲假年假。我去找下领导，看他批几天吧。"

有一种人，总是假装严肃，脸上即使没有笑，也让人觉得哪里在笑。白馆长就是这样。

他咳了咳："要请假啊。"

戚朵点点头："是的。因为准备和男友结婚，需要时间见父母，准备婚礼。"

"那就是婚假嘛。"白馆长严肃地说，"原先按法定是二十三天，现在少啦，国家把晚婚假取消了，而且最近单位事很多，实在离不开人。"

戚朵没说话，只是看着他。

白馆长从一盆绿萝背后拿出个台历，看了半天，拿笔勾勾画画："这周你还不能走，你就从周六开始休，休到这天吧。"

戚朵上前一看，比法定还多一天，共二十四天。

"谢谢馆长。"

白馆长严肃地挥挥手："站好最后一班岗。去吧！"

戚朵一走，连湛便拨通了越洋电话。

加拿大正是深夜，他母亲吴邦媛刚从设在偏远北部的实验室出来，雪域茫茫，天空却繁星如洗，还飘荡着极其美丽的极光，幽绿的，在天空恍惚飘逸荡漾。

　　吴邦媛驻足。那极光变幻不定，时而像被风吹动的轻纱，时而像抽象的鬼魂，有点恐怖的样子。她只是微笑赞叹地看着。

　　她穿着黑羽绒服，用驼色羊绒大围巾包着头颈，一张素脸看起来不过四十余岁，皮肤白皙，五官端凝，有种理工科知识分子特有的朴素优雅。

　　手机响起，她掏出来看了一眼，快步进到车里，脱掉手套按下接听键。

　　"阿湛。"她说。

　　"妈，有个事儿想跟您说。"

　　"嗯。对了，我下个月会回国一趟，和江城大学做访问交流。"

　　"我看到新闻了。刚好，我带一个女孩去给你认识。怎么样？"

　　吴邦媛顿了一下："哦。"

　　连湛沉默了一下："爸给你打电话了。"

　　"是的。"吴邦媛慢慢说，"听说那女孩是你的病人，有很严重的应激障碍，还有妄想症。她的情况适合立刻结婚吗？"

　　"她现在情况很稳定，而且，我会治好她。我爱她。"

　　吴邦媛吸了一口气，把暖气调大点："阿湛，婚姻也许比你想的要复杂点。我没有要阻止你的意思，只想你考虑得比一个'爱'字更多些。"

　　连湛没说话。

　　"你知道你的名字哪里来的吗？'湛湛江水兮上有枫，目极千里兮伤春心'出自屈原《招魂》。我也是爱上你父亲才结婚的，可刚结婚我就明白了这婚姻是个错误。我预备立刻离婚，却发现有了你。我从来不是伤春悲秋那类女人，但留在连家大院生下你后，我对自己的人生完全迷茫。哪里都去不了，竟然只好拿你爷爷的旧书释闷，你才有了个出自《楚辞》的名字。"

"您以前没说过，但我想象得出。您不适合父亲，也不适合那时候的连家。"

"是。我一直觉得人生须有意义，我人生的意义就在实验室里。你，我的儿子，和我一样。你好学、奋进，与连氏家族好政治、好财货、好享受的那些子弟不同，你像我。"

吴邦嫒说着，她的眼睛有着同龄女人没有的清澈与明净："你必然要在心理学领域做出一番成绩。可惜个人幸福和事业追求，很多时候是相悖的。"

她叹口气："你最好谨慎。"

连湛道："您也说我将在心理学领域做出成绩，怎么却不相信我的专业水平？她会完全好的。"

"我不是不相信你，而是这类心理疾病的治愈率不高，反复的可能性较大……"吴邦嫒沉吟。

连湛没说话。

车里暖起来了，极光渐渐消失，那条长长的银河却愈发明亮，映得整个天空都散发着湛湛的宝蓝色。

吴邦嫒见儿子不说话，微笑道："我并非干涉你个人自由，只不过你既来问我，我的答案就是犹豫未决，建议别急着结婚。希望她快点健康起来。"

她趴到窗玻璃上，用手套擦擦上面的雾气，觑眼看璀璨银河，又笑道："当然，你立刻现在结婚，我也一样替你高兴。我这个人，虽然不会给媳妇买衣服买首饰，却更不会刁难她。唯有祝福罢了。"

连湛不由得笑了。

"至于见面，当然可以见，我也很想见见她。我觉得我会很喜欢她的。"吴邦嫒最后说。

戚朵出了白馆长的办公室，从走廊往外看，外面黄沌沌的。太阳照在身上倒有些暖，楼下白玉兰已经有尖尖两朵急着从青灰衣壳里钻出，只是雪白柔润的花瓣刚展开，就落上了细细黄尘。

"雾霾刚过，就来沙尘暴了！脏死了快关窗子！"老远就听见王莉丽在办公室喊。

戚朵也不由得蹙起眉，抬头看看天，和同事往告别厅去。

依旧是英华厅，规格相当高，从水晶棺到灵台，一应殡仪都用顶级的，这个季节，花全用鲜花，正中白色挽联上书四个素黑大字"沧海遗珠"。是某著名作家兼书法家的真迹，字并不出色，但有名且值钱。

逝者大约既富且贵，现场陆续送来鹤城商界要人甚至政府部门如经贸局、商务局、某某办公室的花圈挽联，满满从厅内摆到厅外，堆冰拥雪，远远看去，迢迢银浪一般。吊唁的人皆是黑色西装革履，保养得宜的一张张脸都相当严肃，相当得体。

如此恢弘、肃穆，可惜天气不好，风呜呜起来，越发尘沙俱下，到处像黄纱帐子披将下来。一切精心准备在昏昏黄尘里都变得有点荒诞和悲凉。大厅里不时传来咳呛声。

戚朵弹《安魂曲》，给追悼词伴奏。

念追悼词的是个三十来岁、中等个子的男人，一袭黑色中山装，雍容优雅中透着精明干练。

"林雁瞳女士，出身高贵，祖籍福建，曾祖父辈渡南洋，百年来，富甲东南亚。因家族纷争，林女士归国投资，扶弱助小，不料叶尚青而归根故土。

"林女士对发展鹤城实体经济，做出了不小的贡献。自2011年起，先后投资组建……"

他的口音带着点不常说中文的生硬感。戚朵手底下弹着，微偏脸看了逝者一眼。

林雁瞳躺在水晶棺里，耳戴珍珠，手执银灰流苏折扇，身上一袭白色呢子洋装长裙，头戴白色礼帽，端凝高雅。她皮肤白皙，死后成为白蜡的凝固的白，身条长而瘦，侧影鼻梁也是长而瘦，嘴唇却很丰腴，涂着粉紫色唇膏。看起来也有二十八九岁，但这种洋气的仕女范儿长相却是不挑年龄的。

念完悼词，中年优雅男人向水晶棺鞠个九十度的深躬。

这时，从英华厅实木雕花大门走进四个穿黑色中山装的年轻男子，拉着一面旗，各执一角生风走过，把那面旗子覆在水晶棺上。

那是一面复古的旗，朱红底子中心，印着繁复莲花纹样的黛绿家徽。

四个年轻男子齐齐跺下脚跟，也向逝者深深鞠个九十度的躬，然后整齐小跑而出。人人注目。都是些场面上的人，倒都见怪不怪。

戚朵的手指熟极而流地在黑白键上游走，眼睛淡漠地在那些脸上逡巡。所有人中，只有一个人充满了沉默的悲伤，也是真实的悲伤。

那个男人。

也许称为男孩也可以，很年轻，不过二十三四岁。戚朵看着他，他直挺挺地僵立在水晶棺旁边，像一块黑色的峰石。这峰石高挑漂亮，即使在悲伤中仍然显出潇洒的痕迹。

戚朵垂下眼，转个调子，弹奏澳大利亚钢琴家 Fiona 的 *O Come O Come Emmanuel*，像温柔的海浪步步洗过人心。

典礼结束，两个衣冠楚楚商人模样的人边走边私语：

"你那笔到了没？"

"刚到银行。哎呀，前段时间差点把我急死。"

"……"

众人退场，戚朵站起来，和同事鞠躬送逝者去焚烧处。这时那个峰石样的年轻男人忽然扑上前，死死抓住水晶棺上的旗子，悄无声息地恸哭起来。

男人哭本就令人伤感，况且他的哭法是闷声哭，高高的一个人躬成一团,头抵在朱红的旗面上,豆大的眼泪啪啪滴下,霎时就湿了一片。

焚烧处的同事见惯了这类事,平常往往会催促两句,但这次竟然退到一旁等了半晌。

一个穿牛仔裤、大牌黑色羽绒服的女孩红着眼站在一边,想上前却未上前,终于慢慢退了出去。

读悼词的中年优雅男子这时上前扶起他:"董洋,我们别耽误林总火化的时辰。节哀。"

走了吊唁者,又移去水晶棺的英华厅一下子空下来,只剩下鲜花发出阵阵空漠的香气。

"戚朵,你没事吧?"同事问。

戚朵脸色有些苍白,摇头勉强笑道:"没事。"

"听说你要结婚了,恭喜啊,我等着吃喜糖。"同事笑说,拍了她肩一下。

戚朵晃了一下,抿抿嘴:"谢谢。我有点事,想早回家一会儿,麻烦你今天帮着收拾这儿。"

同事笑着摇摇手:"新娘子事多嘛。快走,快走!"

天气不好,连湛直接把车泊进地库的洗车店,嘱咐店员把车内的黄尘也擦干净,才走进电梯间。

电梯门开,他就闻见一股食物的香味。

房间里灯亮着,空气净化器安静工作,指示灯已运转为绿色,显示屏显示"Nice"。一室香暖干净,衬着外面的混沌黄昏,让他的肺和心都一下子安宁了。

戚朵听见门响连忙跑过来,手里还拿着刚剖开的半个翠绿菜椒,笑吟吟道:"你回来啦?"

这番场景,使连湛的嘴角不由得上扬。他笑着换鞋,直接走进洗浴间打开热水,衣服都脱了扔进滚筒洗衣机。

戚朵洗洗手找了件厚浴袍给他放在浴室外面。

一时连湛洗出来，擦着头发看着餐桌前忙活的戚朵："今天天气太糟糕了。家里实在好。"

戚朵抬眼对他一笑。

他不由得走过去从后面抱住她，把鼻子伸进那柔滑的头发里。

"好香。"

戚朵被他弄得痒痒，她面红耳赤地说："还是先吃饭吧。"

夜幕沉沉，戚朵看着对面的爱人。他睡得很沉，睫毛很长，像雄鹿，或者骁马……她本来以为自己将终生游荡在孤寂的灰暗地带，却被他领到想都不曾想到的光明人间。

可是，还是这样。

戚朵浑身软烫，像骨头都抽光了，睡意昏然袭来，她双目刚一交睫，却猛然睁大，又清醒过来。

黑暗的房间内，只有空气净化机的微光，戚朵小心地侧躺着，就那样静静看着连湛。

不知过了多久，连湛忽然也睁开了眼。他似乎有些迷茫，紧接着是温柔喜悦，然后，逐渐冷却下来。

"你觉得哪里不舒服？"连湛有些严肃地问。

戚朵回身躺平："没有，就是不困。"

"戚朵，你还记得我说的吗？不要急功近利，要心态平稳。"

戚朵没说话。

"你有新的遗落梦境了吗？"

戚朵轰然流下泪来。眼泪几乎是汹涌地顺着眼角流进鬓角，又流到耳窝里。

连湛叹了口起身，从床头抽了棉纸巾给她擦着。

戚朵哭了一会儿惭愧了，勉强笑道："也没什么事，就是今天在告别厅看见逝者，又觉得她会托梦给我。"

连湛的手顿了一下："嗯。"

戚朵静下来："就是这样，我就是这样。"

连湛吸口气，起身套上睡衣，又给戚朵穿好，一颗一颗给她扣上扣子。戚朵不动，就由他穿。

连湛又给她披上件厚毛衣，叹口气抱起她。

戚朵低低呼了一声，人被他抱到外面大厅沙发上。

连湛开一盏柔光灯，又热了杯牛奶给她，方道："临近结婚，大部分年轻人都会有婚前恐惧的心理，你的心理压力就更大了。是我疏忽了。最近都没有做梦，你开始存侥幸心理，以为自己痊愈，可以做个'健康的'新娘。但今天，却发现自己并不能。"

戚朵按捺着情绪，喝口牛奶道："三十七天。我已经三十七天，没有做梦了。我想，至少应该保持更久……"

"你这种心态完全是错的。"连湛严肃地打断她，"你看着我。"

戚朵刚哭过，眼皮有些红，鼻头也有些红，虽然强平静着脸，那湿漉漉的眼眶，却像个孩子似的可怜。

连湛一手放在她背上安抚她："你相信我。我向你保证，我做了许多努力……应该很快，你就会痊愈。在此之前，你就放松心情，顺其自然地生活。你相信我吗？"

戚朵有些犹疑，还是点点头。

连湛把她搂进怀里："以后我比你晚睡一会儿，你放心，如果你进入'遗落梦境'，我一定会去找你。"

戚朵怔了一下，不由得伸手从他肋下抱住他："我是不是很麻烦？"

连湛紧一紧手臂："别说这种话。我们不是要过一生吗？"

窗外刚能看到一些朦胧，闹铃便"嘀嘀"响了，连湛立刻伸长手臂按下闹钟。他侧头看，戚朵犹在梦中。她蜷着身体，两手交握放在脸旁，眉头微蹙，好像在逃避什么。

连湛俯身在她额上一吻，然后将她轻轻放平，看她眉头舒展开来，方起身去洗漱。

一个小时后，他满身大汗地从跑步机上下来，迅速冲个澡，从厨房端出三明治和热咖啡。

此刻，开放式的餐厅已经晨光熹微。连湛端起咖啡抿了一口，拨通电话。

"陈经理吗？抱歉这么早。"连湛说。

那边说了句什么，他微笑道："最近美国股市动荡，我想你这会儿肯定已经在连氏，但没想到你彻底通宵。辛苦了。"

戚朵朦胧醒来，枕边空了，隐隐听见连湛的声音从开阔的饭厅传来。

"……我正是问购入姜荼代表作《渡》的那笔钱的流向，查清楚了？"

"没错，卖方是印尼籍女商人林雁瞳。据说是东南亚首富林氏的后人，在鹤城颇有影响。"

林雁瞳，那个白裙白帽的形象，戚朵倏然睁大了双眼。

只听连湛继续说道："鹤城广场的欢乐地下城……不是已经开建了吗？资金链连续，她却死于自杀？"

那边解释着，连湛沉吟良久方道："匪夷所思。如果我是她，我会选择得罪官方，而不得罪胡氏。得罪官方，罪不至死。"

戚朵听不懂，再细听时，连湛已经挂了电话走进来。

他一身清爽地在床边坐下。刚运动完沐浴过的乌黑短发还有些潮湿，太阳从他背后照入，穿过混沌的雾霾，依然散发出勃勃生机。

健康可爱的恋人。戚朵躺着没动，有些酸涩地笑说："林雁瞳，是我下个遗落梦境的女主角。"

"嗯。"连湛笑笑，拉她起来。

戚朵有些愣怔："你知道？"

"我不该知道吗？"连湛抚抚她的头，"今天有时间吗？我父亲来了，我想带你见见。"

戚朵不能不有些忐忑，面上却没说什么。她挑了件浅米色羊绒衫，同色中裙，外套剪裁简单的驼色大衣，又迅速化个淡妆，想了想，又把连湛送她的钻石山茶花耳钉戴上，雅致端庄中带一点低调贵重。

坐到车里，发现上了机场高速，戚朵不由得看他一眼。

"我父亲本来要去 S 省，临时决定在鹤城中转，只有两三个小时的时间，让你委屈了。"连湛扶着方向盘，侧过脸对她笑了笑。

"晚辈应该的。"戚朵说。

连湛又偏头打量她两眼："很好。相敬如宾，举案齐眉，温柔婉约……"

戚朵忍不住笑了。

"别紧张。其实我和他也不太熟，好多年没有认真说过两句话。"连湛微笑说。

刚到机场，停好车，便有个西装革履的秘书样的中年男人过来引他们往贵宾区去。

大厅外坐着站着数十人，见到他们都站起来示意。戚朵跟着连湛和秘书走进大厅，只见厚沉沉的地毯上，几组大沙发簇拥着数只红木圆几，都空荡荡的没有人。一面巨幅黄河壶口瀑布屏风，滚滚滔滔立在大厅尽头，秘书径直走过去绕到其后，原来后头还有一小厅。秘书推门进去，低声打了个招呼，方请他二人进去，自己则回身闭上门。

春寒料峭，戚朵穿得有点单薄，外面冷，进室内一暖，脸上烘烘地发热。小厅里陈设幽雅，四白垂地，只有茶几对的墙壁上挂着一幅水墨小品。

一个人背对他们坐在沙发上，正在喝茶。

连湛将手微扶在戚朵腰上，同她一起走过去，与那人面对面。

"父亲。"连湛平直地叫了一声便坐下。

戚朵站着微笑道:"伯父您好。初次见面,我叫戚朵。"

那人抬起眼看了看连湛,又看了她一眼。那一眼只不过半秒,戚朵觉得他的眼睛很混浊,你看不清他,但他却已经把你洞彻。

"嗯。"他应了一声,"坐。"

戚朵坐下,连湛替她把大衣放到一边。

连湛与父亲做些不咸不淡的问答,戚朵便维持淡淡微笑。

没想到连湛父亲那样老了,虽然看着已经极注意保养;个子也不甚高,穿着保守甚至朴素,但整个人却能给人一种威压感。

将近一个小时,这一老一少亲父子,多数是在沉默。

戚朵在袅袅清香的茶烟中看对面白壁上的小水墨画。画的是个悠游自在的古代老渔夫,庄子式的,题款古拙遒劲:花落实较花开好,退步原比进步高。

戚朵觉得有点好笑。能用这间小厅的人,哪会信奉"退步原比进步高"?当然,很久后她才能明白,这句话,无论什么人都用得着的。

终于,连湛站起来,把衣服披在戚朵肩上,揽着她道:"父亲没别的要叮嘱的,我就先带戚朵走了。您一路顺风。"

连父似乎微怔了一下,很快又恢复平常:"哦,好。工作上,积极进取;生活上,懂得知足。"

古旧的箴言。

连湛答应着,又道:"虽然您已经知道了,我还是当面再告诉您一声,我要结婚了。"

戚朵心里一跳,面上继续保持微笑。

这时秘书训练有素地敲了两声门,侧身进来:"连老,要登机了。"

"我送送父亲。"连湛说。

连父默然便往外走,脚步似乎有些沉重。

一走出那个小厅,戚朵便觉得肩上除去了什么负担似的松了口气。

贵宾通道空荡荡的，到了一个拐弯处，忽然有两人迎面上来。却是宋铭和她的父亲。

"连老，连部长！"宋局长先小跑着上前，伸出手，又缩回来，改为拱手，"我是宋炳坤。这是我女儿宋铭。"

其实，连湛的父亲两年前已从某部卸任，但官场规矩，凡坐过的较显赫的位置，就可以继续称呼下去。

连某人有些疲惫地摇了摇手："哦，之前小四的事帮过忙的。多照顾。"连湛在连家行四。

宋炳坤连连摆手："不敢当，不敢当。"

宋铭穿着一件大红色系带羊绒大衣，粉光脂艳地抢前一步笑道："连伯父好。我是连湛的同事宋铭。连医生非常照顾我。"

连某人苍老黯淡的脸被那热情照耀着，不由得多看了她一眼，点点头露出一丝笑影："好。年轻人，多交流。"

"同事这两个字，可真不得了，"宋炳坤笑吟吟地接话，"现代人，一天二十四个小时，除去睡觉，有十个小时都和同事在一起。说起来，家人、朋友都要靠边站！连公子少年英俊，在卫生系统那是有名的才子，铭铭，你近水楼台，可要扎扎实实向人家学习！"

"爸爸说得对！"宋铭满面春风，一朵红牡丹开足了，有香有色。还欲说什么，却看到戚朵竟在连湛身后站着。她面色倏然一变，立刻又恢复正常，笑拉宋炳坤道，"爸爸，那个是戚朵，是……"她有意无意停一停，似乎为难似的，又爽朗笑道，"也是在医院认识的，人特别好，是我的好朋友。"她本来中气十足，一字一字，说得又明亮又清晰。

戚朵本不欲与她交谈，这下子倒像是藏手藏脚的，躲在人后。这话她无可辩白，只得沉静地走上前："宋局长好。"

"好，好。"宋炳坤脸笑成一朵菊花，拍拍女儿的手，"不管什么人，三教九流，都要多认识、认识。三人行，必有我师嘛！"

"宋局好，这是我女朋友。"连湛平淡道。

宋炳坤愣了半秒，仰头无意义地哈哈笑，宋铭也保持谜之微笑，这时秘书赶上来，将连某人和宋氏父女有意无意地隔开。

连某人摆摆手，算是告别，宋氏父女喜笑颜开地高声道叨扰，送了两步，改为目送，看他们一行人去了。

这里走廊空荡荡剩下宋家两个人，宋铭便挽着父亲慢慢往回走。

宋局长沉下脸："连某人不是好见的，实在费事。爸爸帮不了你太多。"

他偏头看女儿一眼，这份出色，不得不让他心里又爱又得意，遂缓下来："你做得很好。连湛不错，你们朝夕相处，要能成，咱家现在这个坎立时就跨过去了，我也就安全了。爸爸就你一个女儿，我再多说一句：志在必得，一定要得；万一不得，也要张扬出去。和连家人谈过恋爱，在名誉上，你没有损失。"

宋铭默了默，方吊起弯眉笑道："爸爸不相信我？"

这独生女他精心培育，为人处世，相貌性格，无一不在人上，他做人事工作的人，怎会看不出。宋局长忍不住笑了："你这孩子。连湛身边那个戚朵，家庭不健全，本人又有那么严重的心理疾病，绝对进不了连家的门。"他拍拍女儿的手，"祝你成功。"

Chapter 14
心胆俱焚

走到登机处，一路长长沉默，戚朵也一言未发。即将登机，连某人忽然回身对连湛道："那事水深得很，你要做学问就好好做学问，管它干什么？"

连湛拢在戚朵肩上的手微微紧了紧道："我觉得应该管。父亲不用插手，就当不知道。"

连某人微微冷笑了一下，看戚朵一眼，又道："白猫有白猫的规则，黑猫有黑猫的地界。注意安全，以防万一。"又对戚朵道，"代我问你父亲好。"

戚朵微怔，连某人转身大步走了，才反应过来："谢谢您。"他大约没听到，头也未回，被一群人簇拥着消失了。

从机场回来的路上，两人都饿了，随便根据路边广告找了个地方吃饭。这餐馆离城远，十分僻静，纸窗藤凳，却贵得离奇。据说所用的猪羊鸡鸭都在山上放养，"有机"的。蜂蜜也都是山上野花的蜜。吃起来却不过清淡两字，而且上菜很慢，吃完，太阳已微微偏西。

肆虐一日的沙尘暴已经偃旗息鼓，但黄尘未尽，午后三四点钟便像黄昏光景。

戚朵伸出一只指头在竹制茶盘上抹了一下，看有没有灰，抬头含笑道："现代人真好笑，花这样多钱，就为了过过老农的生活。"

连湛看着她，一身淡雅颜色端端坐着，乌发迤逦肩头。她身后恰有个月洞窗，使这一幕像旧照片里的黄昏，柳丝半青，还未生叶子，千万斜斜着。这帧照片里戚朵含笑,这笑和他调查到的关于她的惨事糅合,使他心里一阵恻然。

"刚才临走你父亲说,不要你管什么事?白猫黑猫的。"见他不说话,戚朵随意想起来问。

"这事目前还没有定论,你先不用管。"连湛温和地答。

戚朵微怔。

她的小脸和初相识的时候比,柔和了许多。连湛想起她为夏江夕之死来找他时,他说的"一个女孩子,做刑事调查?很危险的""有疑问,请报警"之类的话。

现在他却利用家族的关系声望,涉足大型毒品和经济案件中。

为了正义?当然……

可如果不是因为戚朵,他清洁的医生生涯,又怎么会与那些黑暗交集?

下一步,究竟会走到哪儿,连他也无法预计。但还是乐观的,他相信邪不胜正,只是时间早晚、过程难易而已。他珍视她的真实与善良,他珍视的,不能被任何人损坏。

戚朵见连湛默然若有所思,也就不再问。他有事却瞒着她,这仿佛从没有过。连父像一座屏障,悄然显形,令戚朵觉得"自己"和"他们",似乎有很多不一样。他们的圈子,他们的生活方式、处事方式……她想起方才连父对他们的婚讯不置可否的态度,想起宋铭。

这时连湛抬起手腕看表:"吃好了吗?吃好了我们就走。"
戚朵缓过神,站起来微笑道:"好。"
两人都是若有所思的样子,一同走进黄昏。
她变了,他也变了。他们都因为对方患得患失,却都不敢说出口。

上了车,沉默使路变长。戚朵有些困,高速路无聊地延伸着,她不知怎么就盹着了。

林雁瞳伸手推开水晶棺,从里面坐起来,亭亭款款,手执折扇,流苏一步一漾，微笑对她道："我的人生，会解释你的人生。快来梦我。"

戚朵凛了一下醒来，睁眼只见一轮黄沌沌的夕阳挂在路尽头，身上一阵发冷。

第二天戚朵醒来，眼下发青。

"没睡好？"连湛依旧已经跑完步，精神抖擞地过来，抚抚她的黑眼圈。

"我托朋友订了去帕劳的机票，我们可以先去玩几天，回来再准备婚礼。我知道，准备婚礼是费时的，真正结婚，也不过就是一天。我父亲你已经见过，母亲被一个临时项目绊住了，恐怕半年内都不会回国，但我已经得到了她的祝福。我们现在可以先领证，婚礼等气温彻底回升了再办，办得精致一点。你觉得呢？"连湛微笑说。

戚朵垂头想了想："很好。就连领证，其实也不用着急。"她抬起脸看着连湛，"我又要做梦了。逝者的梦。"

连湛凝视她。

半晌，戚朵终于抗不住那双眼的清澈和坚定，移开了目光。

"我没别的意思，只是不想在这个阶段。等过一阵……"

"你爱我吗？"

戚朵猛抬起头："爱。"

"那现在就是最好的时候。我也爱你。"连湛伸手绕到她背后。

戚朵以为他要抱她，他却在她身后的枕头下面拿出个圆圆的小盒子。早春阳光下，戚朵还没弄明白怎么回事，一颗明亮的钻石就在她无名指上熠熠闪光。

"领证是法律的程序，婚礼是社会的程序。这是你我的程序。"连湛沉稳道。

钻石不大不小，刚刚好。又明亮，又不招摇。是他的品位。

戚朵抬起手看看，一股热意漫上双眼，被她用力压了下去。万丈阴云都被驱散了，那切割简洁的钻石闪耀着简单幸福的光芒。

他们拥抱在一起。

帕劳位于西太平洋，每天除了蓝天就是大海，除了大海就是阳光，除了阳光就是色彩斑斓的海底世界。

戚朵浮潜在水母湖里，上下左右是碧绿的海水，还有成千上万只橘红的透明的无毒水母在身边飘荡，一鼓一鼓，像饱满的浆果，像一个个小小梦境，像童话。

她伸出手轻轻触摸脸边的一个，它似乎想了想，才倏然窜开了。无数水母一缩一缩地上升，仿佛和旁边的伙伴嬉笑说话。

"你们在交谈什么？"戚朵心里微笑问。

橘红色半透明的水母们不答，也许答了。她和它们一同向着阳光往上游去。

白天是彻底的明亮，几乎连阴影都藏匿无踪，晚上则是彻底的黑暗，只有有月亮的时候，海面泛着长长一道粼粼银光。这种厚重的黑暗像棉被，压得人一个梦都没有。

林雁瞳没有来。

回到鹤城，假期已经过半。两人腻在一起，无非饮食男女，但对相爱的人来说却是甘之若饴。戚朵顺着连湛，挑选了婚礼的酒店和婚纱。其实以她的性格，对这种出风头的事并不感兴趣。

只希望能永远这么相守就好了。什么事也不用发生，就这样，上班，下班，吃饭，聊天，睡觉。

和他一起，永远就这样好了，慢慢变老。

戚朵体重增加了一点，她时常这么想着。直到有一晚，刚闭上眼，她来了。

戚朵站在一座白色美式建筑前。

凭天色、气候、空气的味道，她知道自己还在鹤城。

是鹤城之夏，戚朵伸出手，雨后空气潮湿蒸腾，金亮的阳光灼得人皮肤滚烫。

这座别墅非常大，白得耀眼，戚朵仰视，是《乱世佳人》里那种大农场主房子的风格，一排白色大廊柱又高又壮，前厅撤了长桌能踢足球。

只是主人忘了大房子需要大园,前院太浅显,房子有点像鲸鱼养在浴缸里。

一个男孩忽然走来,和戚朵擦肩而过。这样热的天,他仍考究地穿着一身剪裁得体的黑西装,年轻帅气,微微蹙着眉头。他很紧张。

戚朵认出来,他就是葬礼上的那块峰石,所有吊唁人中,唯一真正悲痛的那个人。

他径自走进前厅,大略四处观望下。落地钟显示,恰到早晨十点钟。

"当——当——当——当……"

钟声明亮,戚朵和男孩一起微震了震。一个保洁阿姨提着一桶水和一块抹布从旋转楼梯上伸出头:"在后院!"

男孩点点头,径直穿过前厅,从拱形门出去,到后院。

后院也不大,修着大理石喷水池。池边秋千上坐着个女人,被一个穿浅紫色衬衣的中年男人的背影挡了一半。他们正聊关于旅行的事。

"去拉丁美洲吧,和狮子、野马一块。那儿适合我。"女人薄而半透明的白色长裙一荡一荡。

"不和我去欧洲?那儿有我一挚友,绝对……"一语未完,中年男人警觉回身,收起松弛的笑容,露出一个精明优雅的微笑,朝男孩伸出手,"董洋吧?我是周安。你拥有准时的美德。"

他将董洋引到女人面前:"这是我给林总您新聘的助理,董洋,Alen,英国留学回来的,学经济出身。"

女人没有站起,伸过来一只修长雪白的玉臂:"你好,我是林雁瞳。"

她的声音很有魅力。戚朵想。

树枝间的光零零落落洒在她身上,乌黑头发在脑后绾着一只低髻,十分古典,身上的裙子也是近代西洋式的垂地长裙,半肩袖,露出锁骨,裙子外面一层薄纱,水母似的在风里微微鼓荡。她个子高,脸长,整张脸鼻子生得最美,又细又高又挺。两颊有几颗雀斑,眼珠褐色,幽幽的，丰腴嘴唇上涂着粉紫唇膏。

董洋伸出手和女人握了握："林总好。"

他手心里有汗。

董洋来前，在网上搜索过。林雁瞳是东南亚首富林氏的孙女，林氏低调，除了财经新闻从不上别的新闻，大陆一般大众并不耳熟能详，但董洋好歹学了两天经济，知道这个"林"字的分量。这几年林雁瞳在内陆好几个城市做过投资，网上有她和什么市长之类的照片。照片看着很老气，中年女人开朗强干的样子。没想到本人这么年轻，看着还没有三十岁，大概二十八九，而且，有种特殊的亲和力。

林雁瞳抽回手垂目笑了笑，复慵懒地抬起眼："年轻人。会玩吗？能喝吗？"

董洋明显一愣。刚才周安介绍他是英国学经济出身时，他心里慌了一下。天知道他的毕业证哪里来的——可能是伦敦哪个地下小复印厂吧。但未来雇主这么直接，他倒有些犹豫该不该说实话。

玩，喝，好像他成年后还做过别的？

周安在一边笑了笑："他是董兴盛的独生子。"

董洋又一愣，脸沉下来。他想立刻就走，但招聘会市场上的人头攒动、臭味扑鼻、急吼吼压抑抑以及每月月薪两千八起、做满一年交三金，把他的脚钉在原地。

自从他爹不是以前的董兴盛，他也已经不是以前的董洋。

这工作还是一位善心叔伯引荐的。

戚朵想起董兴盛。此人是做建材生意的，一年多前在鹤城晚报和鹤城论坛上很火，一次生产安全事故，揭露一系列真相，紧接着资金链断裂，机器老化，偷税漏税，行贿规避相关检查……命运的手指轻轻一碰，多米诺骨牌迅雷般速速倒塌，富豪破产，锒铛入狱。

留下一个从此自肩要挑、自手要提的公子。

"会玩，能喝。"董洋终于启口，他微微昂起下巴吊起眼，不自觉带出曾经纨绔公子什么都不在乎的狂劲儿。

"怎么会玩能喝？能让那些老爷、老总玩得高兴，喝到开心吗？"林雁瞳立刻说。

不必再多说，董洋已经明白了。他爸身边也有这么两个人，专管挡酒送礼，陪吃陪玩。

"我最近应酬也不多，你工作量不大。一月一万，行头、车公司管。明年再涨。行吗？"

"行。"几乎是立刻，董洋答应下来。不就是喝吗？最近他每天还喝得少吗？

"那好。下周一早八点，到悦朗B座顶层上班。"林雁瞳从秋千上起身站起来。

她个儿高，脚上虽踩着平底凉拖，但董洋站得低，几乎有点和她平视的感觉。

褐色眼珠。

他退后一步："谢谢林总。我一定准时到。"

看着董洋的长腿跨入大房，融进门口金色夏日阳光，变成一只长长的黑色倒三角，林雁瞳斜睨周安一眼："小鲜肉啊。"

"任君采撷。"周安笑。

"任我采撷还是任你采撷？"林雁瞳反唇相讥，随手从秋千旁揪下一朵白绒绒的花球在腮边扫扫。

周安耸耸鼻子："臭死了。什么毛病。"

"我妈爱种，记忆里夏天就这一种花儿，你不爱你滚！"林雁瞳笑骂。

戚朵定睛一看，那秋千边白绒绒一片，整整齐齐，是一片大葱。开的葱花球。

戚朵随董洋进入电梯，直升顶层。

电梯门开，墙上大屏幕正播放着的"林氏投资"的宣传片，林雁瞳戴着帽子在工厂巡视，林雁瞳和官员模样的人握手合影……前台小姐推开玻璃门请他进去:"林总已经在办公室了。"

戚朵四下打量,公司并不大,员工也不多,都很年轻,各守一电脑工作着。

董洋推开最里间的一扇门。

林雁瞳背对朝阳坐着,一身香奈儿白色套装,仍绾着低髻,钻石耳针发出冰凉的锐光。看见他,她再次伸出手臂:"来了。"

董洋上前握一握:"林总好。"

"坐。"

"谢谢林总。"

空气静默了一瞬,董洋觉得,面前人的细长眼睛,好像在观察他。

夏天的太阳,光芒万丈,虽然是朝阳,照在人脸上久了也发烫。中央空调又呼着冷风,冷热交加似的,使董洋后脖颈有些刺痒。但他没有动。

"叫我林姐吧,公司的人都这么叫。"林雁瞳启口。

"行,林姐。"

林雁瞳笑了:"人都说二世祖不好,我却觉得好。你们这样的出身,少有不懂事的。人事,从小看都看会了,你们只是懒得懂事。"

"要这么说,林姐的出身才是出身,我算什么出身。"董洋不卑不亢地说。

林雁瞳看他一眼,又笑了:"去周安经理那拿一份资料车上看,陪我去下市中心。"

董洋站起来:"好的,林总。"

董洋坐进劳斯莱斯幻影,香氛幽然,座椅上的真皮柔韧冰凉。

周安取出一瓶冰镇玫瑰水,起开瓶盖递给林雁瞳,又拿出矿泉水递给董洋。董洋谢绝,他笑笑打开自己喝。

周一的早高峰,董洋不明白他们为何要这个时候赶往市中心。沁凉的窗玻璃外,一辆辆塞成沙丁鱼罐头的公交慌不择路乱钻乱插,各色私家小车、出租、电动车、送快递的三轮车争得寸隙不让。他们的劳斯莱斯在其中,大龟一样稳定地慢慢前移。

董洋刚回国的时候,简直不懂怎么会有人不做任何保护措施地用电动车驮孩子在路上乱窜。待他也落到公交站上,与那些苍黄憔悴、眉头紧蹙的普罗大众站在一起时,才知道:没钱,就没得选择。

太阳逐渐祭出无数炙热金针,热浪开始拍街。

劳斯莱斯静静吐着冷气前行。董洋回头看一眼林雁瞳,她一身香凉地慢慢抿着淡红的玫瑰水,双眼凝视窗外,像看戏一样很享受似的。

红灯,一个穿少数民族服装汗流浃背的中年妇人背上背着婴儿,手里牵个小女孩,危险而熟练地在车流中穿梭,拍响每扇车窗。

拍到林雁瞳时,她降下一线玻璃,外头的热浪废气熏得她蹙了蹙眉头:"大姐,我给你介绍份工啊。"

中年妇人一脸麻木,嘴里"啊啊"地不知说什么,换去敲前窗。

董洋把一张五十的纸币丢出窗外。

周安笑:"乞讨者总有值得施舍之处。Alen,gentleman!"

"坏毛病,爱撒钱,一时没改了。"董洋不冷不热地说。

林雁瞳笑了。

劳斯莱斯足足在路上堵了两个半钟头,才到鹤城的中心广场。这个广场修建于上世纪九十年代初期,占地很大而设施很老,中心耸立着一座鹤城人熟到心里的雕塑:飞鹤在天。

抽象的流线型雕塑,像一群飞鹤正展翅高翔。飞鹤下面,是被烈日晒得白花花的广场,跳广场舞的人走了,卖气球发卡棉花糖的小贩还没来,空荡荡的盛着被炙热扭曲的空气。

林雁瞳盯着那座雕塑,瞳仁闪过一线冷光。

"真丑。"她回头看周安,"我要把这座雕塑清走。"

周安笑:"按照规划,非清不可。到时候,地面重修绿地公园,地下,则是一座商业面积50万平方米的巨型商场。整个鹤城,都会有辞旧迎新之感。"

董洋想起自己曾在网上看到的，两年前林雁瞳成功投资内陆某城市地下商城的新闻。

"董洋。"她忽然叫他。

副驾上的董洋忙回过头，毕恭毕敬："林总。"

"把你手上的资料翻到十三页。"

董洋立刻翻到，那是一个人的……怎么说，说明书。生平履历，性格爱好，十分详细。

"市里这一线，我和周安走。这人是区领导，后天他要去江城出差，为期三天。现在三公消费低，你去陪陪他。"林雁瞳含笑，"全程报销。拿下了，我还奖你这个数。"她伸出两根葱白样的手指。

董洋低下眼又抬起："好。"

董洋下午便坐飞机飞到江城。他有一天多时间准备，很宽裕。许多场所他也有熟人。

到了那天早晨，董洋西装革履，提前一小时到机场。

说明书上的人提着行李刚走出来，董洋便精神抖擞地快步上前："李叔叔好。我是董洋，现在在林氏投资。"毕恭毕敬递上名片。

"小董啊！"李局有些吃惊，却没接名片，而是在他肩上拍了一记，"还好吧？"

这个"好"包括他身陷囹圄的父亲吗？董洋的笑有点僵硬，但他很快道："托福。里面吃得不好，我爸的血压反而降下来了。"

"唉！我和你爸这么多年同学，可惜，可惜了！你现在要自力更生，好好奋斗。怎么来江城了？"

董洋看着他。这个他家没少巴结的人，眼皮褶里都是肥油，雾起眼珠，装作不知道地问他。

林氏投资的策划案，早就递交到他办公桌上了。

董洋只恭敬道："好久不见，我来陪陪李叔。听说现在管得严，给您都只配个大众了，住宿也不方便。我这儿都安排好了，小辈的孝顺，您甭客气跟我来。"

不等李局说话,他已经接过行李,往外面停着的车行租的奔驰去。车一路开往会议所在地附近的五星饭店。

下来的三天,李局上厕所董洋都守在门外。除了开会,他陪着一起走了江城好几处名胜古迹、购物场所。

三天过后,宾主尽欢,分别返回鹤城。

李局一回家,只见玄关处放着一只大箱子。他打开一看:在江城凡是他看了两眼的,全都在箱子里了。比如江城名吃糯米鸭,他赞了句好,真空包装里就包了十只。还有他看上而嫌沉重的古典樟木箱;女儿想要的工艺品;当然,还有其他贵重东西。

一个月后,一期合同书签订下来,董洋的银行短信提醒响了一声。

他掏出来看。

"您尾号为2699的招行账户于8月25日10时00分完成一比转入交易,金额为200000。"

他眼珠定了定,又数了一遍2后面的0:没错,二十万。

戚朵站在市政府里,夏天刚刚进入尾声。

鹤城是历史名城,政府新楼有些仿唐建筑风格,统一青灰色,典雅肃穆,翘着飞檐。楼下种的两排枫树,有几片叶梢已发黄。

在林雁瞳的领导下,林氏投资在鹤城广场的项目已经落锤定音。三楼会议室,鹤城高层领导以及数十位商家法人代表,签署合同,敲定规划方案。

投资方一旦确定,便被政府与商家同时奉为上宾。林雁瞳坐在政要旁边,穿了件大牌真丝白衬衣,颈上系一条灰底姜黄花纹丝巾,清新干练有身份。

大屏幕上投影着未来鹤城广场的新貌。广场更名为鹤天绿地公园,由专业的园林设计师设计,免费向大众开放。大屏幕上,古琴乐声潺潺,晨光熹微,金光朦胧,绿荫遍地,移步换景。松林下,小池边,草地上,老人在打太极,年轻人在晨跑,儿童追逐嬉戏……

音乐逐渐加强,汇入现代元素,变得铿锵振奋。背景音道:"公园地下,整片商业区与地铁3号线打通,地下一层商业面积约30万平方米,地下二层面积约16万平方米,公共部分商业约4万平方米,总计约50万平方米。将新增就业岗位4000余个……"

随着语音介绍,镜头从入口阶梯向下,缓缓展现出一个华丽地下商业世界。饮食区、娱乐区、购物区,各类化妆品、服装、亲子、电子、家电品牌……

会议已开了近三个小时。董洋走出来,在空旷的大厅吸烟处沙发上坐下,燃了一根烟。

不过数月,董洋看起来精神了很多,眉宇间的压抑郁闷之气,被一种隐隐的野心代替。他本来生得帅气,精神头提起来,更是抢眼。此刻他手指夹着香烟,微微垂头坐着,有个声音,在极深极深的心底,不敢大声但清晰地响起:就在这片地方,爸爸倒下了,我董洋能站起来。

董洋站起来把烟捻灭,理理头发,迈开长腿走回会议室。

刚进去,只听林雁瞳说:"欢乐地下城这个名字,通俗易懂,确实不错。不过,这儿不是离唐代长乐公主墓不远吗?如果将此旅游景点与购物一体化,对商业发展、增加税收都有好处。所以我觉得,不如就叫极乐商场。"

"这个提议不错。"有人说。

"还有,"林雁瞳微笑道,"原来的鹤城地标雕塑移除后,公园缺乏标志性的东西。我觉得,不如换成长乐公主雕像。要较真历史,墓虽不知道是真是假,她生前的封邑却的确是这片。"

一个官员笑道:"林女士对鹤城的历史文化,相当熟悉啊!林女士对这个项目,很有贡献。这个建议,可以考虑。"

林雁瞳笑道:"作为一个外地人,我第一次来贵城就游览了公主墓。我对鹤城的感情,可以说就从公主墓开始。"

林氏的庆功宴上,董洋喝醉了。大家都有些群情激奋。吃完饭,直接到楼上的KTV唱歌,董洋被周安搀着,一进包间就跌坐到沙发上。

光影乱舞，鬼哭狼嚎，鼓点撞在心脏上，嗵！嗵！嗵！董洋沉重地慢慢歪倒半躺，心里模糊好像还是父亲没出事前，和哥们姑娘们在这儿唱歌。

有人拍拍他的脸："Alen！怎么样？唱歌吗？"

董洋醒了一下，眼前模糊是周安的脸。知道身在何处，他油然而生了劫后余生的感觉。数月前，他最好的出路不过是当空少，还被嫌弃年龄大。

他摆摆手："不唱了周总，您自己来。"

周安的脸背着光，不知从哪里变出一份合同，笑道："恭喜你顺利通过实习期，林总特别交代，要和你签正式劳动合同，三年为期，五险一金，一个不落。你签了，我就交给 Alice 明天给你办保险。"

董洋拿过那合同一下坐起来。找工作的日子，他晚上在酒吧兼职，白天在人才市场和招聘网站上混，四处面试，口袋里就剩下一千块钱。站在人才市场门口，一个没有保障没有未来的人生一下子压下来，压得他口干舌燥。

他拿过周安的笔去签，却不慎往前一冲，周安连忙抱住他。他笑笑，醉眼蒙眬，认了好几次，才顺利在空白处把"董洋"两字签上去。

周安收起合同，回身看，董洋已经睡着。周安把他的短发拢在手心摸摸，硬刺刺的。

一只雪白的手"啪"地打过来，周安手一缩，意味深长地笑："林大小姐。"

林雁瞳解了两颗扣子，也是醉颜酡红："小心你家里那个小彬彬抽你。"

周安抬起一双桃花眼："我们信奉自由主义。"

男同，中产阶级男同，戚朵第一次这样近距离观察，似乎是比董洋这样的直男温柔优雅。

这时，董洋忽然伸出右手搂住林雁瞳的腰，把脸贴在她后背上："铱铱……别走。"

当时有人正切歌,包厢里短暂静了一下。周安似笑非笑:"铱铱?小鲜肉有主啦?"

林雁瞳一哂,抬手把董洋的手撸开,不料他却马上搂得更死。年轻男人的手臂,肌肉有力,隔着薄薄的真丝衬衣,林雁瞳甚至感觉到那力量下的,绝望般的眷恋。

她愣了一瞬,周安笑道:"今朝有酒今朝醉,管他有主没主!"抬屁股坐到远处去了。

幽暗嘈杂的角落,林雁瞳坐着,董洋已经睡熟,手松松落开。

她垂目看他。八〇后与九〇后,隔着一代人的感觉。公司招聘的八〇后大都出身平淡,所体现的,不过是城乡差别:城里人自信些,乡下人耐苦些。但九〇后之间差别就很大了,父辈贫富悬殊,子辈气质迥异。

像董洋这样,又高拔又洋气,一看就成长于十分优渥的家庭,出国吃过牛排面包的,往人群里一扔,就是个扎眼的富二代。他见过世面懂点人事,却又没吃过什么苦,心性还单纯,更重要的是,他家完了,易于管控。

简直是可着她的心来了这么个人。

而上次派他去公关区一层关系后,她几乎惊喜。这样的人,做事还能如此认真。

林雁瞳心里竟起了一丝怜悯。

这时包厢里响起一支伤感的歌,周安一向闷骚,一听就是他唱的,几句游丝样钻进林雁瞳的耳朵:

……

我只能扮演个绅士,

才能和你说说话。

我能送你回家吗?

可能外面要下雨啦。

我能给你个拥抱,
像朋友一样可以吗?
我忍不住从背后抱了一下,
尺度掌握在不能说想你啊。
你就当刚认识的绅士,
闹了个笑话吧。

　　这种小情爱小伤感,换平时,林雁瞳只会腻烦,但今天却有些动容。董洋的额头抵着她的腿,温热的。这种歌,这种年纪的孩子,这么漂亮的、天真用力的人。
　　她嘴角弯了弯,抬手放在他头发上。
　　董洋的头发很硬,几乎扎手,林雁瞳玩一样慢慢用手指刷过来,刷过去,那密黑的丛林便层层倒伏又立起。

你能给我只左手,
牵你到马路那头吗?
我会像以前一样,
看着来往的车子啊。
我们的距离在眉间皱了下,
迅速还原成路人的样子啊,
越有礼貌我越害怕。
绅士要放得下……

　　董洋不知什么时候蒙眬醒来,睁开眼睛,混混沌沌地听着。他眼里仿佛生出泪,继而不胜酒力般阖上了双睫。
　　林雁瞳笑了。

　　清晨醒来,浓烈澎湃的太阳光轰然涌入眼帘。董洋抬手挡住眼睛,宿醉已经被年轻的肝脏代谢过去,他一骨碌坐起来,然后愣了一下。
　　一个女人站在不远处梳妆台前,正对着镜子看头发。

"……林总。"董洋有些蒙。他看看四周，他们在酒店里。

林雁瞳回头大方笑笑，叫客厅的服务员："早餐上吧。"

董洋走进浴室。断片了，完全喝断片了，他胡乱洗个澡，出来只见熨得一丝不苟的新衬衣西装挂在床边。他迟疑了一下换上，走至饭厅。

初秋阳光里，林雁瞳穿着一件轻软的衬衣式连衣裙，戴着长长一串小半径珍珠，比正装更显年轻，坐在法式白色木椅上，正往面包上抹草莓酱。

董洋停住脚道："麻烦林总了。"

林雁瞳扬扬眉，她气色极佳，看起来睡得很好："坐下吃饭。"

董洋拉开椅子对面坐下，从篮里拿个牛角面包。

一个年轻帅气、身上颇有纨绔不羁气息的男人面目严肃内心奔腾地嚼着面包，这一幕让林雁瞳很想发笑。她强忍着伸手把牛奶加到他的咖啡杯里。

"哦，谢谢林总。"董洋低眼盯着咖啡杯，声音里有刻意的距离感。

他脸上硬绷着，其实分明在想自己是不是和老板睡了，还一起吃早餐？！

林雁瞳终于喷笑出声。

窘迫终于从董洋脸上慢慢裂开，林雁瞳愈发笑得花枝乱颤，使劲摆着手："没事，没事，你吃，你吃。"说完又笑了。

董洋霍地站起："林总，我昨晚喝多了，有点不舒服，今儿要没事我请天假。"

林雁瞳终于收了笑，又忍不住微笑道："好久没这么痛痛笑一场。"

她站起来绕过桌子，走到他身边把手按在他肩上："坐吧，什么事都吃完饭再说。"

董洋没动。

这时周安推门走进来，一看到林雁瞳先道："林大小姐？刚去你房间，服务员说你散步去了。"

董洋脸动了动。

林雁瞳抿嘴一笑，指指餐桌上的瓶花："这都是我刚在花园摘的。"

"Graceful！"周安拉开椅子，把西装整齐搭在椅背上，也坐下拿块面包，"Alen酒醒了？睡得还好？昨晚我问了一圈同事，都没人知道你的家庭住址，只好带你住酒店。看你喝得不少，我和林总有点担心，天又太晚，我们索性就都留下了，就住在你隔壁。"

董洋默了一下，有些尴尬和释然："挺好的。不好意思啊，林总、周总。"

林雁瞳但笑不语，周安道："没事，庆功嘛，大家高兴，怪我劝你喝太多。"周安的叉子伸到了培根上方，又转个弯去插水果沙拉，"整整半年没休假，也没空锻炼。这东西都不敢吃了。"

林雁瞳走回座位，伸个懒腰："都抱怨没假期，我向谁抱怨去？董洋，要不你替他当一天差，陪我去办事吧。"

周安一听，赶紧说："出言无悔。我现在就换衣裳去健身房。"他拿起椅背上的西装外套，"拜。"

周安一走，房间内又剩下他两人。这次董洋放松下来，问道："林总待会去哪儿办事？我尽快准备一下。"

林雁瞳看着他，又一笑，这个笑有些调皮："你不是要请假吗？"

董洋没反应过来，她继续道："我也要请假！走，一起玩去。"

车停在游乐场门前，太阳升得很高，遥遥只见摩天轮在闪烁旋转，门前卖彩色棉花糖的、卖氢气球的、卖泡泡枪的、卖风车的五花八门，小孩子们围着色彩鲜艳的小丑尖叫跳跃。

董洋取出墨镜戴上："林姐，你要玩这个啊？"

林雁瞳横他一眼："还不是为了你？"

董洋噎了一下："我？"

"怎么，我马屁拍在马腿上了？"

"不敢。"董洋拉开车门请林雁瞳下车，发现她穿着一双白球鞋。

"你早就想好要来玩这个吧？"董洋对嘬着嘴吃糖人的林雁瞳说。

"怎么可能？"林雁瞳又拿那双细长的眼睛横他，"都是配合你小屁孩的情趣。"

披头散发地从云霄飞车上下来，林雁瞳抓着董洋的手有点抖。

"……你不是第一次玩这个吧？"董洋扶着她说。

林雁瞳又横他一眼，这次有些有气无力："怎么可能？就是好久不玩了。我都多大了？"

"你有多大啊？"董洋顺嘴有些不以为然地说。

林雁瞳默了默，一笑："我早都老了。"

手心潮湿地从鬼屋里出来，林雁瞳拿纸巾擦着手笑："刚才那个水鬼倒真吓了我一跳。小时候，我家窗后头有一口池塘，里头绿油油的全是水草。晚上风一吹，水动，影子动，总觉得会有鬼湿淋淋地爬出来！我一个人吓得睡不着。"

"怎么不叫保姆来？"董洋小时候就是跟着保姆长大的，他好几个发小也是一样，所以脱口便问。

林雁瞳笑了笑，指着前面的旋转木马："现在坐那个。"

董洋立刻道："我给你买票去。"

"不行！你也坐！坐我旁边。"

"……"

初秋的午后，阳光亮得人发昏，大多游客都去用餐了，周围安静下来，金碧灿烂的旋转木马空荡荡的。林雁瞳扑上去选了个粉金鬃毛的，用眼神威逼董洋也上来。

"叮"的一声，音乐慢慢流淌，木马开始旋转。

董洋不得已站上去，一开始死活不坐，高高戳在那随圆台转着圈圈。两圈下来，发觉这样更傻更无聊，便跨开长腿坐在林雁瞳旁边的蓝色鬃毛的马上。

阳光炫人，林雁瞳眯着眼睛，像是有些困了，把头靠在马颈上。

"你小时候是保姆带的啊？"她闲闲地说，声音混在音乐里，有些软软地听不清楚。

董洋"嗯"了一声，圆台外面的树影鸟语慢慢地后退："我爸我妈都忙。"

"嗯。"风把林雁瞳的头发吹乱了，丝丝纷纷挡在眼前，她也不理。"我和你差不多，从小也没人管。"她停了停，"我是私生的。我妈妈叫千叶瞳，日本人，是个小有名气的漫画家。林家规矩大，压根就不承认我，我妈也没办法带着我，他们就合计把我放在林氏在大陆的族亲家。所以，我其实是在福建长大的。"

董洋没说话，过了一会儿道："我妈在我……十三岁的时候吧，十二岁，和别人结婚了。好像跟那个男人在京城做餐饮，生了好几个孩子。听说这两年也不行，倒了一家酒店。"

林雁瞳点点头，觑眼看着满处明晃晃的阳光道："我父亲一直也不肯给我什么钱。也许钱也不在他手里。到他死，我才拿到该得的。"她回头一笑，"我小时候，堂妹穿剩的衣服才给我穿。大学寒假有一次回家，伯母给我盛的饭是臭的，我说，他们就骂我娇气。后来才知道，原来堂妹把肥皂水倒在米饭里热给我吃，怪不得臭呢，那肥皂都是烂肉脂做的。这游乐场啊，我真没来过。"

风吹过她的头发，阳光细碎地洒在她眼睛里，董洋有点怵女人哭，即使是平时威风八面的女人，但林雁瞳却笑了。

这个笑，有些苦，有些自嘲，也有些可怜。

董洋胸中鼓胀起一点雄性的怜惜，莫名抬手抚了抚她的头。

"摸、头、杀——"三四个女中学生在不远的路上齐喊了一声，然后轰然笑着逃散，其中一个大胆地回头给他们拍照片："帅哥，姐弟恋哦，加油！"说完跑掉。

董洋有点尴尬，做出无所谓的样子，林雁瞳又笑了。她并不是标致美人，眼睛细长而嘴唇太丰厚，但笑起来，很有女人味。

她背后的阳光有些炽烈刺目，董洋把目光移开。

看着眼前年轻男人英俊的脸，林雁瞳再微微一笑。明亮的风里，世界缓缓旋转，林雁瞳第一次坐木马就了解了它的终极意义：木马上的世界虽然在动，却是不动的世界里最平稳安全的所在。那短短的五分钟，它自成一个与外界无关的世界。

木马一停，林雁瞳从圆台上跳下来，董洋伸手在她肘部托了一把。身世是隐秘，人一旦交换隐秘，不觉便会变得亲密自然。

嚼着汉堡，踩着树荫间零零碎碎的暖阳，他们随意散步。走啊走，午后令人略有倦意，两人扔掉绘着米奇米妮的包装纸，在路边的长椅上坐下。

"遗传我妈妈，我也会画画。"林雁瞳带着点孩子的调皮看着他说，"我画你吧。"

董洋早脱了外套，衬衣袖子卷在肘部，随意往后捋捋头发："行啊。"

她翻出手机，在屏幕上寥寥几笔，便勾勒出个漫画版的董洋，滑稽的、屌屌的，乜斜着眼看二人。

"我哪是这样？"

"你就是这样！"林雁瞳截图发给他，"我的御笔。好好存着吧，千金难买。"

董洋又看了一会儿，越看越像，忍不住笑了："哎，哪天你不做投资了，到街头给人画像也能混口饭吃。"

林雁瞳说："那多好，自由自在的。我可是等着那天呢。"

正说着，一个装扮成卖火柴的小女孩的小女孩拖着步子走来，看到他们，眼前一亮，拔脚飞奔过来："哥哥给姐姐买束花吧？"

林雁瞳一看，小女孩篮子里的玫瑰都是花店淘汰不要的，把外层干萎的花瓣剥脱了，只剩个芯子，一枝枝瘦骨伶仃。正要拒绝，董洋却已懒洋洋道："行啊，都给我吧。"

女孩喜出望外，忙笨手笨脚把所有的花都从篮里抽出来，这一抽，不多的花瓣更是零零落落散了一地。董洋也不以为意，抽出三张红钞票递给她。

女孩喜笑颜开地走了。

"给你啊。"他无所谓地擎过一大把残花来。

林雁瞳慢慢伸手接过花:"谢谢。"停停又道,"很美。"

回到成人的都市,已是黄昏时分。林雁瞳把越发垂头丧气的花丢在后座,车里光影渐暗。欢乐过后,空气中沉淀出些无言的落寞。逸进窗内的鸣笛,诡异的尾气味,匆匆奔命回家的疲惫人群,都让人有些烦躁。

在人间了。

"林总。我送您回家?"董洋先道。两人间上与下、老板与打工仔之间的墙缓缓恢复。

"行。不过你跑了一天也没吃正经饭,我请你在家附近吃个便饭。"林雁瞳说。

林雁瞳是出了名的大手腕,吃穿住用行无不要人咂舌,鹤城上层人士看到那份豪奢,都不得不高看三分。这场"便饭"就订在一家私房京菜馆,会员制,味道价格都令人咂舌的。

一进门,干净温和的老板先接住二人道:"林女士,先生,没单间儿了,这个双间,一道屏风隔开,成吗?"

林雁瞳知道是因为没提前预订,也不为难他:"屏风不错。我们就坐这儿吧。"

木炭紫铜火锅由脸盘儿敞亮的大妞儿端上来,青花瓷盘里羊肉片儿、虾片儿、萝卜片儿、肚丝儿、老豆腐、鲜香菇铺排开,好滋润的人间烟火气。林雁瞳先涮了一筷子薄如纸匀如晶美如花的嫩羊肉,放进董洋碗里。董洋中午凑合一顿,这会儿真饿了,点点头就大快朵颐起来。吃到一半时,隔壁来了人。

"地方不错啊。"一个明亮又笑意盎然的年轻女声。是宋铭,戚朵想。回答她的是一把甜柔的少女嗓音,听起来郁郁不乐:"心里闷,刷我爸的卡泄气。随便点。"

董洋猛然放下筷子，怔怔抬起脸。

"宋铱你还真敢回国啊。要我说，那男朋友赶紧分了算了！董家这样，留着他过年呢？"宋铭的嗓子明亮跳脱，说得如此直白，显然与忧郁少女关系很近。

"别说这个了，吃吧。"忧郁少女含混阻拦。

羊肉、虾滑上来，在火锅里翻卷着。

宋铭生得肌骨丰盈，胃口也好，边吃边说："董洋本来不错。"

林雁瞳也慢慢放下了筷子。

那边继续道："但现在，剩什么？我听二伯母说，二伯下了死命令，你要非跟他，一分钱没有。就给你一箱子衣服。"

忧郁少女没作声，哪里还有胃口。

宋铭给她布菜："吃吧，看你纠结的。其实，我觉得，你要硬和他继续谈，也完全可以。"

忧郁少女脱口而出："真的？"

宋铭放慢了语调，无所谓的："主要看你多爱他吧。租房子，一起打工，先过着。虽说还有你弟，但二伯爱女儿，过个三五年，肯定该给你的嫁妆还会给的。无非少点。"

"就是听说现在工作挺难找的。租房也有坏处，房东要你走，分分钟你得收拾东西。跟赶人一样。"宋铭夹起一片刚涮熟的羊肉往芝麻酱淡金韭菜花碧绿的蘸料里蘸蘸，慢条斯理地吃了，"过个五六年，二伯气消了就好了。那时候，你也就不到三十。"

三十。对一个二十三岁的女孩来说，三十就是老女人那么老了。

少女沉默。

"看到没？"宋铭对大窗子外的万家灯火扬扬下巴，那是一片高档小区，"每个窗子里都有一家人。安安稳稳，富富足足。这日子你不想过吗?"

忧郁少女丢下筷子,不沾阳春水的十指捂住脸愁道:"要是董叔叔没出事就好了,就没有这么多磨难了。我和董洋,现在还好好在英国,没人逼我们分开……"

宋铭把一片白萝卜放进嘴里。白萝卜已经快化,入口即融,海米口蘑的汤香充溢满口。

"吃吧,宋铱。跟着董洋,将来土里刨食,可就没这么滋润了。"她夹起一片白萝卜放进宋铱的盏里。

董洋捏了半天拳头,这时猛然起身欲立,林雁瞳将手压在他手背上。

宋铱也有些急,声音终于大了点:"我和董洋谈恋爱,又不是结婚,怕什么呀?大家干吗都急吼吼的。还有,我记得姐姐你今年已经二十七?大伯逼婚了吗?"

"我啊。"宋铭端起青花小杯将花雕抿了一口,"我有男朋友啊。连湛,你听说过吗?"

宋铱静了一会儿,有些不自然地道:"哦,他啊。我爸前一阵整天说他。说是在一次画展拍卖会上和他抢一幅画,最后我爸让给他了,不打不相识,反而有了交情。连家四公子,当然不错的。"

"哦,二伯说的是姜荼的画。我听阿湛说过。他真跟我们宋家有缘分呢,要说见亲戚,本来还真没到那步。"宋铭笑。

宋铱低头吃菜,没再作声。

戚朵对宋铭,当然不喜欢,但也是平等地遥视着,内心深处,尽管她不承认,也有过一晃而过的些微嫉妒,或者,仰视。"阴暗"内向者对阳光灿烂自在自得的人的仰视。但这一刻,她对她生出了鄙夷和怜悯。

可对二十三岁的宋铱来说,这却不啻为一记重击。宋铱仿佛看到自己蓬着头在出租屋洗衣服,董洋上了一天班回来,往布沙发上一躺……而从小一起长大的姐姐,则高攀进入真正的顶尖阶层……亲戚聚会,大家该怎样看她——一个囚犯的儿媳?

她的心惶惑而扭曲了。前方似乎真如爸爸说的,一片黑暗。

宋铭察言观色,知道已无须再说,便扯开话题:"不开心就去买包包嘛,今天来不及,先去楼下买支口红换换气色也好。Armani 出了新唇釉,宋铱你适合 500 号,日常温婉豆沙粉,珊瑚红也可以,活泼点,待会儿都试试。我现在用的是限量版 424 号,特别美艳明亮,我拿给你看……"

服务员进来加炭,被林雁瞳挥下去。火渐渐小了,紫铜火锅里的高汤逐渐平息,结出一圈白油,精心摆置的菜色都乱了,残羹剩饭似的,刺目狼藉。

隔壁软柔的女声终于犹疑说:"……那我是不该和董洋说清楚呀?我知道他住在哪儿。"

宋铭微笑:"可以啊。咱们也不能悄没生息地就断联系,显得没教养。要不要我陪你?"

"别!"宋铱忙说,停了一会儿又闷声道,"我现在真的生不如死……"

宋铭把杯里的花雕一饮而尽:"早点收假回英国上学吧,你不是喜欢英国文学吗?文凭要拿不到,才真叫得不偿失。"

董洋赫然起身,走出门去。
这次林雁瞳没有阻拦,而是跟了上去。
秋夜来了,夜凉如水。
董洋迅疾走着,花坛、车流、三三两两的行人,流星一样与他擦肩而过。他好像走在一片混沌里,痛苦、绝望、悲愤、眷恋……不知道走了多久,有人跟上来:"喝一杯去?"

他回过头,是林雁瞳。
"您能自己回家吗林总?!"董洋甩手粗声问。
林雁瞳视若无睹,不由分说上前揽住他:"跟我走。"

董洋挣了一下,她个子高挑,力气也不小,一点没松手,右胳膊紧紧揽住他往回走。她的臂弯是温暖柔软的。

董洋一路被她半推半送,两人又回到方才吃饭的大楼下,从观光电梯进去。

董洋的心随着那晶莹的数字越提越高,林雁瞳面无表情,餐馆在4楼,4楼终于过了。

他没有勇气出去,没有勇气问那个娃娃脸天真眼的女孩:"你还爱我吗?为我留下来,好吗?"

观光电梯玻璃外,璀璨灯火下,两个衣着华美的女孩从大楼内走出,走到大街上,往停车场取车。她们长得有点像,都很漂亮,头发闪着光,年纪小的那个,是他爱过的女孩。

他们曾在阴冷潮湿的异国,一起煮起司火锅,拥抱取暖。

董洋眼前模糊了。

电梯在顶楼停下。

"来吧。"林雁瞳招呼。

董洋心胆俱焚,木偶样迈动双腿跟上去。

原来林雁瞳在这儿有一间公寓,离公司近,偶尔忙晚了就睡这里。一进屋,她脱了鞋光脚走到酒柜前,取冰块,倒酒。

屋里没开灯,幽幽的只有城市灯光的漫反射。

董洋坐在地板上。林雁瞳也坐下:"我陪你喝,谁不醉谁是孙子。明天继续放假!"

话犹未完,董洋一仰脖。

林雁瞳握着晶莹的水晶杯慢慢抿着:"宋铱,铱铱是吧?平时你就这么叫她?"

幽暗里,董洋的脸像被人上下拉扯似的微微痉挛,眼泪汩汩而下。

男人的眼泪。林雁瞳的表情模糊难辨,只给他重新倒上酒。

董洋一杯一杯地灌下去。原来人心真的是会疼的。酒精的灼烧,仿佛可以从食道通往心所在的地方,用那烧解一点疼。

夜慢慢深下来。

"喊，瞧你那怂样。"林雁瞳自言自语般轻道。

董洋眼泪终于干了："你说什么？"

"我说，瞧你那怂样。"林雁瞳提高了声音，一字一顿地说。

"……"

"我怂，你不还想睡我吗？"董洋终于冷笑。

"是啊，我想睡你，你行吗？"林雁瞳微笑。

年轻的男人猛地伸手推了她一把："谁不行？"

林雁瞳被他推得往后一趔，笑容却更深了："我是说你今天行吗？勉强没意思。"

"今天怎么了？"董洋抹一把脸，"今天什么事儿也没有！"

几天不住，木地板上有微微的灰气。林雁瞳头发披在微尘里，后脑勺硬硬硌着木头的纹路。相当放纵，相当燃烧，相当疯狂，简直好极了。她想。

从来没有这么好。

董洋带着心里的伤，近乎绝望地奋力。与宋铱不同，林雁瞳哪里都硬一点，但他仿佛正需要这点硬，让他碎成一空的心有个安排地。

Chapter 15
动了真心

早晨，林雁瞳将一把钥匙丢在枕边："不想回你住的地方，就住这儿。我回别墅。"说完一笑走了。董洋似乎还没醒。

第二天，林雁瞳没在公司见到董洋。

第三天，也没见到。

第四天，她一进办公室，就看见助理位置上西装笔挺地坐着一个男人，是董洋。不过数天，他整个人陡然变得锋利，颧骨微削，两颊上些微婴儿肥消失殆尽。

"林总好。"他站起来对她说，眼里两星光芒微冷。

林雁瞳驻足看了他一会儿，笑道："好。中午陪我去个饭局。"

饭店包间对着一大片竹林，竹林外是高尔夫球场，用过餐刚好打球。

董洋第一眼看到翡翠商人胡老板时，莫名想起时下几个著名的"大师"。他穿着白色丝质对襟唐装，一手腕硕大的蜜蜡佛珠，头发乌黑而面相已老，总是近乎慈祥地笑着。

"这是我新来的助手，对我来说，"林雁瞳开玩笑做个脱口秀女星的标志性动作，"完美。"

胡老板微黄的眼珠从松垂的眼皮褶皱里射来刀刃一样锋利的一瞥，董洋凛了一下，笑道："免贵姓董。董洋。"

"好，好。"胡老板慈祥地笑。

游魂一样立在一边的戚朵也打了个激灵，忽然莫名生出一股深深的恐惧，几乎想夺路而逃。

阳光忽然温暖地洒下来。

碧绿的延绵不绝的草坡，空气里弥漫着清新的草香，草尖上挂着阳光的金辉。云时来时去，给地面投下飘荡的浅浅阴影。

前方，林雁瞳和董洋都换了白色运动装，并肩站着。

"胡老板人怎么样？"林雁瞳看着远处被三名球童围绕着的胡老板问。

"不好。"董洋思索了一会儿说。

"你从小就见生意人，说说哪里不好？"林雁瞳拿着白色手套，一只手指、一只手指慢慢捋过去。

"他不像正经生意人。"

林雁瞳扑哧笑了："他给我们公司投了六个亿，支持鹤城项目建设。"

董洋抬了抬眼，没说话。

"他其实是做翡翠生意的，在中越边境，很有势力。越南翡翠嘛，哪一块不是沾着血的。"林雁瞳笑喟。

"光做翡翠？"

"当然也做点儿别的……"林雁瞳低语，忽然伸长胳膊对遥遥招手的胡老板扬声喊道，"好的，我也来！"

玩了一天，林雁瞳叫周安好生送胡老板回酒店，自己和董洋走。

车停到那栋雪白的大别墅前，董洋拿出住了几天的公寓钥匙："钥匙，林姐。谢谢。"

林雁瞳没有接，扬眉一笑："你拿着吧，就当公司福利。周安在那附近也有一套。"

董洋犹豫了一下，她已经自己拉开车门出去了。

夜幕降临，强烈的射灯下，那间华泽的白色别墅显得突兀和不真实。董洋跟上去，林雁瞳的背影修长窈窕，她穿着方才参加晚宴的亮片礼服裙，整个肩膀暴露在秋夜的冷空气里，像石膏一般冷白。

她一进门就踢了高跟鞋，光脚上楼梯。礼服裙是鱼尾式，膝盖那里收得紧,她一扭一扭上了两级,索性手伸到背后哗啦把拉链扯下去,整个人两下跳脱出来,把那昂贵的高级定制礼服蛇蜕一样踩在脚下,舒舒服服上楼去了。

别墅里很静,只开着暗暗的壁灯,许久,董洋还觉得眼前有一大片雪白的迹子。

他抬脚跟上去。

林雁瞳的大床很软,太软了,人陷在里面有种使不着力的感觉。这种床睡醒了会晕。

窗外遥遥升起一轮光致致的秋月,明晃晃晒进屋子。

"和姓胡那人打交道,你可要小心点。"董洋说。

林雁瞳仰躺在床尾,头发曳到地下,全裸晒月光,闻言扑哧一笑:"爱上我啦?这么操心。"

董洋也牵唇一笑:"我只是关心公司。"

林雁瞳笑得更乐了。

董洋趴过去,有些感兴趣地把她的头发抓一把在手里。如今名媛又不流行染发了,加上经常做保养,握在手里,黑溜溜,又光又韧,凉沁沁的。宋铱也是这样,但她的发丝细柔些,动不动就嚷嚷"你压着我头发了"。

董洋回过神,林雁瞳正半笑不笑看着他。他松开手垂下眼,喝一口床尾小几上的洋酒,冰都化了,酒味淡薄。

林雁瞳拢拢头发:"玩呀,怎么不玩了?"像个小女孩似的。

董洋定定神,伸手抚在她光洁冰凉的额头上,慢慢往后捋到黑发里。

"林姐,"他沉声说,"极乐城的项目,建材这一块,交给我行吗?"

林雁瞳眼神闪了一下,吟吟笑道:"胃口不小嘛。"

"董家的工厂,现在还在。我想盘下来,更新机器,重新生产。因为不少旧有设备还能利用,所以投资额不高。"

林雁瞳还是笑吟吟的:"你重建董家,拿我当冤大头。"

董洋指头缓缓使力:"等恢复生产,它就是林总的专供货源。钱给别人赚也是赚,林姐,就不能拉我一把吗?将来,我连本带息一并偿还。"

林雁瞳横他一眼,眼里水光潋滟:"你说我拉不拉呢?"

董洋上去吻她,她没躲,吻完了喘息着说:"你别贪多嚼不烂,我跟周安说一下,让他把这块合适的部分给你做。我们按需投资生产,你的货我都要,怎样?"

"那就先这样。谢谢林姐。"

林雁瞳抬起脸回吻他。

林雁瞳行动不避人,随着秋天的深入,有关他二人同居的流言蜚语,已与街上的梧叶一样,逐渐四处纷飞。

鹤城进入雨季。林雁瞳站在窗前,一手捏着白底描金衬碟,一手端着小杯,慢慢啜咖啡。

楼下一层底商咖啡屋有一间伸出来的阳光房,秋雨淋漓在透明的玻璃顶上像瀑布,瀑布下人物走动,像模糊的默剧。

董洋走进去那间房时,宋铱正神思不属手足不安地坐着,看到他立即站起。

从公司出来,董洋的西装肩上落了些雨水。他在她对面坐下,双手交叉,跷起二郎腿:"你找我?"

"宋铭说你和林氏投资的董事长同居了。是不是真的?"

隔着一面木桌,董洋打量宋铱。她穿着浅蓝毛衣,下面淡金百褶裙,梳着丸子头,白皙紧张的小脸上,稚嫩中带着些书卷气。可是,这个时代没有真正的纯洁,他早就该知道,不该存有侥幸的希望。

"是真的。怎么了?"董洋闲闲说。

"我不信!你知不知道我为你老远从英国回来,书都不念了,我爸为这都不跟我说话了……"泪珠一颗一颗从她曾经明净、现在有些躲闪的眼睛里沁出来。

"找我干什么?说分手?不用明了,我们已经分了。"董洋冷漠而斩钉截铁。

宋铱怔住。

董洋起身欲走，宋铱忽然冲上来扯住他："不！"

她急急睁大眼睛在他面上寻找，半晌道："董洋……你变了。我好像不认识你了……"

董洋甩开她："我是变了。不是你先变的吗？"

宋铱再怔住，语无伦次地嗫嚅道："我回来一直没找你，是因为……因为我特别纠结，我不知道要不要听父母的话，他们要我和你分手，说你家完了，说要是我和你在一起，我们就要过得多可怜……"

董洋冷笑："那你就听他们的好了。"

宋铱慌乱摇头，再次揪住他的袖子。

"松手！"董洋喝道，"我要上班了。"

宋铱急速眨着大眼睛，磕磕绊绊地说："你找到工作了？"她忙忙打量他一下，似乎并没有怎么凄惨，"那你跟我回去跟我爸爸说行不行？说你现在很好，将来也会给我很好的生活。我想爸爸肯定会同意的……"

"哈哈！"董洋仰天笑了，眼圈有些发红，"做梦吧，不可能。"他看住宋铱，"我们完了。"

宋铱晃了一下。她天真，但不傻，她看出董洋没有开玩笑。她呆呆看着他，许久，董洋慢慢推开了她的手。

"董洋，你这样，我的心都碎了。"宋铱眼睛发直，喃喃地说。这种烂俗的偶像剧台词，她竟然说出来了，可悲的是，那竟然是真的。

"不这样，我的心就会被你弄碎！"董洋迅速说。

宋铱猛地抱住他，想哭，心里却一片钝钝的茫然，还有些恐惧。

董洋由她抱了一会儿，然后抽身走了出去。

雨季绵绵。

刚到下班时候,天就渐渐地昏黑,雨声、车声、人声,从楼底一层一层泛上来。

"把那个资料递给我。"林雁瞳俯在灯下说。

董洋将一沓纸递过来,手机振动又嗡嗡作响,他索性将手机关机,"啪"扔在桌面上,烦躁地起身关窗,却看见那人直愣愣站在楼下。

林雁瞳抬眼看他一眼。

"我下去一下。"

"干什么?待会儿有饭局。"林雁瞳说。

"买杯咖啡就来,你要吗?"董洋问。

林雁瞳侧头想一想:"要啊。"

董洋站到大厅屋檐下的大理石地板上,看着偏偏立在雨里的宋铱。她当然都湿透了,浅粉的裙角滴滴答答流着水,鼻尖通红,双眼也通红。

"你来干什么?"董洋问。

"我给你打电话了,你不接。"她哑着声说。

"我不想听你废话。"

宋铱的眼泪混进雨水里。

"回去,别打扰我工作!"董洋终于也走进雨里,伸手扭住她的手肘往前推,"走!车停哪儿了?"

宋铱不走。她只知道自己很痛苦,痛苦得没办法静静待在家里,只有来找他、看到他才能痛快点。

"别逼我动手啊!"董洋手下使了劲,推得宋铱站立不住,只得木偶一样往前跟跄前行。雨天路人不多,但仍有眼睛好奇地看着,窃窃私语。

宋铱又伤心又丢脸,回身喊道:"走就走!"

董洋却立住,他闻到了她嘴里的酒气。他想了想,掏手机找代驾,摸个空,才想起手机关机放在办公桌上。他便拽过宋铱的小包拉开拉链找,又去摸她的裙袋:"手机拿出来!"

"干吗？！"

"给你爸打电话，叫他把你领走！"

些微的身体接触，唤起所有温柔的回忆。宋铱掏出手机使劲儿往地上一摔，苹果屏幕应声而碎。不待董洋发声，她撞过来搂住他的腰，放声号啕。

宋铱的手像是和他背后的西装布料互相绞住了，多大力气都无法将它们分开。她放肆地尖叫，然后痛哭，然后啜泣，像是要把她所有伤心、委屈、纠结、惶惑和爱，都哭出来。

摇晃颤抖里，她的头发湿淋淋披前去，露出颈后一小块洁白柔嫩的肌肤。董洋僵直站着，恍惚想起在英国，那天早晨，宋铱伏在枕头上默默流泪，囔着鼻子说："我和你做了这种事，回去，会被我妈说的吧？"当时，她柔黑的发滑向两边，也露出颈后一片洁白肌肤。

他答了什么，都不记得了，大约无非是一些山盟海誓的蠢话。

雨下着。他的手慢慢抬起，盖在了那一片洁白上。

楼上玻璃窗内，周安看着这一幕笑道："呦，小情侣要和好。这戏可热闹了。"

旁边人没搭话，周安偏头，只见林雁瞳捏着空咖啡杯，漠然看着楼下。

周安打趣："你这一身普拉达大红裙，这侧影，这光线，和着秋雨、流光，真真电影画面一样透着股永失吾爱的凄艳。"

林雁瞳还没说话。

这下周安睁大眼睛低笑："你知道他是干什么用的，还动真格啊。"

林雁瞳眼神微闪，嗤笑道："真个屁。"

一时董洋回来，短发湿了，越发显得漆黑。略苍白的脸上烦躁愤懑消去，仿佛放松柔和了许多，又有些怔忡。

"咖啡呢？"林雁瞳坐在位子上半笑不笑凝视他。

董洋愣住，然后吸吸鼻子，办公室里弥漫着咖啡的暖香："你不是在喝了吗。"

"那是周总的咖啡。"林雁瞳仍然笑着,声音却有些冷。

周安本来倚在落地窗旁,这时却立起身笑道:"我约了人听音乐会,吕思清独奏,有兴趣的话,下回我来买票。"嘴里说着,脚便踏出门去。

室内只剩下他二人,董洋顶着林雁瞳的目光低声道:"我现在去买。"

林雁瞳不作声,依旧静静看着他,半响,忽然莞尔一笑道:"回家喝吧,那个饭局你给推掉。这种鬼天气,早点回家算了。"

董洋拿起车钥匙:"好的。"

雨下得整个别墅都阴潮潮的。

董洋有些神思不属地推开窗,风竟然很大,带着雨丝斜斜进来,吹得他头脑里乱纷纷一片。

"董洋——"林雁瞳在浴室叫他。

董洋下意识扭开门把走进去:"怎么了?"

林雁瞳躺在宽阔的浴缸里,头发湿漉漉搭在缸外:"头疼,你给我按按。"

他依言走过去:"湿发头发吹风,头能不疼吗?"

林雁瞳看他一眼:"怎么还没换衣服。"

董洋这才想起自己还穿着西装,迟疑了下还是拉过椅子坐下,轻轻给她揉着太阳穴。

两人默下来,外面只有风声雨声。林雁瞳的手机丢在干处,正低低放着一首奇怪的闽南小调,他一个字也听不懂。

林雁瞳看他一眼,启口跟着哼唱道:

肩挑杨桃担呀啊咿哎,

买卖往长街呀啊咿哎。

来往人多少,

由东挤到西呀哎呦好热闹罗。

杨桃酸又甜呀啊咿哎,

粒大又新鲜呀啊咿哎……

调子活泼天真又土气，和这满室的豪奢全不搭调，董洋忍不住笑了一声。

林雁瞳歇口气平直道："小时候跟堂伯母学的，那会儿我还以为她是我亲妈呢。"

董洋手停了停，垂目轻道："你怎么不找你日本的妈去？"

"你怎么不找你京城的妈去？"林雁瞳反唇相讥。

董洋立起来就走："不知好歹。"

话犹未完，人被林雁瞳扯住腰带猛一拖，他忙用手撑住浴缸沿，人悬在浴缸上方，衣襟却掉进水里打湿了。林雁瞳湿淋淋伸手抱住他的胸膛，偏要把他拖进水里。董洋见衣服已经湿了，索性放弃，坐进浴缸里。林雁瞳一个翻身骑到他身上。

她慢慢替他解着领带笑道："嗳，这下完了，衣服贵贵的。"

温热的水，渐渐浸透西装外套，沾到皮肤上。董洋本来满腔心事，以为解决了，却不知怎么反而有踏空的感觉。林雁瞳雪白的双臂湿热地缠绕不休，他心一横索性放开了。

事后，两人裹着浴袍坐在飘窗上，人手点着一根烟。

董洋掸去漂在腿上的一丝烟灰："你可真疯狂。"

林雁瞳拿眼横他："撑不住了？"

董洋瞟她一眼，吸了一口烟。

"这个世界，本来就是疯狂的。"林雁瞳扭脸看雨，轻喟一声，"我只是配合它而已。"

雨季过去，鹤城迎来黄金之秋，整个城市沐浴在秋气高爽的灿灿金光里，满街金黄的梧叶不断覆盖着街面，将它变成黄金之城。

周安进办公室谈事，谈完了，扫一眼董洋的空位："Alen又不在？"

"去跟建材厂的进度了。"林雁瞳低头翻着报表。

"别的似乎也有进度啊。"周安说。

林雁瞳一默，抬起眼。

周安耸耸肩："中午小姑娘又来了，两滴眼泪含在眼睛里，痴瞪瞪的，一会儿哭一会儿笑，董洋领着上车走了。看起来，那天是破冰，现在已经拿下了。哎，也不怪董洋，这谁能扛得住啊，我都见犹怜。"

林雁瞳冷笑一声。

鹤城古城墙边上一家高级会所，华灯初上。缤纷的光射在一艘艘豪车的漆面上，发出金属般的重低音；射在一个个年轻女人的眼波与嘴唇上，则是明媚华丽的高音。它们交相辉映，将夜色变得喧嚣无比，骄奢无比。

这晚是神仙会，各路商贾来了不少，坐满半个厅。认识的不认识的，互相寒暄大笑。

林雁瞳一来鹤城就把鹤城广场推平了，闹出这么大的动静，自然风头无两。一个四五十岁、保养得宜，颇有些儒雅气质的男人正挨个敬酒，敬到林雁瞳时笑道："林老板！我是一个儒商。生平两个爱好：一是藏画，二是藏书。我读过一本很好的书啊，叫《民国南洋商贾史》，里面对贵祖家，有详细的描写。真是景仰，景仰！"

此人正是宋铱的父亲。

"谢谢。"林雁瞳优雅地一笑，端起红酒杯轻轻与他碰了一碰。

男人却将自己杯中酒一饮而尽，将杯口对着她道："我干了，您随意！哎呀将来啊，林氏还有什么好的投资项目，还望合作，合作，哈哈！"

"当然。"林雁瞳言笑晏晏，扭脸对身边一个中年男人道，"李先生，咱们的合约是不上月到期了？钱到账了吧？给你的利率多少来着？"

那人迟疑了一下压低声笑道："到账了。利率嘛，二十。"

宋铱的父亲脸变了变，随即笑道："你们维美鞋业这次赚大了啊，老李，你这是闷声发大财！恭喜恭喜！改天请客！必须请客！我到不到无所谓，林大老板一定要到！哈哈哈！"

"宋先生好像是在做医疗器械方面?"林雁瞳转而笑问。

"是啊。今年实体普遍走低,但我们的利润仍然相当可观,不知道林总这里,还有没有好的空缺项目……"

言尤未完,林雁瞳招手叫周旋在人群中的周安:"宋先生在鹤城也是相当级别的人物,你来给他讲讲咱们目前的项目。"说完自己却嫣然一笑,抽身去了。

远处宋铱、宋铭和几个青年男女富二代围坐一圈摇骰子喝香槟。宋铭碰碰堂妹道:"快看,你爸在跟你情敌讲话。那就是林雁瞳啊。"

"情敌"两个字重重敲在宋铱心上,她有些怨怪堂姐如此直白高声,幸而旁人都没注意。她按捺住慢慢喝了两口香槟,迅速地、却是死死地朝林雁瞳的方向盯了两眼,心突突地跳,声音有些沙:"她算什么。我跟董洋已经和好了。"

她以为堂姐多少会评价两句,或指摘询问,她都准备了一肚子话对答。她真的不能没有董洋,哪怕他爸爸进了监狱,她也顾不上了。她受不了心里的疼。不料宋铭没听见似的,只望着林雁瞳的方向喃喃:"二伯刚好像在跟她谈生意。听说给林氏投资,利息超高。"

宋铱心里哪有这些,顺着堂姐的眼光,林雁瞳正亲和优雅地拉着一个女企业家的胳膊说笑。

"她挺老的了。看那张嘴,真厚,我想起张爱玲写的,'切切倒有一大碟子'!"说这话时,宋铱神情有些刻毒扭曲,与她那张柔和精美的小脸极不相称。

宋铭回头笑道:"哎,要是二伯能和林氏谈成,也把我爸的钱带进去怎样?财要理呢,我跟我爸合计了好多次,都没有合适的项目。"

"哎呀,大人的事让大人自己去谈。姐姐,你觉得她真好看吗?"宋铱问。

宋铭看着堂妹,有些不耐烦地笑了:"不好看!超级丑!比你差远了!行了吧,宋二小姐?"

宋铱也有些不好意思地鼓鼓嘴巴笑了。

"我早走一会儿啊,待会儿我爸问,就说我和同学玩去了。"宋铱说。

"和董洋吧?"宋铭怒其不争地翻个白眼。宋铱笑着拎起小包猫着腰溜了。

别墅内,林雁瞳独自躺在床上,吸着烟。

月光照着董洋睡的那边,平平展展的一大片冷白。

大厅那座落地钟发出"当"一声巨响后诡异地静了,林雁瞳毫无睡意,下意识地等下一声"当",静了许久才明白,时间已经是凌晨一点钟。

董洋静悄悄开门进来,上楼进卧室。黑暗里,林雁瞳看着他,他也看着林雁瞳,半响,才开始换衣服。

林雁瞳忽然笑道:"你不会想杀了我吧。"

董洋停住动作:"我干吗要杀你?"

"杀了我,你建材厂的投资就保住了,不然你跟我有什么关系,我给你追资?"

董洋本来准备了一肚子的话,这下哑口无言,半响,还是按照前定道:"林姐,现在断资公司很受损失的。将来,我加倍还你。"

林雁瞳等着他说。

董洋又道:"我跟宋铱……反正我已经答应她,跟她和好。过去的事,我不计较,她也不计较。所以……"

林雁瞳哼笑:"她凭什么计较?你可真够宽宏大量的。"

董洋沉默。

她起身下床,走过来替他脱西装外套,柔声道:"早点睡吧。"

董洋退后一步,林雁瞳嗤笑道:"怎么,这就划清界限了?你也太可爱了。"她的手指慢慢走过他的纽扣,"你和我,好听点,是露水情缘,难听点,"她踮起脚凑近他耳边,"炮友。"她站开一点,"合则离不合则散,你情我愿,两不相欠。"

董洋捂住自己快被她抽掉的皮带:"林姐,我最难的时候,是你拉了我一把，我知道欠你的……"

林雁瞳丝质睡衣的大红色，慢慢滑下去露出腻白的肩。她开玩笑似的，媚眼如波："肉偿啊。"

董洋乱了一下，林雁瞳却猛松开手回身上床："明天去市政府，不能迟到。"径自睡了。

董洋洗漱完毕，迟疑着躺下。旁边很静，他以为她已经睡着了，林雁瞳却忽然发声道："想住回公寓就住回去吧，建材厂嘛，反正都是亏，我就继续亏下去吧。"她的声音听起来很清醒，甚至带着笑。

"林姐……"

林雁瞳翻身对住他，黑暗里，她的眼睛亮晶晶的，真的在笑："睡吧。"

董洋说不出话。

Chapter 16
永失所爱

董洋搬出别墅,没有再去林雁瞳的公寓,而是回了以前租的屋子。宋铱来过一次就要了钥匙,屋里便逐渐添出许多东西,一盆小花、一个照片架子、一只八音盒、一本勃朗宁夫人的双语诗集……缓缓地,慢慢地,要把时光拖回过去。到处是这些小物,到处是宋铱,冬天来了,惨淡薄云压得人喘不过气。

在公司,周安最近也像是有什么事,在那优雅绅士、光滑洁净的表皮下,隐隐裂出类似焦虑的情绪。

这天他又在跟林雁瞳密谈。董洋敲门进去时,两人立刻分开,掩住眼神,微笑对着他。

"Alen 最近工作劲头很盛,今年年终,估计一个大红包是跑不了的。"周安含笑说,他的声音光滑平稳。

董洋放下文件回答:"谢谢,借周总吉言。"

"好,你下去吧。"林雁瞳吩咐。

董洋转身欲走,却看到桌面上投资方案上一行字。

周安去后,董洋端着新煮的咖啡再次进去,径自放到林雁瞳手边。

"怎么?"林雁瞳从报表堆里抬起头斜睨他。

"林总,宋家什么时候也参与投资了?你这么做什么意思?"

林雁瞳端起咖啡吹吹:"不久前。怎么,不行吗?董助理。"

董洋噎住,她淡淡笑道:"在商言商而已。他们利润颇丰呢,将来返款时你去，宋老板一定会对你很客气。"

董洋看着她，心里有什么约束在一块的东西在慢慢崩塌，他咬牙道："林雁瞳，你为什么要这么做？你是不爱上我了？"

林雁瞳看他一眼，然后扑哧笑了。越笑声音越大，笑得喘不过气来，她一手捂胸口一手颤颤指着门："快去，哈哈，把门关上，哈哈哈哈，待会儿外面以为我疯了！哈哈哈……"

董洋霍然转身重重拍上门，然后阴沉走近，盯了一会儿，猛然扯起她吻她。

咖啡被碰翻，褐色的液体满桌横流，叮叮当当的什么乱七八糟的东西都倒了，笔掉到地上骨碌碌滚去老远。

这是个莫名其妙的吻，董洋暴虐地吻着，自己却都有些糊涂。

林雁瞳半闭着眼，急促地呼吸着。

等他松开她，她眼中水汪汪，和耳垂上的钻石耳针交相辉映，随气息不匀地微漾："我是不是爱上你了……这事我还没想好。"

她又笑了。

董洋再次吻下去。也许，他只是不能忍受她这样笑，他不懂这样的笑。

天黑下来。面前两人的身影逐渐模糊。戚朵觉得莫名空虚，仿佛她在寻找什么，眼前的一切却离那个目标越来越远。她转身走了出去。

外面天空下起雨来，戚朵举起手去接，那却不是雨，而是一些闪亮的碎片。戚朵吃惊地看着越来越多的碎片落下，积在地上，像雪一样，落下的雪片越来越大。戚朵这才发现，那都是影像的碎片：林雁瞳与董洋在激烈缠绵，满脸心事的董洋与宋铱沉默着坐在餐桌前……忽然，她抓到了一个身影，一个穿白色丝绸唐装的身影，那人回过头，乌发皱脸，对她慈祥一笑。

戚朵惊得发根都竖了起来——她所恐惧的，岂不就是她的目标？

她开始漫天寻找，每片镜像都发出人声，整个世界闪烁混乱，嗡嗡作响。

"那钱……胡慈安……"

戚朵猛地伸手抓住了那一片，里面是林雁瞳与周安。

镜像中，林雁瞳面无表情，紧紧抿着双唇，半晌果断道："你再去查！我们也算半黑半白，怎么开罪怎么补回去就完了。你查不出，让我怎么办？"

周安蹙眉低声："我亲手把所有账目都捋了不下三遍，暗地里也问了不少人，过去所有融资对象，都和连家扯不上关系。我们哪有得罪这尊大神？！查来查去，倒是偶尔从公安线儿上得了个虚头巴脑的消息——连家有人同时在下狠力查那个翡翠商人，胡慈安。"

林雁瞳眼睛亮了一下："富贵险中求。要真查出他，对我们是好事。他完了，那交给我们洗白的那六个亿，不就成了无主之财？那钱可没见过光呀，我们一口气就喘过来了，鹤城，未必就待不下去。"

周安默然，她忽然了悟："你意思，治理经济犯罪那些人，是因为胡慈安才摸到我们的？"

"没错。城门失火，殃及池鱼！这六亿，烫手！咱们不该接的。如果不接，半年前，我们悄没声息地走了……现在什么事都没有。"周安沉沉地说。

是，半年前。半年前，林氏的资金链正面临断裂。林雁瞳与周安已准备割肉逃亡，但胡慈安出现了。

六亿。六亿，足以让他们以此为饵，狠狠地大赚一笔再走。于是，她接下这笔黑钱，投资鹤城广场项目，将钱洗清后还给胡慈安，获得大笔佣金，还有靠炙手可热名声招募的融资——比如商人宋家送上来，比如一些官员不得见光的资产……

所以，鹤城广场项目注定是个烂尾工程，半途资金会全部抽逃。

第一次见到董洋，他是作为替罪羊出现的，现在，该是祭出他，掩护她安全后退的时候了。这么快。林雁瞳迟钝地想。做这一行，一点裂痕，就意味着后面的大雪崩。她已经被官方盯上了。

周安慢慢抬起眼，除去一切遮盖似的，他的眼睛亮得惊人："阿霞，我们这样的人,迟早有这一天。咱们骗的钱太多了,骗的人也太多了,连环的窟窿,一旦露出一线风声,那些融资的人、参与项目的人,就会泼命地来要钱。不用太久,大厦将倾……"

林雁瞳摸摸索索拿出香烟来抽:"什么极乐商城,一个地下商城叫极乐,不就是一座坟嘛!我提前把所有现金流回笼,除去那六亿,能回多少是多少,你我一分,跑吧。叫政府去擦这个屁股,反正他们不得不继续干下去。那六亿,胡慈安有本事就和政府拿。"

"只能这样。"周安整个人呈现出一种疯狂的平静,"我去欧洲。你真不跟我去?真去拉美?"他在屋子里来回踱步,"我算一下时间。还好公司早就转到董洋头上了,所有关键文件都叫他签过名,胡慈安的事也由他背。我们出境后,公安一定会审讯他,金融诈骗、毒资洗白、非法集资,水够浑的,等事情慢慢清晰,我们早就逍遥世外了。"

林雁瞳没作声。董洋。呵,董洋。

周安拿出手机发邮件:"我立刻就联系出境的事。"

"他会判多少年?"林雁瞳忽然问。

周安愣住:"什么?"

"没什么,"林雁瞳慢慢说,"你先去欧洲,我随后再去,在南欧会合。我们俩同时走,目标太大。"

周安沉沉地看着她。

林雁瞳怒道:"你以为官方没大动作,你我就是自由人?这么大的款子摆在我们这儿,胡慈安可死死盯着我们呢。他做了十几年毒品、人口生意的人,你不怕死在下水道里?!"

周安看着她:"不怕死的人是你吧。阿霞,你还真别糊涂到不要命的地步。难道为了董洋?为了男人?太可笑了吧!"

林雁瞳咬牙骂道:"你闭嘴!少咒我!我再计划计划。"

周安的脸愤怒到扭曲,正欲说什么,忽然响起敲门声,董洋拿着文件走进来。

下面就到了方才戚朵看到的那一幕：林雁瞳陡然微笑，周安立刻调整了表情："Alen 最近工作劲头很盛，今年年终，估计一个大红包是跑不了的。"

……

"林总，宋家什么时候也参与投资了？你这么做什么意思？"

……

"林雁瞳，你是不爱上我了？"

董洋扯起她，咬牙切齿地吻下去。

所有碎片都消失了。澄清的夜，白色别墅静静立在其中。

月亮照在白色大床上，到了急切处，林雁瞳咬着牙问："董洋，是你爱上我了吧？"

董洋没停："我不知道。你别说话！"

"要是公司垮了，建材厂也开不成，咱们都变成穷光蛋，你还爱我吗？"

董洋只使力，不作声。

"你还是舍不得那洋娃娃吧？"

董洋猛抽过枕头压在她脸上。林雁瞳呼不上气，近乎窒息，胸中却快乐得爆炸了。

他睡着了。林雁瞳趴在董洋的肩膀边上，月亮明得诡异，他的汗毛都看得一清二楚。她忽然好奇，这人十年后，二十年后，会是个什么样子？她在心中捏合着，眉毛，胡子，这样，或者那样。

"你要什么我知道。"林雁瞳轻轻启口，"我呢，我就是偏要你爱我。"

一夜北风，气温骤降。

林雁瞳白皙的脸簇拥在狐狸毛里，暖气吹得那软毛微微拂动。

"都知道你去欧洲考察，这才三天就回来了。你跟董洋怎么说的？"

周安脱掉暗蓝羊毛大衣，里面西装笔挺："回来看你几时吃牢饭。"

"有病吧你。我已经安排好了,你照办吧。"她把一份计划书放到他眼下。

周安拿起来看。

过一会儿,他压低声音号道:"你他妈有龟息药啊?开死亡证明的人会检查的好吧?"他再看看手里的纸,"殡仪馆都安排好了。呵,是准备真死哈。你以为你一死,公安就不查我们了?胡慈安看你一死,马上就会来要钱!六个亿啊!董洋能跑了?还是我能跑了?"

林雁瞳拢一拢皮草领子:"我当然得让胡慈安顾不上你们嘛。我一死,你就去找查他的人,就说胡慈安逼迫归国华侨洗白毒资,我不堪压力自杀。上面一收网,他犯的那些事,得吃一百回枪子。你说他还顾不顾得上你们?"她拿手做出手枪的样子,对自己太阳穴指了一下,"嘭!"

"哦。那胡慈安的六个亿就真成了灰账了,可以把公司账面上所有阳光欠款都还掉,给你那小情人留下一片干净江山?"

"怎么不是呢?姐有魄力吧。我把公司全部脱胎换骨了,账面上一片纯白,就叫董洋投资。见不得光的钱当然都不还了,反正他们不敢声张。我人死如灯灭,那些贪官污吏,那些黑道大佬,来地底下和我要账吧。"

"别可笑了,那六个亿归还完这些年的非法集资,剩下的依合同给极乐项目追加投资都不够,董洋还是个穷光蛋!公司什么都不会剩下!"

"建材厂会剩下的,那就够了。他就想要董家的厂嘛。"林雁瞳笑说。

周安把计划书唰唰撕了,扔到她那张笑脸上:"你痴心疯了!那不过就是个卖相好点的普通男人,你要为他去死?"

"我本来也未必逃得了。我不昧胡慈安的钱,公安会抓我——终身监禁跑不了吧;我昧下胡慈安的钱,胡慈安会杀我!只有反咬一口,吃口大的!我本来就疯,不疯魔不成活,我要不疯,咱俩也到不了一块儿。怎么,被我感动得要变直了?小彬彬怎么办?"

周安死死盯着她,半响流下两道泪来:"疯就疯吧,冷热都不知道。

开着中央空调,你把狐狸毛围那么紧干什么?"

林雁瞳偏把毛领子更围紧些:"怎么办,我也怕死啊。想到要住冰柜,我现在就浑身瘆得慌!"

周安眼泪滚滚流下来。

夜里,林雁瞳驾车停在公寓楼下。

观光电梯一层,一层上去,多少明暗转换的光影,在她脸上变幻。

开锁进门,迎面一阵灰气。自从和董洋同居,真是很久没有来了。她坐到地板上,就像上回董洋喝醉那回一样。坐了一会儿,她起身到酒柜里拿出一只空水晶杯,打开手袋,把一支淡青色的药水倒进去。

城市的夜光里,药水在浮雕着热带丛林的水晶杯里漾着。

林雁瞳凑上去闻闻,一点味都没有。

"×,不趁手!"她猛然丢下水晶杯,起身找了半天,才找到一只小碗。随便涮了涮,把杯里的药水又倒进碗里,然后一饮而下。

"×,就这么喝了?"她自言自语,一扬手把碗砸碎,颤抖着站起来,拉上床边的流苏帘子,躺到床上去。

戚朵默默地在帘外的软凳上坐下。

没有一点声音。

夜深了。

不知过了多久,林雁瞳从帘后出来,对戚朵招招手:"来,我告诉你……"

戚朵被她推着走,走,走出顶层的落地窗,落在一片土地上。戚朵闻见清澈空气,还有微微的粪味儿,天才蒙蒙亮,蟹壳青里隐约显出一片农家小院子,破旧而洁净,前面是堂屋,左边是猪圈,右边有一畦白菜地,地边种着棵桃树。桃树快发芽了。

桃树下有个穿花袄的五六岁小女孩,迷迷瞪瞪被一个满头满脸包裹严实的年轻女人抱起,走出门。

"那是我小时候。"林雁瞳笑眯眯地对戚朵说。

她们跟着她俩,走了一个半小时土路,坐了四个小时破烂颠簸臭烘烘的中巴,又转了一趟两小时的大客车,才到了一个大站。戚朵抬眼一望:车站上头竖着两个大字——鹤城。

"其实我是祁县人。"林雁瞳又笑眯眯地说。

戚朵看过去,中年女人给小林雁瞳买了五个大包子,小林雁瞳直喊:"够了,够了,我吃不了!"

中年女人问了几个人,又在公交站牌旁徘徊了半天,才抱着小女孩上了一辆车。

一上车,女售票员就冲她们喊:"抱孩子的妇女,往后面站!"

女人不肯,扒在司机旁边:"我去钟鼓楼。你去吗?"她把"你"叫"里",像是福建口音。戚朵想起那《杨桃小调》。

司机不看她:"去!"

"有偌久?到了跟我说一声!"

"有报站的!"

女人微愣了愣,似乎不太明白,把小林雁瞳放下:"你抱住我的腿!偌大城市,丢了可就找不见妈了。"话说完,她像是哽了一下,然后执着地扒在司机旁边,怎么也不挪窝。

钟鼓楼到了。明代建筑,屹立至今。中年女人抱着小林雁瞳,继续不厌其烦地问人。戚朵看着她走来回路,从这个地下通道进去,又从那个出来,又转到地铁口了,直到一个知识分子模样的老头把她领到售票处:"就是这儿!带孩子上钟鼓楼啊?很好!很好的教育!"

女人莫名其妙地看着他,"哦"了一声放下小林雁瞳,把老头忘在脑后,对玻璃匣里的女人道:"就我一个人,多少钱?"

里面的女人穿着小翻领毛衣,脸涂得墙皮一样白,张开血盆大口:"一人十五元。"

"啥?"

白脸女人给她一个白眼。

女人低头看看小林雁瞳,几次欲言又止,终于还是抱起她:"不上了。"

小林雁瞳看见售票亭里的白脸女人，吃了一吓，抱紧母亲："不看了，小林老师骗人的，我看钟鼓楼一定不好看！"

知识分子老头还站在一边，好像想帮忙，又拿不出钱来，想一想道："要不我送你们上公主坟吧，那也是名胜古迹，还是唐代留下来的，更有教育意义！"

黄昏时分，小林雁瞳和女人终于看到公主坟。其实简直什么也没有，就是青砖垒起来的一个土包子，上头很多迎春花枝纷披下来，旁边立着一座碑。

"这是唐代长乐公主的坟茔。可惜，鹤城领导没有重视啊！"老头感叹说。

"好看吗？"女人没理他，问小林雁瞳。

小林雁瞳折了一把黄星星的迎春花，蹦蹦跳跳地绕着坟跑了一圈："好看。"

在汽车站旁的小旅馆通铺上缩了一夜，天没亮，女人就把小林雁瞳扯起来上了车。

回到祁县，快走到村口的时候，女人把小林雁瞳抱着坐到杨树下，拿出一块面包："鹤城的面包。你吃。"

林雁瞳吃了："真甜，真好吃！城里啥都好。"

"吃完，你自己走回去。"太阳大了，女人把布围巾取下，露出一张青紫肿胀的脸。

小林雁瞳拿小手摸摸她的脸："疼吧？我自己回去算了，爸不打我。你先别回。"

女人愣了一下，点点头。

小林雁瞳把掉在花袄上的面包屑捡起来都吃了，站起来就走："那你别忘了回来做下午饭。太晚可不行。"

女人又点点头。林雁瞳走了，她才在后面喊一声："霞！再叫我一声妈！"

　　小林雁瞳回过头："妈，你大概太阳快落山回来！那会儿爸就喝酒去了！"

　　女人这次没点头："好好读册（书）。"

　　身边传来啜泣声，戚朵偏过脸，看见林雁瞳在哭，又哭又笑。

　　"我这就被丢下了。"

　　女人消失了，小林雁瞳越走越长大，变成一个少女林雁瞳，走进一所小学校，一时站在讲台上讲"一五得五，二五一十"，一时又在灯下算账，当会计。

　　她穿上桃红秋衣、大红呢子短外套、大红料子裤子、红皮鞋，就结婚了。

　　村庄变镇，流水干涸，垃圾布满，楼房越来越多。年轻女人林雁瞳在镇上开个小餐馆，招待各色有头有脸的人物。

　　年轻女人林雁瞳抹着红嘴唇，染了一头黄发，眉毛钳得很细，站在鹤城钟鼓楼上敲一声五百年前的鼓："也没什么好看！"

　　她又来到鹤城最大的广场，一脚蹬在"飞鹤在天"雕塑大理石座上，花三十块拍了个快照。

　　"乡下人。"拿冰红扇子的大妈鄙夷道。

　　年轻女人林雁瞳跷下脚拍一把"飞鹤在天"破口大骂："乡下人怎么了？什么破烂玩意儿！老娘一脚踢翻了它！跟它拍照是老娘体恤它！"

　　小餐馆黄腻腻的灯下，来了一个文艺GAY青年，周安。

　　"香港你知道吗？澳门？我都去过。比鹤城强得多。"他说。

　　"没读过尼采的人，不足以语人生。"年轻的周安，一脸怀才不遇和愤世嫉俗。

　　"但是你没钱。"年轻女人林雁瞳冷静地说。

　　"你有。而且，我们会有更多。"周安炯炯盯着她。

"那不就是骗钱吗？骗这个的钱，补那个的疮。"

"骗？窃钩者诛窃国者侯！骗得多了，你就是大资本家！这叫融资！融资你懂吗？"

年轻女人林雁瞳笑了："我中专毕业，专门学会计的，你当我土老帽啊？骗就骗，白猫黑猫，抓住老鼠就是好猫。你有计划吗？"

"你迅速利用祁县的人脉集一笔钱，我们先往内陆走。"

一个故事，一个骗局，越来越丰满，越来越真实。

华丽灯光下，一身露背珠光白色礼服裙，妆容精致的迷人的林雁瞳端着红酒杯道："鄙人姓林，祖家林氏，民国十二年，阖家迁往南洋……"

这厢林雁瞳笑弯了腰，搂搂戚朵："我本名，叫朱霞。"

浮华散去，再显现的，便是葬礼。

戚朵看见另一个自己，正对水晶棺和白花弹着钢琴。

英华厅外，董洋僵硬地一步步登阶，后面宋铱匆匆跟上来："也许我现在不该说，可是是真的，我爸说的，林雁瞳是个骗子！巨骗！大伯的钱都被骗了！她不会还！现在和我爸闹得多僵，怨恨我爸带他入了林氏的局！"

董洋猛回过头："那报警啊。"

宋铱噎住："你知道我大伯在什么位置上，他能报警吗？别人还以为他贪了多少钱呢，那么多钱投资失败！我爸说他现在就怕别人知道这事呢！要是查出来，都不得了。你说她为什么还了我家的钱，却坑大伯？"

"我对这些没兴趣。宋铱，你能别跟着我吗？"董洋静下来说。

宋铱眼泪闪闪："行。我等你出来。"

"不用了，我想静一阵。"

宋铱愣住。

戚朵看着他们道:"爱情来时热闹,走时多沉默。他们结束了。"

她偏头对朱霞说:"你把一个无罪的企业交到董洋手上。他会有很多钱,但他心里永远有个大洞,那个洞就是你。"

朱霞笑点头:"他将永远爱我。"

戚朵说:"你不是骗子了,你是疯子。"

朱霞笑出声:"死疯子。"

"我要醒来了。"戚朵告别。

"好啊,我帮你。"朱霞笑。

戚朵疑惑地抬起眼,朱霞忽然举起一把尖刀狠狠插入她的胸膛:"如果不是你,我还不用这么早死!"

戚朵胸口剧痛,喘不上气来:"什么意思……和胡慈安有关吗?连家人……是连湛发动关系在查?他为什么要查这个?胡慈安和我有什么关系?"

朱霞的面容越来越模糊。

戚朵伸出手去抓她:"告诉我!告诉我……"

Chapter 17
柜中真相

戚朵醒来时，连湛正坐在她对面。

太阳都偏西了，仿佛已经下午两三点光景。除了加湿器喷白雾轻不可闻的"嘶嘶"声，屋里十分静默。

他仿佛有些憔悴，下巴起了胡楂，眼下微青，十指交叉放在膝盖上。

"戚朵，你不相信我了。"连湛淡淡说。

戚朵抬手揉揉太阳穴，手指和头脑都麻麻的，似乎难以运转。

"你进入遗落梦境了吧？从昨晚开始？我尝试了很多方法，都被你拒之门外。"他说。

戚朵闭了闭眼，起身坐起来，笑笑道："你说过，那是潜意识，我无法控制。而你呢，是不是有什么能控制的事，却故意瞒着我？"

连湛未答，看了她一会儿道："你梦到什么？"

"梦到林雁瞳拿把刀插在我胸口，说假如不是我，她不用死那么早。你知道我的梦都是有真实依据的。"

连湛蹙眉："这个是你的幻想，她的死和你毫无关系。"

"所以是我病得更重了。对不对，连医生。"

"戚朵你要冷静……"

"我没办法冷静！"戚朵提高了声音，"你知道一切，对吗？"

她眼泪冒出来，狠力按捺回去："我在那个柜子里做梦，已经做了七年。我现在甚至不在乎自己能不能好，而只想知道为什么，为什么我成了现在的我，为什么我要游离在正常的生活之外，为什么面对你们我会觉得自卑……"

连湛看住她缓缓道："我明白。"

戚朵抬高下巴，好像这样就可以把眼泪倒回去，但它们还是奔流出来。

"我正在选择一种最合适你的疗程，在告诉你真相的同时，去你心病。假如就这么不负责任地立刻把一切都告诉你，你下来的心理状态我无法控制。"连湛说。

"最坏会怎样？"

"最坏是我失去你。戚朵，你的主人格可能会永远消失，让那个能够承受现实的变异人格来主宰躯体。"连湛看着她，"我无法接受这事发生，所以不能不慎重。"

戚朵起床站起来，对着他道："是，我不相信你了。你也不相信我。"

春天来了。连湛对真相和婚礼都保持了沉默，因为他知道，前者他无法给予，后者戚朵不再愿意。

天气越来越暖和，轻风和畅，万花盛开，像一场盛事。公寓楼下光秃秃的树原来是樱花，仿佛一夜之间就开得如粉似霞。

戚朵站在窗边，边剥荷兰豆边看着那花。她现在经常回自己租住的小区，偶尔才过来。他们的关系……似乎淡了，也许，已经没有未来。

她是否在眷恋余温？戚朵牵牵嘴唇，自嘲一笑。

今天周四，她休息连湛上班。戚朵仰脸看看时钟，才早晨九点半，正想着他回来晚餐做什么，手机响了。

"我有个很重要的朋友今天结婚，要带家属，你中午能不能过来？"那边连湛说。

"什么朋友？"戚朵看着窗外，人间四月天，阳光极好，空气里似乎全是花香。

"医院的同事，很友好的。你来吗？"

"好吧。"天气这样好，简直勾引得人不得不去啊。

地方很怪，选在森林植物公园，自然就很远，在郊外。

不是高峰期，出租车司机胆敢穿越中轴线而行，在城市中央，戚朵看见鹤城广场上"飞鹤在天"的雕塑已经倒下，整个广场变成一片沙土。她仿佛看到，一座新的长乐公主塑像女神般拔地而起，矗立在鹤城中央，俯瞰整座城市。

林雁瞳，不，朱霞。戚朵喃喃。

她到的时候已经中午了，春天阳光炽烈，简直像大桶的金箔倾倒下来，明媚得不像真实世界。用手机付过出租车钱，她走进植物园大门，先叹了一声。大路两边都种满了高大的樱花，盛放得如云如梦。

戚朵一路走一路仰脸看着，那花枝织就的穹顶，她认出来，是叫作"八重红枝垂"的名品。和一般樱花不同，它们所有枝子都柳树一样是斜垂下来的，像一株株大型喷泉，喷着粉白的花瓣。

阳光细细碎碎和花瓣一起飘在脸上、足边。远远地，传来音乐声，她沉沉的心也被感染了，和脚步一起雀跃起来，朝音乐快步走去。

出了樱花大道，前面现出一大片碧绿草坪。草坪上整齐放置着长桌、白色椅子、圆顶花厅，都空着，仿佛等待人们来观礼。草坪东边，矗立着一座很大的、外观是风车屋的建筑。音乐、人声就从那里面传来。

戚朵迟疑着走进去，刚推开门便有许多熟人的面孔迎过来，有第一医院的医生护士，还有她殡仪馆的同事。还有白馆长，乐呵呵地笑着。

王莉丽当然穿得花里胡哨，像一棵生满杂花的树，白良栋和财务赵霞对她嘻嘻笑，离她最近的女同事上前挽住她笑道："谢谢你请我来观礼啊，自从进了殡葬这一行，我第一次参加婚礼！"

戚朵只得笑着点点头，"嗯啊"了两声，有点模模糊糊的，再往里面走。这大房子上方的窗户镶嵌着彩色玻璃，映得到处五彩缤纷，混杂着人声笑声乐声，心跳声越来越重，令她觉得不真实。

好像有人叫了一声"连湛"，一身黑色礼服的那人立刻快速又稳健地从人群中走出来，冲她微微一笑。

戚朵愣住，他已经来在跟前，问："来了？要不要休息一下？"

"不用……"戚朵茫茫然答。连湛吸一口气便单膝跪下了，戚朵惊得退步都忘了退，伸出两只空空的手。

连湛抬起脸道："戚朵，你愿意嫁给我吗？"

笑语声，尖叫声，鼓掌声，彩纸，玫瑰花瓣，一齐抛向尖尖的房顶然后朝他们的头颅撒下，落满双肩。戚朵完全怔在原地，由他把戒指给自己戴上。

"不说话就是愿意。"连湛笑着说。

戚朵抬起手看看戒指，又摸摸脸颊，指尖湿冷而脸面滚烫，她轻轻咳了一声，慢慢道："怎么在这儿……"

"风车屋啊？我们都不是基督徒，教堂不收的。我想，你是疯子我是车，挺好，'疯动'车才能动。"连湛挺严肃地说。

医院同事全笑了。

戚朵嘴唇有点干，咧了咧算笑："你在胡说什么……"

连湛闷了一瞬轻道："其实我也有点紧张……没干过这种事。"

戚朵抬起脸，才发现周围又涌来很多人，离她最近的，有戚教授，他眼睛全红了，泪水从眼角渗出来，慢慢鼓着掌；还有连湛的父亲，勉强微笑着，很无语的样子，不自在地左右看看旁人；还有个穿白色套装气质高雅的女人，捂着嘴笑得喘不上气，正是连湛的母亲吴邦媛。

她再低下头，连湛还单膝跪地看着她。

"我愿意，你快起来吧。"

婚纱跟妆都准备好了，婚纱是 Zuhair Murad 高定制的仙女裙，长长拖尾上碎水晶繁星闪耀。妆很简单，很合戚朵原本的意思，同事帮着扫扫眉毛涂红嘴唇就算数，再戴个新鲜花环。打扮好放下面纱，她往镜子里一照，像精灵或者仙子。

婚礼也很简单，连湛的导师特意从美国飞来做证婚人，老头激动地说了一长串祝福词，抱住新娘长达三分钟之久。然后新人给两方父母鞠躬,在草坪上吃自助餐,大家一起聊天、跳舞。

一到下午,医院的同事先要赶回去接班,殡仪馆的同事也就陆陆续续走了,连湛的父母仪式结束就已经离开。戚朵穿着那件美丽闪烁的薄裙,笑得脸颊喷红,送完大家回来,只见戚教授还坐在椅子上,仰脸晒着太阳。

戚朵走过去,启口道:"戚教授。"
"哦?"戚教授好像忽然惊醒一样,直起身。
他怎么头发全白了?戚朵想。
"客人都走了?那我也回学校去。"戚教授慢慢站起来。
"哦,好的。"戚朵答,又道,"学问做不完的,您注意身体。"
戚教授微笑,伸手将连湛与女儿的手搭在一起:"你们的命运连接在一起了。祝福你们……我还在等好消息。"
连湛点头,戚朵看向别处,他们都知道,所谓的好消息,是戚朵的痊愈。

回到家,戚朵站在盥洗台前洗脸,水哗哗的。她笑道:"不打粉底,脸就是好洗。我真怕那种浓妆。"
连湛双手抱胸靠在玻璃门上:"我听一个同事说,新婚之夜,他的太太卸了妆,吓得他一个趔趄。原来太太长这样啊!一向浓妆,卸了妆简直不认识。"
戚朵扑哧笑出声来:"你竟然也说八卦。好无聊啊,我早就听过了,这根本就是个老笑话。"
"那你还笑。"
"我只是笑你。"
"今天大家都笑我。"

戚朵的动作慢慢停了,关掉水。
"今天,像做梦一样。是一个最美好、最真实、最明亮的梦。"
不知什么时候,连湛站到了她的身旁。

戚朵看着镜子里的他:"是不是因为今晚,我会做一个最凄惨、最虚幻、最黑暗的梦?"

镜中的连湛沉重地点点头,迟疑地,甚至有些许不自信地指向自己的眉心:"你看我这里。"

戚朵低下头。红土,自己赤足站在一片红土地上。白皙的脚背与土色对比鲜明。

她抬起头,只有红色,强烈、稳实而原始的颜色,平坦得一望无垠,上面远远罩着个淡淡的蓝的天。没有日月然而光明,空气略微干燥,散发着泥土的味道。

风,静静地梳过她的发。

不知过了多久,天际开始出现人影。她们逐渐走近,都是些熟悉的面孔——那些曾经遗落梦境给她,已去世的人。

她们微微含笑,双手合十,在走近她时打开:每人手心中都捧着一滴晶莹透亮的露水。露水里闪烁着一些片段,一瞬又消失了。

戚朵茫然看着,她们就纷纷微笑着与她擦肩而过。

"你们去哪里?"戚朵问。

没有人回答,她们从天边来,又往天边去了。

直到夏江夕走来,将手中的露水捧到她眼前。

戚朵看着那滴露水,光滑的圆面逐渐变幻,恍惚呈现出一张隐含仇恨与痛苦的扭曲的脸——江夕的闺蜜许莼的脸。

许莼在昏暗的酒吧角落,和一个混混模样的男人一手交钱一手交货,把一大瓶违规提纯的性激药物放进双肩包里。

戚朵抬起头,江夕微笑了,忽然启口道:"这个男人,同时也贩卖毒品。"她的声音清甜宜人,戚朵却战抖了一下。

"我已经原谅了她。"说完,江夕决然远去。

露水坠落在红土里。

又一个人站到她面前。

"小蔓……"戚朵睁大了眼睛,不禁伸手抓住她的手。

李小蔓皮肤微黑,光润洁净,仿佛胖了一点,笑着露出不大整齐的牙齿,又连忙掩住:"我家乡那里,有很多毒品,还有被贩卖的女人。我认识一个女人,和你很像。"说完,她便抽身离去。

"别走!陪着我。"戚朵连忙去拉她。

"好好活,戚朵,我会记得你。"李小蔓回头粲然一笑,眼下的细碎泪痣有些俏皮。

戚朵正要去追,身后忽然响起零碎的法语吟唱。

"Salade de fruits jolie, jolie, jolie……"

她回过头,姜茶穿着一件剪裁简单的红色无袖连衣裙,愉悦地边唱小调边跳舞。她手臂上还沾着未干的颜料,似乎刚画完一幅小品。那舞步不成章法、零零碎碎,但十分可爱。

"……Bonjour petit!"她唱完最后一个字,停下来,睁着明净的双眼对住戚朵。那里面清澈、深沉、真挚而动人。

"戚朵,我有一幅画……"姜茶仰头想想,"叫作《渡》的,最早被林雁瞳买走。不过真正的买家并不是她,是胡慈安。为了洗钱。"

戚朵如被重击,心怦怦跳起来。嗓子很渴,她张了张嘴,却发不出声音,仿佛有什么离她越来越近,让她渴望又恐惧。

姜茶继续唱起另一首法文歌,听起来悠缓许多。走了不远,她回头笑道:"你要善于生活……尤其善于用煤气。"说完,她扑哧笑了,自嘲地继续唱着歌走掉,逐渐走远。戚朵微一晃眼,她便消解在那片红里。

人们逐渐走尽,红土上又只剩下风吹过。

遥遥地,又有一个人走了过来。是连湛。

"你准备好了吗?"

戚朵微微发抖。

连湛握住她冰凉的手,缓缓道:"我们来谈你的母亲。"

红色渐渐幻化消释,他们站在一栋老式单元楼前。

所有一楼户主都有一个小院,各据爱好,种着蔬菜花果。小院外的公共区域,有小孩在沙坑玩沙,在睡莲池子里掬水泼水。一个穿鹅黄色泡泡袖裙子的小少女文静地从开花的女贞树影里走出,看也不看那些浑身泥巴的小孩,与连湛戚朵擦肩而过,进入一家小院。

"妈妈。"戚朵眼睛湿润了。

小院里,戚朵的妈妈站在两棵向日葵中间咧嘴笑,手里拿着水壶:"呦,朵朵回来啦。一早晨不见,你又漂亮啦!"

外头的小孩子嘻嘻哈哈大笑起来。

黄裙少女有些尴尬地低声制止:"妈你别这样好吧?也不嫌人笑话。"径自进门去了。

戚朵捂着嘴哭了。

饭桌是这样五彩缤纷。黄澄澄的玉米、翠绿的荷兰豆、红黄相间的萝卜、红烧排骨……白白香香的米饭。

"朵朵,吃饭啦。"戚妈妈喊。中年戚教授自觉地坐到餐桌边。

"你们先吃,我不饿!做完题我就出来。"卧室门里传来黄衣少女的声音。她其实在躺床上看一本哲学书。

"天热,让她歇一歇也好。"戚妈妈笑着说,"告诉你件事,我得奖啦。"

戚教授笑而不问。戚妈妈憋了一会儿,忍不住说:"我简直太厉害啦。上次那个命案,你还记得吧。现场完全被破坏了,什么都采不到。但是我呢,抓住了一只蚊子!蚊子肚子里有血。然后 DNA 对比出来,凶手叫胡慈然,有吸毒史。现在人已经在被追踪的过程中伏法了。"

戚教授笑而不赞。戚妈妈又憋了一会儿,忍不住道:"你就不说点什么?"

戚教授终于拍手哈哈笑出来:"言语已经不能形容你天才的思维!好了吧!一只蚊子也逃不过你的五指山!"

戚妈妈得意地笑了,这时黄衣少女出现在卧室门口:"天呢,你们俩就不能不要这么肉麻。"说完又把门关上了。

戚朵站在小院窗下，笑着哭着。

阳光逐渐西斜，向日葵垂下头颅，慢慢枯萎倒地。小院，窗户，窗内色彩缤纷的餐桌，含笑的爱人，搭着白色蕾丝的四角钢琴，渐渐褪色，变成黑白的，照片焚烧般卷曲萎缩。

戚妈妈嘴角带血，脸颊肿着，坐在一间幽暗的房内。房间里放着一只香案，香案上供着香炉、一碟石榴、一碟桃子。香案边的电视机，正播报着鹤城北郊某处爆炸的新闻。

胡慈安。戚朵颤了颤，乌发皱颜、挂着佛珠的胡慈安坐在沙发上，微笑着点头道："法医女战士，公检法专业人才标兵，就死在这场大火里了，真可惜。"

戚妈妈垂目不语，看不出在想什么。

胡慈安继续微笑道："来，给我兄弟上炷香。"

戚妈妈思索了一下，慢慢地起来，往香案上的香炉里插了三炷香，道："洗孽重生。"

胡慈安一听，仰脸笑了两声，转脸问身边人："慈然的尸体呢？"

那人为难道："……医学院弄走了。"

胡慈安痉挛地笑了笑："听见没？给人做实验去了。"他低头看住戚妈妈，"众生平等，可他死了都不得安生啊！怎么办呢？每次想起来我都得心口疼，还有比这更不利于养生的吗？法医女士？"

戚妈妈垂目不语，胡慈安一摊手道："所以我得留着你吧？每次我不痛快的时候，就把你折磨一番，消我心头之恨。这就有利于养生了。"他深深吐纳。

戚妈妈这时镇定启口："如果我是你，就不会这样。带着我做事，迟早会被发现的，反而坏了你的事。不如现在蒙住我眼睛，塞进车里乱开一小时然后在郊外扔掉。等我求助到警方，你们至少有三到四个小时的时间离开鹤城。没有人员伤亡，追查难度大，也就无人追究了。"

她说得很慢，与此同时，默记着室内人的面貌特征，屋角箱子里貌似白粉的货品分量,乃至阳光的角度、周围的微噪音、窗外板棚上的垃圾种类……

胡慈安指着电视笑道:"那我不是白做这个局了?所有人都以为你死了,你说你又活了,不是吓唬大家吗?"他的脸慢慢放下来,呈现出遗憾的表情,"你死了,有单位追悼,有身后荣誉。可怜我那弟弟啊,他有啥?我怎么能饶过你?"

"留着我毕竟是隐患。"戚妈妈低声说。

"哎,我不怕。我能控制你啊。对你这样的人哪,死不算最大的惩罚。不像样地活,像你最瞧不起的人那样活,才叫真痛苦。来,"胡慈安微笑招呼手下,大颗的蜜蜡佛珠随他的动作哗啦一响,"别小气,给这位大姐来支大的。"

毒品。戚妈妈这时拼命挣扎起来,咬牙抵死不从,却被几个男人死死摁住,眼睁睁看着它被注射进淡蓝的血管内。

她流下泪来。

不一会儿她就吐了。她开始尖声呼救。

恍惚中,胡慈安拿出一件鹅黄的少女连衣裙慢慢擦掉地上的秽物:"你会听我话的。让你女儿以为你死了,是对她最大的保护。"

戚妈妈倏然睁大眼睛,闭紧了嘴。

有人道:"胡爷,咱不能真到哪儿都带着她吧?长得倒不错,可年纪不小了……"

"扯淡。"胡慈安笑道,"等她上了瘾,把她跟那批越南白痴女人一起卖掉。这辈子的毒,我免费给她供上。"

"吸上毒的女人,哪儿的人都不要,生出娃也是瞎的病的……"

胡慈安伸出手敲了说话人一下:"白吃饭的!扔那儿完了呗!哎呀,前面是山,后面是河,人世永隔,要生无门,要死无路,人不像人,鬼不像鬼。这才好嘛。"

一切渐渐落幕一样变黑。戚朵不敢置信地睁大干涸的双眼,还想再看倒在地上的妈妈一眼,却怎么也看不清了。

她微凉地抖:"妈妈现在还活着?"

连湛哀默不语。

光线又朦胧变亮。

一个美丽的边境村庄的剪影逐渐清晰,狗吠,树影,烟光……李小蔓的故乡。

毒品、人口贩卖肆虐的故乡。

戚妈妈变了很多,几乎让人认不出了,形销骨立,面容枯槁,眼睛暗沉沉的。她的衣服破旧,但还算干净,袖着手,摇摇晃晃地走着。

少女李小蔓迎面叫住她:"老师。"

"啊。"戚妈妈答应,神色却有点焦虑,急着要去做什么一样。

"我就问一句话。老师,我还要不要继续读书?"李小蔓双目炽明,"我家的情况您知道……读大学,是不白日做梦……"

"当然读。"戚妈妈静下来柔声说,"离开这个地方。"转瞬她又难受起来,眼泪成串淌下,左臂一抽一抽的。

"我走了。"

李小蔓默然点头走两步又回头道:"老师……少打点针,不好,会死人的。"

戚妈妈笑笑走了,更多的眼泪流出,那个笑仿佛只是脸部的抽搐。

乡村的路,坑洼不平。她跌跌撞撞地走着,拐弯处一座废弃土墙下,有个拖着鼻涕的小女孩正独自抽墙里混的麦秸玩。抽出一缕,哗哗噗噗,掉下一地土渣来。又抽出一缕,哗哗噗噗;再一缕……那裂痕慢慢蔓延。

危墙。

戚朵还没反应过来,戚妈妈已经飞身扑上去,一把推开了小女孩。

土墙轰然崩塌。

小女孩埋了半条身子,惊魂未定,半晌,才尖声哭泣起来。

妈妈消失了。

戚朵从胸膛中发出一阵悲鸣。

连湛搂紧她,眼睛也湿润了。

华丽幽暗的热带装饰的房间内,胡慈安跷着二郎腿道:"死了?真巧,恰好是我弟的七年忌。用点心,把她也送到那个去处呗。"

胡慈安化作一股黑烟,烟雾散尽,绿草坪、图书馆、实验楼、教学楼逐渐显现。阳光清澈、明媚,仿佛与方才发生的一切不在一个人间。

砰砰的,永远是篮球场上篮球触地的响声;走来走去的,永远是漆黑的发,漆黑的明亮的眼睛。

"为什么要来医学院?"戚朵竭力稳定,尽管脑中的那一根弦已经白热化,越来越细,几乎要崩断。

连湛不答,只是稳重道:"你要尽量冷静。"

脸庞粉红的二十岁的戚朵和同学们一起追打嬉闹着走过。

解剖教室里,粉红色的戚朵对着一具遗体冷静认真地完成作业,站在旁边的教授点头赞叹。很好,很好。

下课后,她和舍友欢欢把遗体收好。

"咦,那个柜子怎么没关紧?"戚朵走到一只半开的柜子前,"卡住了。"打开它准备关上。

欢欢忽然促狭地把她一推,害得她半个人都撞了进去。

戚朵在柜门里笑着尖叫:"啊!人与人之间还有没有信任?等会儿跟你没完!看我不把大体老师的头放在你床上!"

欢欢笑着跑了。

戚朵一手推开柜门,窗外的亮光满溢进来。她是法医系最出色的学生,心里没有一点怪力乱神。她随意回过头去。

妈妈。

戚朵整个人往地上溜去,连湛紧紧搂住她。戚朵勉强站住时,看着大学二年级的二十岁的自己,由粉红变成惨白。惨白的戚朵慢慢阖上柜门,把自己锁了进去。

戚朵浑身颤抖,牙齿零碎作响。

窗外的亮光逐渐暗下去。槐树的树叶摇着,纷纷的,碧绿的穗子,摇着。

终于,惨白的戚朵打开柜子走出来。她的表情,换作了另一个人。

带着讽刺的微笑,她走向连湛与发抖的戚朵,冷冷道:"现在就算彼此认识了吧。知道了这一切,难以承受吧?那就去死,去陪妈妈。她多么好,她多么爱你。"她指向那个柜子。

戚朵说不出话。

"不。"连湛替她坚决道,"你不是一个健康的人格。由你把控的生命,将毫无幸福可言。你的任务已经完成了,应该把身体的控制权完全还给戚朵。"

惨白的戚朵轻蔑一笑,径自直面真正的戚朵,两人如互相照镜,只是她比真正的戚朵年轻稚嫩些:"这样的人世,你确定你还想存在下去吗?"

戚朵如在冰窖,拼命抓着心中仅存的一点模糊的光亮。

"为什么还要存在?这个混乱痛苦的人世,你还剩下什么?曾经,你有母亲,你失去了;你怀抱理想,你放弃了;你还有什么,爱情?这世上有爱情吗?你看外面,"惨白的二十岁的戚朵往解剖教室窗外一指,万丈高楼拔地而起,有亿万只窗,每个窗里都有一对夫妻,"那里面才真正充满倾轧、为难、痛苦!不亚于地狱。"

她收回手,高楼顷刻崩塌,腾起一天灰尘:"爱情?江夕的爱情,是诱骗;李小蔓的爱情,是占有;姜荼的爱情,是掠夺;朱霞的爱情,是疯狂。所谓爱情,不过是荷尔蒙的驱动,繁殖欲望的冲动……比露水更容易化为乌有。"

"你已没有存在的借口。"她总结。

戚朵张了张嘴,无法发出声音。

惨白的戚朵又指着连湛道:"现在是我联手他,才追查出胡慈安的罪行。胡慈安就要上审判台了,大仇得报,你都做了什么?"她冷笑,

"无能的人,懦弱的人,从这一天起,你只会躲在我身后。帮警察破案?给穷人施惠?流泪,微笑,谈恋爱?留出一间房子放妈妈的遗体都不敢承认?既不能雪恨,又不能幸福,有你这样的人,妈妈只会死不瞑目!"

戚朵从喉咙里发出一声响。她尽力了,她不想崩溃。但是脑子里的那根弦,就像五年前那样,"铮"的一声,断了。

一片黑暗。

戚朵抱膝坐着。就这么坐着。就这样,时间停止,思维停止。没有过去,没有未来。

咚咚!敲门声。

她蹙起眉。

咚咚!

她无奈地站起身,正欲往前走,却撞到额头。她伸手四处触摸,哦,在柜子里。

咚咚!咚咚!

戚朵摸索到冰凉把手,一推,走了出去,一步跌在云里。

外面布满着柔和的光辉,戚朵环顾四望,这是天堂吗?她迟疑地走着,脚下很软,云朵像棉花,空气很柔暖。

"妈妈。"

前方一株巨大的粉色花树下,妈妈穿着一件简单的白裙子,偏头调皮地对她一笑。

"戚朵,七朵,怎么不是八朵?"妈妈照旧调戏她,"几年不见,你又变漂亮啦!"

戚朵冲上前紧紧拥抱她:"妈妈。让我留下来吧。人世难居,有那么多琐碎的悲伤烦恼,还有戕害灾难。"

"人世难居,但是人身珍贵。"妈妈搂着她,拍着她,就像小时候。"去重拾梦想,认真生活,和一个志同道合的人度过一生。就像我的前半生那样。我很幸福。"

"幸福会变质、挥发，会在一瞬间被夺走！一切太无常。"戚朵直起身体冷冷地说。

"咿呀呀。姆姆……妈……"

花下，不知什么时候多出一个小小女孩儿。她蹒跚走着，又笨拙又可爱。

"这是谁？"戚朵问。

"你的过去和未来。"妈妈慈爱地笑着说，"这就是生命，好的生命，生于赤子，没于赤子，永远那么单纯美好。你还将创造生命。去吧，按照你自己的想法度过一生。"

顺着妈妈的目光看去，连湛静静立在云的尽头。

"妈妈……"

"别让人家等，那是你的伴侣啊！"妈妈催促。

"妈妈。"惨白的戚朵从树后走出，神情充满怨念。

妈妈上前牵住她的手："从那天起，你就没有成长过。你比原本的戚朵更需要留在这里。你太苦了，宝贝。"

惨白的戚朵倔强地咬紧牙关抽出手，妈妈并无不悦，微笑着拍拍她的肩。

连湛走近，戚朵轻轻道："有时候我觉得，所有遗落梦境才是真实的人生，是现实。而你才是我的梦境。"

连湛牵住她的手，认真地看着她的眼睛，缓慢而谨慎道："我没那么好。在认识你之前，我避在心理学科的象牙塔里，外面的一切，我都不听、不看。我感觉不到别人的热情，不相信为他人牺牲的崇高者，鄙夷眼高手低的理想者。我把自己放在高高的塔尖上，自以为独孤求败，身处人生的晴雨之外。

"我不关心人，也不爱这个世界。直到遇见你。你虽然表面冷淡，但其实善良、柔软。你用冷淡做屏障抵御对外界的恐惧，却去真心关怀哪怕一个梦境中的幻影。其实，对这个世界，你充满了爱和善意。

"你给我在心理学上的努力赋予了新的意义,就是学科不仅仅是学科本身,也是对人的关怀。你让我愿意直面丰富复杂的现实,包括美好与残酷。最重要的是,你让我学会了爱。

"所以,我认为,我们可以互相理解,互相扶持地过一生。"

戚朵眼睛湿润了。她嘴角弯起,泪光闪烁。二十岁的戚朵立在一边假作不以为意地听着,泪光也在眼里闪烁,却倔强地抬高脸。

戚朵对连湛点点头,走向那个自己:"我会重拾法医专业,我会实现理想,成为妈妈那样优秀的法医。会组建家庭,会去全世界旅行,会帮助需要帮助的人,会生孩子,说不定还会去外太空。我会爱自己,我会拥抱人生。"

二十岁的戚朵咬着牙,半晌,终于簌簌掉下眼泪:"别光吹牛。"她破涕为笑。

妈妈过来揽住她们,温柔明亮地咯咯笑出声。

天亮了,春天的阳光透过窗纱铺满白色枕头。一声一声,这里那里,小鸟在互相应答。戚朵睁开眼,连湛安然睡在她身边。她知道,自己不会再做梦了。

-END-